Arsène Lupin 亞森・羅蘋冒險系列 11

L'Éclat d'obus

羅蘋大作戰

莫里斯・盧布朗／著
李楠／譯

好讀出版

contents 目錄

上部

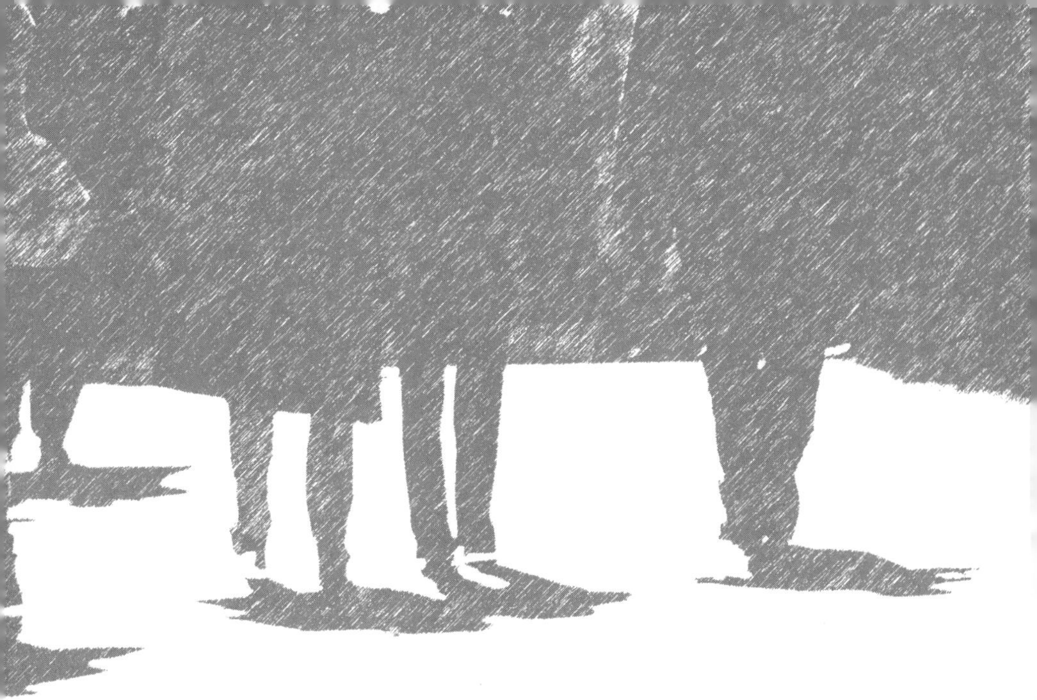

contents 目錄

下部

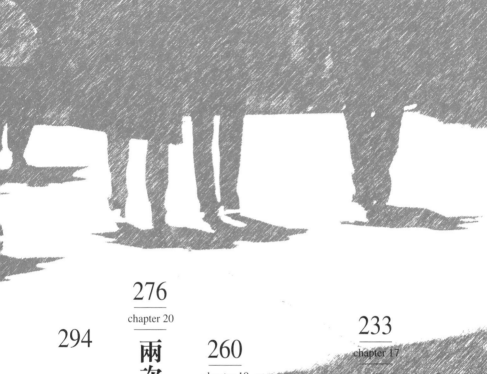

chapter 1

謀殺

「我告訴妳吧，以前我面對面見過他，就在法國境內！」

伊麗莎白溫柔地看著保羅・戴霍茲，眼神中盡是新婚少婦的溫情，她的愛人所述之事即使多麼微不足道，對她來說也是妙不可言。

「你在法國見過威廉二世①？」她問。

「是我親眼所見！那次會面中的一幕幕我至今無法忘懷，儘管已是很久以前的事了……」說著，他的神情突然變得凝重起來，這件事似乎勾起了他心底最痛苦的回憶。

伊麗莎白對他說：「跟我聊聊這件事吧，保羅，你願意嗎？」

「我會講給妳聽的。」他說：「雖然那時我還只是個孩子，但這件事帶來的悲傷早已和我的生命融爲一體，我不得不把所有的細節全告訴妳。」

他們在科維尼車站下了車。此站是從首府出發的地方鐵路線之終點站，路線途經利瑟隆山谷，通往距國界六古里②洛林省的一座小城腳下。沃班③在他的回憶錄中說，他在這座城市周圍「建起了能想像出的最完美半月形」。

車站熱鬧非凡，可見許多士兵和軍官穿梭。大批旅客中，有富商、農民、工人，還有來自附近溫泉城市，路過科維尼的浴客。人們站在成堆的行李中間，等待著下一班開往首府的列車。

這是七月的最後一個星期四，發出戰爭動員令的前夕。

伊麗莎白焦慮不安，緊緊地靠著丈夫。

「噢！保羅，」她顫抖著說：「但願不會發生戰爭……」

「戰爭！多麼荒謬的想法！」

「可是，那些離開的人，那些撤離邊界的家庭……」

「這些也說明不了什麼呀。」

「不，你剛才在報紙上都讀到了，消息太糟了。德國已經開始備戰，一切都謀劃好了。啊！保羅，如果我們被迫分開……如果我得不到你的音訊……還有，如果你受傷了……未來……」

他握住她的手。「妳別怕，伊麗莎白，這一切都不會發生。戰爭要爆發，必須有人宣戰才行。可是哪個瘋子願意當這個卑鄙無恥的罪人，敢做出這等可惡的決定呢？」

「我不怕，」她說：「我甚至肯定如果你非不得已要離開，我也會很勇敢。只是……只是，比起許多其他人，這對於我們而言更加殘酷。想想吧，親愛的，我們今天早上才結婚。」

這段婚姻才剛剛起步，承載著那麼多諾言，許諾會得到深沉持久的快樂。想到這些，她美麗的面龐被鬈髮暈成金色，露出自信的微笑。她喃喃地說：「我們今天早上才結婚，保羅……所以你知道，我才剛剛體驗到幸福的滋味。」

人群中出現一陣騷動，所有人都朝出口湧去。某位將軍在兩位高階軍官的陪同下向站前廣場走去，那裡有輛汽車正等候著他。軍樂聲響起，火車站前面的林蔭大道上，走過一群輕步兵，接著是砲兵，後邊跟著由十六匹馬拉著的巨大砲台。儘管砲架很重，但由於砲筒極長，使砲身顯得相當輕巧。最後則是一群牛跟在後面。

保羅沒找到車站的服務員，提著兩個旅行袋站在人行道上。這時，一個男人向他走過來，那人戴著皮腿套，下身穿著綠色粗絲絨短褲，上身穿著帶牛角釦的打獵短上衣。他摘下鴨舌帽，對保羅說：「您是保羅・戴霍茲先生吧？我是城堡的看守……」

這人看起來精神煥發，面容眞誠，皮膚在日曬雨淋下變得線條分明，頭髮花白。像某些老僕人一樣，因其職位允許他完全自主地處理問題，表情略顯嚴厲。他十七年來住在這裡，爲伊麗莎白的父親唐德維伯爵管理位於科維尼城上方的奧諾坎這片廣闊地產。

「啊！是您，傑羅姆，」保羅大聲說：「太好了。看來，您已經收到唐德維伯爵的信。我們的傭人到了嗎？」

「是的，先生，今天早上三個人都到了。他們幫我和我的妻子把城堡稍事整理，以便迎接先生和夫人。」他又向伊麗莎白問候致意。

伊麗莎白對他說：「傑羅姆，你認不出我了嗎？我好久沒來了！」

「伊麗莎白小姐離開這裡的時候只有四歲，得知小姐不會再回到這座城堡時，我和我的妻子難過極了……因為夫人不幸去世，伯爵也不再來了。那麼伯爵今年也不到這兒巡視嗎？」

「不，傑羅姆，我想他不會來的。儘管這麼多年過去了，他還總是愁眉不展。」

傑羅姆拎起手提袋，放到從科維尼叫來的敞篷四輪馬車上，讓馬車出發。至於那些大件行李，他把它們放在農場的雙輪運貨馬車裡。

天氣晴朗，他們拉開了車篷，保羅和他的妻子坐上馬車。

「路不是很遠。」看守人說：「……只有四古里，但是上坡路。」

「城堡收拾得如何？差不多能入住了嗎？」保羅問。

「當然嘍！雖然不能和有人常住的城堡相比，但先生看看就知道了，我們已竭盡所能。主人能來，我的妻子好高興呀！她會站在門口迎接先生和小姐。我已通知她，我們會在六點半到七點之間抵達……」

「他是個直爽的人。」出發後，保羅對伊麗莎白說：「他平時應該沒有多少機會聊天，這次剛好可以彌補……」

通往科維尼的路是段上升的陡坡，沿路從城市中心穿過，兩邊排列著各種商店、古蹟和旅館。這一天，這條交通要道上人頭攢動，異常擁擠。公路穿過市中心後，沿著山坡向下延伸，繞過沃班元帥建造的古老城堡，接著穿過一片微微起伏的平原，大小約納斯要塞巍峨聳立，一左一右俯視著這片平原。這條路彎彎曲曲，在一片片燕麥田和小麥田中蜿蜒，路兩旁種著一排排楊樹，枝葉繁茂，似穹頂般罩在路上。經過這段路時，保羅・戴霍茲重提起他的童年往事，他剛才答應要講給伊麗莎白聽聽。

「就如我跟妳說過的一樣，伊麗莎白，這段時光跟一場慘痛的悲劇緊密相關，在我的記憶中，沒什麼比它更可怕。當時，這場悲劇造成極大轟動，引起許多人議論紛紛。如妳所知，令尊是我父親的朋友，他從報紙上得知了這件事。如果他對於此事什麼都沒跟妳說，是應了我的請求，因爲我想第一個把這些事講給妳聽……這對我來說太痛苦了。」

他們四手緊握著。他知道，他所講的每一句話都會受到伊麗莎白熱情的歡迎。沉默片刻後，他開口繼續說下去。

「我父親周圍的人都很喜歡他，甚至愛他。他是個充滿熱情、慷慨大方、魅力十足又脾氣溫和的人，讚美所有美好事物和秀麗景色，且熱愛生活，在忙碌中享受生活。一八七〇年，他自願參軍，在戰場上獲得中尉軍銜。士兵那種英勇的生活非常符合他的天性，所以他再次參軍，赴東京打仗，接著第三次應徵入伍，參與馬達加斯加戰役。從馬達加斯加戰場上歸來後，他晉升上尉，獲得榮譽勛位，他是在那時結婚的。六年後，他失去了妻子。我母親過世的時候，我還不到四歲。由於妻子的離去，我父親受到沉重打擊，所以他對我的疼愛來得更加熾熱。他堅持親自負責我的教育，爲了使我有副好身體，他絞盡腦汁鍛鍊我，想讓我變成體格結實、個性勇敢的男孩。夏天我們去海邊游泳，冬天去薩瓦地區的高山上滑冰、滑雪。我全心全意地愛著他，至今仍是如此，每次想到他，我都帶著眞情實意。

十一歲時，我跟著他進行過一次環法之旅。他想讓我成爲這趟旅行的旅伴，想等我長大到能夠理解其全部意義，所以把這項計畫推遲了好多年。實際上，這是對他昔日戰場、留下足跡之路線進行的一次巡禮，而那件可怕的事就發生在這一年。

旅行被那場夢魘終結，但這段日子仍給我留下了難以磨滅的印象。在盧瓦爾河邊，在香檳區的平原上，在孚日山區的山谷裡，看到父親淚流滿面，我也揮灑了不少淚水啊！聽到他深富期望的話語，一種多麼天眞的希望讓我的心怦怦直跳！

『保羅，』他對我說：『我相信遲早有一天，你會面對面遇上我曾戰鬥過的敵人。從現在起，無論你聽到什麼粉飾太平的好聽話，也仍要用盡你的全部去恨這個敵人。無論別人怎麼說，他們就是野蠻又傲慢的畜生，天生嗜血兇殘的匪類。他們曾殘酷地鎭壓過我們一次，往後還會不停地鎭壓我們，不徹底踩在腳下絕不甘休。保羅，到了那一天，你要記得我們共同走過的每一段路途、每個地方。你所走過的旅程是通往勝利的道路，我堅信這一點。只是，你切莫忘記這些地名，保羅，但願勝利的喜悅永遠抹不去這些飽受痛苦和侮辱的名字：弗勒什維耶、馬拉圖爾、聖普利瓦和其他許多名字！不要忘記，保羅……』

接著，他笑了笑說：『我為什麼擔心呢？縱使受欺壓者老早遺忘那些慘劇，甚至從未親眼目睹，他們亦會親自喚醒這些人心底的仇恨。這仇敵會改變嗎？你會看到的，保羅，你有天會見證到的。我對你說的這些遠不及殘酷現實，我們的敵人儼如兇殘的野獸。』」

保羅・戴霍茲停了下來。

他的妻子怯生生地問他：「你覺得令尊說得全都有道理嗎？」

「我父親也許是受到太多那時期局勢的影響，我去德國旅行過許多次，還在那裡居住過一段時間，我覺得氛圍上今非昔比。因此，我承認，有時的確難以理解我父親的話……可是……可是那些話常使我感到不安。再說，接下來發生的事太奇怪了。」

馬車慢了下來，路向利瑟隆山谷周圍的山丘緩緩抬升。太陽已落向科維尼那邊，一輛運載著行李箱的公共馬車與他們交錯而過，接著又遇到兩輛汽車，上面坐滿乘客、堆滿包裹，隨後有一隊輕騎兵飛快地穿過田野。

「我們下車步行吧！」保羅・戴霍茲說。

他們跟在馬車後面步行。保羅接著說下去。

「伊麗莎白，我接下來要對妳說的事，都是以具體畫面呈現在我的記憶裡，彷彿從一團厚重的迷霧中浮現出來，我卻從中分辨不出任何東西。我只能勉強地確定那一段旅程我們本來打算從史特拉斯堡出發，往黑森林方向前進。爲什麼我們的行程改變了呢？我不知道。但我記得某天早晨，我們在史特拉斯堡車站登上一列開往孚日省的火車……對，是開往孚日省。我父親收到一封信，他翻來覆去地讀，信裡面的內容似乎讓他十分開心。是這封信讓他改變了計畫嗎？我也不清楚。我們在火車上用午餐，當時外面下著暴雨，天氣悶熱讓我昏昏欲睡，只記得我們來到德國某座小城的中心廣場，並在那裡租了兩輛單車，把行李留置門房那裡……然後……所有這些都如此模糊不清！我們騎車穿過一個地方，我沒留下任何印象。突然，父親對我說：『喏，保羅，我們正穿越國界……現在我們到了法國境內……』

然後，過了多久呢？……他下來向一位農民問路。那人指給他一條穿過森林的近路。這是條什麼路？又是怎樣的捷徑？在我看來，那就是一片無法進入的黑暗世界。在那裡，我的記憶彷彿被埋葬了。

突然，這片黑暗被撕裂，出乎意料之外，我清晰地看到一片林中空地，有高大的樹木、綠絲絨般的青苔和一座老教堂。豆粒般的雨點從空中落下，雨越下越急。父親對我說：『我們到那裡去避雨吧，保羅。』他的那句話言猶在耳！我現在還能清晰地記得那座小教堂的外觀，它的牆面因長年潮濕而染綠。教堂後半部，聖壇位置上方的屋頂稍微有些突出。我們把單車停放在那塊突起底下的遮蔽處。

這時候，我們聽見裡面傳來交談聲，同時，門發出咯咯的響聲，向旁邊打開。有人走出來，用德語說：『一個人也沒有。我們快點！』此時我們正繞過教堂，想從這扇門進去。我父親走在前面，突然發現自己似是迎面碰上了剛才在說德語的那個人。

兩個人不禁同步往後退。那個外國人看起來非常惱火，我父親則被這次意外相遇驚嚇得目瞪口呆。有幾秒鐘的時間，兩個人面對面站著，一動不動。我聽見我父親小聲說：『這可能嗎？皇帝……』我自己聽到這些話，也很吃驚。我以前看過許多次德國皇帝的肖像，我敢肯定：那個站在我們面前的人，就是德國皇帝。

德國皇帝在法國！他快速地向上提了提大披風的絲絨領口，一直提到壓低的帽簷邊上，然後轉向教堂方向。有位女士走了出來，身後跟著一個像是僕人的人影。那位女士身材高眺，很年輕又漂亮，有著一頭黑髮。

皇帝粗暴地抓住她的臂膀，把她拖到一邊，生氣地對她說了一些話，當然我們聽不懂。他們走上我們來時那條通往邊界的路。那個僕人鑽進樹林，走在他們前面引路。

『這件事眞是太奇怪了。』我父親笑著說：『這該死的威廉二世爲什麼要冒險來這裡呢？而且是在光天化日之下！難道這座教堂蘊藏什麼藝術價値嗎？我們進去看看，你願意嗎，保羅？』

我們走了進去。教堂的彩色玻璃窗被灰塵和蜘蛛網罩得黑漆漆，只有些許陽光照射進來。但藉著這點陽光，我們已經能看清楚那些粗矮的柱子、光禿禿的牆壁，從我父親的表情可以看出，沒有任何東西值得皇帝大駕光臨。

他又開口說：『很顯然，威廉二世是旅行中偶然間來到這裡的。他被人撞見忙裡偷閒，十分氣惱。也許陪同他來的那位女士向他保證過不會有任何危險，所以他才會對她生氣，責備她。』

以上這些細微小事，其他跟我同齡的孩子都會覺得不怎麼重要，我居然完完整整地記住了。然而許多其他更重要的事，我卻沒留下什麼印象。這很奇怪，不是嗎，伊麗莎白？我跟妳講的這些，彷彿正在我眼前發生，那些聲音也好像迴蕩在我耳邊。現在我依然如同昨日般清晰地記得我們從教堂出來之後，跟隨皇帝的那個女人又折了回來，急匆匆地穿過林中空地。

我聽見她對我父親說：『能勞駕您幫個忙嗎，先生？』她氣喘吁吁，應該是跑過來的。她沒有等我父親回答，又立即說：『剛才您遇見的人非常希望跟您談談。』

這位陌生女子的法語說得十分流利，聽不出半點口音。

我父親猶豫不決，這種猶豫好像激怒了她，似乎被視作對派她來的人構成了冒犯。她用一種刺耳的聲音說：『我諒您也不敢拒絕他！』

『爲什麼不？』我覺得父親有些不耐煩，他說：『我不接受任何命令。』

『這不是命令，』她控制住自己的情緒，回說：『這是一種冀望。』

『好吧，我接受和他談談，但是我要待在這裡聽候這位先生的吩咐。』

她看似憤怒地說：『不行，您必須……』

『我應該到那邊去是嗎？』我父親大聲說：『我必須穿越國界，那位大人屈尊在那裡等著我！十分抱歉，女士，我不會這麼做的。您去告訴這位先生，如果他擔心我洩密，那他大可放心。我們走吧，保羅。』

他脫下帽子，向那位陌生女子鞠躬，但她擋住了路。

她說：『不，不，您聽我說。光是遵守保密的諾言，就能算數嗎？不，應該透過別的方式達成共識，您很清楚……』

從這時起，我就聽不見他們說話了。她站在我父親面前，充滿敵意，情緒激動。她的面部扭曲，表情十分兇狠，讓我感到害怕。喔！我怎麼就沒想到呢？但是當時我太小了！接著，一切發生得那麼快……她走向我的父親，把他步步逼向教堂右側的一棵大樹下。他們提高聲調，爭吵起來。她做了威脅的動作，惹得他開始大笑。然後突然間，她拿出一把刀──啊！我在陰暗中突然看到刀光一閃！她把刀直刺我父親的胸膛，刺了兩下……兩下，刺進胸膛正中央，我父親倒了下去。」

保羅・戴霍茲停了下來，想起這場悲劇，他面色慘白。

「噢！」伊麗莎白結結巴巴地說：「令尊被謀殺了……可憐的保羅，我可憐的朋友……」

她緊張得喘不過起來，接著說：「那麼保羅，後來發生什麼事了？你大聲喊了嗎？」

「我大聲喊了，我朝父親衝過去，但一隻無情的手把我抓住了。那個人，那個僕人突然從樹林裡跑出來，抓住了我。我看見他在我頭上方舉起了刀。我感覺肩上被人狠狠地打了一拳，這次輪到我倒下了。」

譯註：

①威廉二世，德意志帝國末代皇帝和普魯士國王，從一八八八年到一九一八年在位。他實行帝國主義，不斷在歐洲與各殖民地擴張勢力。引爆第一次世界大戰的塞拉耶佛事件，正發生在其任內。

②法國古里（lieu），約合四公里。

③塞巴斯蒂安・德・沃班（Sébastien Le Prestre de Vauban，一六三三——一七〇七），是法國元帥，亦是著名軍事工程師，著有《論要塞的攻擊與防禦》、《築城論文集》等。

chapter 2

上鎖的房間

伊麗莎白和保羅落後了一段距離，馬車停下來等他們。走上平地後，他們在路邊坐下。山谷猶如一道淺淺的弧線向他們展開，谷裡一片翠綠，中間有一條彎彎曲曲的小河，小河兩岸各有一條白色路徑，隨著河的曲線蜿蜒。身後的科維尼城沐浴在陽光下，比他們所在的平地矮約百公尺。再往前一古里的地方，可以看到奧諾坎城堡巍然聳立的角塔和老主塔殘破的廢墟。

年輕女子沉默許久，她被保羅所述的往事嚇壞了。最後，她對他說：「啊！保羅，這一切實在太可怕了，你感到很痛苦吧？」

「從那時起，我就什麼都不記得了。直到有一天，我發現自己置身於一個陌生的房間裡，受我父親的表姊和一位修女照顧著。我的表姑媽年事已高，那個房間是位於貝爾弗和邊界之間一座小旅館裡最漂亮的房間。十二天前，旅店老闆一大清早發現兩個一動不動的人，應該是晚上被放在那裡的，兩個人身上沾滿了血。經初步檢查，旅店老闆發現其中一個已經僵硬了，那便是我可憐的父親。我雖然還有氣，但也很微弱。

到我完全康復爲止，經過了很長一段時間，中間病情反覆發作，且伴隨著高燒，我因此得了譫妄症，總是盼著誰來救我。我那一把年紀的表姑媽是我唯一的親人，她盡心盡力、無微不至地照顧我，多値得欽佩啊。兩個月後，她把我帶回她家。後來雖然外傷基本痊癒，但父親的死及和他過世有關的那些痛苦記憶對我打擊太大，以至許多年過後我才完全恢復健康。可是那件慘案本身……」

「案件本身怎麼了？」伊麗莎白用臂膀摟住她丈夫的脖子，充滿深情地保護著他。

「案件本身，」保羅說：「成了永遠解不開的謎題。然而，警方幹勁十足，展開了仔細調查，想核實我提供的、也是他們唯一可用的線索，但所有努力都白費了。另外，這些線索如此含糊不清！除了在林間空地和教堂前發生的事，我又知道什麼——這片林中空地在哪裡？到哪兒去找這座教堂？慘案發生在什麼地方？」

「可是你們，令尊和你到達此處之前，是一路旅行過來的啊！我想或許不妨從你們的出發地史特拉斯堡開始追查……」

「唉！妳猜得到的，警方可沒有忘記這條線索。法國警方因不滿意德國警方提供的支援，自行派出了最優秀的警員前往當地調查。但正是這一點，在往後我懂事的日子裡，讓我覺得最不可思議哩，在史特拉斯堡停駐過的我們竟無留下任何痕跡。妳聽到了？沒有任何痕跡！如果說還有一件事我能肯定，那就是我們在史特拉斯堡用餐過夜，度過了整整兩天。負責追查此案的預審法官居然得出結論，說像我這樣受過重傷、被嚇壞的孩子胡扯的話不足爲憑。可是我知道他說得不對，不管當時或是現在，我的記憶始終清晰。」

「然後呢，保羅？」

「然後，這些不容置疑的事情硬是被抹去了，要核實這些事原本十分容易，恢復事情的原貌亦是。比如兩個法國人在史特拉斯堡住過兩天，他們乘火車旅行，把行李寄放在門房那裡，再比如他們在亞爾薩斯的村莊裡租過兩台單車。我覺得德國皇帝與這些蹤跡被抹殺有直接關聯，是的，他一定與此脫不了干係。」

「但是，保羅，得讓法官也像你一樣認爲啊……」

「當然。但是法官和陪審員，還有那些負責搜集證詞的官方人員都不願承認德國皇帝那天曾現身於亞爾薩斯。」

「爲什麼？」

「因爲德國的報紙報導說，他同一時間出現在法蘭克福。」

「在法蘭克福！」

「見鬼，他下令說自己在哪，報紙就得報導他在哪，他不想說在哪出現過，報紙便永遠不會這樣報導。不管怎麼說，在這一點上，我不斷被認爲是記憶有誤。調查遭遇了重重阻礙，難以查明眞相，證人的證詞俱是謊言，皇帝甚至有不在場證明，在我看來，皇帝肯定是利用他無上王權進行了一連串有力的操作。只有這種解釋說得通。想想看，兩個法國人在史特拉斯堡住宿，登記簿上竟然找不到他們的名字。這可能嗎？要不是登記簿被沒收，要不就是這一頁被撕掉了，我們的名字才在任何地方都找不著。因此沒有任何線索可尋，沒有任何證據可取。從旅館、飯店的老闆和僕人，到火車站的服務人員、列車上的職員、出租單車的人，這麼多的小角色，在我眼中全是共犯。他們都接到了禁口令，無一敢違背。」

「可是，保羅，後來你沒有親自去找嗎？」

「我當然找了！從我成年那天起，前前後後已經找過四次。我越過國界，從瑞士到盧森堡，從貝爾弗到隆維，到處向人探詢，仔細研究那些景色。多少次我挖空心思，想從記憶最深處覓得一絲靈感，結果什麼也想不起來。這團黑暗裡不見任何新的光亮透出，從過去模糊的記憶中，我只記得三個畫面：第一是罪案發生地點和周圍事物，包括林中空地附近的樹、老教堂、穿過樹林的小路，第二是皇帝的畫面，再來就是殺死我父親的那個女人。」

保羅的聲音低沉下來，痛苦和仇恨使他的臉變得扭曲。

「喔！那個女人，即使我活到一百歲，她的樣子也歷歷在目，好像看演出的時候，所有細節在燈下都清晰可見。她嘴的形狀，流露出的眼神，頭髮的紋路，走路時特別的姿態，打手勢的節奏，以及她的側影，所有這一切都烙印在我的心裡，不是我主動去回憶這些畫面，而是它們就像我靈魂中的一部分。也許有人會想，我患譫妄症期間，我靈魂中的神祕力量全部用來吸收加深這些可怕的回憶了。雖然時至今日，噩夢已不像從前我生病時那樣纏繞著我，但有時我還是感到好痛苦，尤其當夜幕降臨徒剩自己獨處的時刻。我的父親慘遭殺害，凶手卻仍逍遙法外，自由自在地活著，生活富裕，受人尊敬，依然繼續著破壞別人生活、引起別人怨恨的勾當。」

「你還能認出她來嗎，保羅？」

「能不能認出她？我能從成千上萬名婦女中認出她。即使她的面容由於歲月的流逝有所改變，透過那個老婦人的皺紋，我也認得出她值年輕歲月在九月某個傍晚殺害我父親時的那張臉。怎麼會認不出她來？她衣裙的顏色，我都還記得！這多不可思議，對吧？她穿著一條灰色裙子，肩上披著一塊帶黑色花邊的方圍巾。胸針是一塊頗具分量的浮雕玉石，周圍鑲著一條金蛇，蛇的眼睛是紅寶石製的。妳看到了吧，伊麗莎白，我沒有忘記，我永遠也不會忘記。」

他噤聲不語，伊麗莎白開始哭泣，像她的丈夫一樣，她被這段往事帶來的恐懼和痛苦包圍著。他把她拉到自己懷裡，親吻她的前額。

她對他說：「保羅，不要忘記，罪犯終會得到應有的懲罰，但是別讓你的生命陷入這段充滿仇恨的回憶中。現在我們兩個在一起，深愛著彼此，向前看吧！」

* * *

奧諾坎城堡建於十六世紀，簡樸美觀。城堡有四棟角塔，每棟角塔上面各有一個小鐘樓。城堡的窗戶很高，帶有齒狀尖頂，城堡二層凸出的部分設有一圈窄扶手。

城堡前的方形空地四周圍著修剪規整的草坪，構成了前庭，而左右兩邊的草坪則通向花園、樹林和果園。草坪一邊盡頭是塊寬闊的平台，從那裡可以望見利瑟隆。平台和城堡走向一致，加固了雄偉卻破舊不堪的城堡主塔。

城堡整體雄偉壯麗，周圍散佈許多農場和田地。要想維護好這份地產，必須積極用心地經營，尤其它是省內最大的地產之一。

十七年前，奧諾坎城堡由於末代男爵去世而要拍賣出售。唐德維伯爵，也就是伊麗莎白的父親，應妻子的要求買了下來。伯爵當時結婚已屆五年，爲了全心全意獻身給自己所愛之人，他辭去輕騎兵長官一職，陪她四處旅行。他們參觀奧諾坎城堡時，碰巧遇上城堡正要出售，剛在當地報紙上登出拍賣資訊，伯爵旋即付諸行動。艾米娜·唐德維非常喜愛這個地方，至於伯爵，他一直想找一份地產經營，所以在律師的幫助下敲定了這筆買賣。

由於上一任主人棄置之故，城堡必須經過一番修葺重建才能入住。接下來的整個冬天，伯爵在巴黎指揮了重建工作。他希望城堡能舒適又美觀，所以運去了各種古玩、地毯、藝術品以及幫他在巴黎裝飾旅館的那些大師油畫。

直到來年八月，他們才住進去。他們在那裡度過了幾個星期的幸福時光，連同他們四歲的女兒伊麗莎白，以及剛出世不久的兒子貝納。

艾米娜・唐德維把整副心思都放在一雙兒女身上，幾乎從不出莊園。伯爵則在守衛傑羅姆的陪同下監管農場，偶而出去打獵。

然而，時值十月末，伯爵夫人感染了嚴重風寒。伯爵決定帶著她和孩子們前往南方治病。兩個星期之後，病情復發。又過了三天，伯爵夫人就去世了。

伯爵悲痛萬分，從此對生活失去希望，不論發生什麼都激不起半分快樂，甚至感覺不到任何安慰。他活著不是爲了他的孩子，而是爲了在心裡延續對亡妻的摯愛，僅僅是爲了守護一份回憶，這是他存在的唯一理由。

在奧諾坎城堡中度過的日子太過美好，他無法重回那裡，卻也不想有人闖進去居住。他命令傑羅姆封上門窗，將小客廳和伯爵夫人的房間保持原樣，彷彿隔絕於塵世。傑羅姆的另一個任務是把農場租給農夫，收取租金。

和過去這般斷絕，伯爵仍覺不夠。對一個空守對妻子的追憶而活著的男人來說，奇怪的是，所有能喚起追憶的事物——熟悉的東西、住所周圍、一同去過的地方、共同看過的風景——對他都是一種折磨，甚至連看到孩子們亦感到十分痛苦，無法忍受。他在外省的休蒙有位姊姊，是個寡婦。

他把女兒伊麗莎白和兒子貝納託付給她，便外出旅行了。

姑母愛琳是個盡職盡責、富奉獻精神的人，伊麗莎白在這位姑母身邊度過童年時光，長成一個溫柔、沉穩、勤勉的女孩。她的思想和性格，跟著內心世界一塊成形，在良好教育的陶鑄下，培養出嚴格的道德規範。

到了二十歲，她已出落成一個高䠷健壯又勇敢的女孩。她的面龐天生帶些憂鬱，然而有時卻綻放出最天眞熱情的笑容。命運似乎預先把生活中的苦難和快樂刻在她的臉上，她的雙眼總是濕潤，似乎看到所有的事物都會感動，她淺色的鬈髮爲她的面龐更添喜悅之色。

唐德維伯爵每次旅行空檔和她相處的時候，都越加感覺到女兒的可愛，因此接下來的兩個冬天，他帶著她去西班牙和義大利旅行。她便是在羅馬遇到了保羅・戴霍茲，接著兩人在那不勒斯、錫拉庫薩重逢，後來又在西西里島的一次遠足中相遇。這樣的親密接觸使他們建立了一種感情的羈絆，每次分別的時候，彼此都感受到這種羈絆的力量。

和伊麗莎白一樣，保羅也是在外省長大的，同是被一個盡心盡責的親戚所帶大，這位親戚給予他源源不斷的關心和愛護，以使他忘記童年的慘劇。如果說他無法忘記那些悲傷的事，她至少完成了他父親留下的任務，那就是使保羅長成一個正直青年，使他熱愛工作、博學多才、充滿活力，對生活富有好奇心。他從中央學校畢業，接著服了兵役，並在德國待了兩年，實地研究些工業和機械方面的問題，他對此興趣濃厚。

他身材高大，體型健美，一頭黑髮向後梳著。他的臉略顯消瘦，下巴的形狀讓他看起來有些倔強，卻予人一種精力充沛的感覺。

與伊麗莎白的邂逅爲他打開了從前一直忽視的情感世界，這讓他，也讓那個年輕女孩生出無比沉醉的驚奇感受。愛情在二人身上創造出全新的靈魂，激發了他們自由靈巧的一面，由此而來的激情和喜悅，與平日裡嚴謹的習慣形成鮮明對比。回到法國之後，他向女孩求婚，她接受了。

婚禮前三天訂婚之時，唐德維伯爵宣布爲伊麗莎白的嫁妝再添入奧諾坎城堡。兩個年輕人決定到那裡居住，保羅則在這個工業發達的山谷地帶尋找可以購置的產業來經營。

婚禮於七月三十日星期四於休蒙舉行，戰爭消息傳得沸沸揚揚，他們只邀請了一些親朋好友參加婚禮。儘管唐德維伯爵相信情報，但仍認爲這種可能性有限。在有見證人出席的家庭午宴上，保羅結識了伊麗莎白的弟弟——貝納・唐德維，他剛滿十七歲，正開始休假。他的活潑、直爽深獲保羅喜愛，貝納與他們約定好幾日後到奧諾坎相聚。

最後，伊麗莎白和保羅一點鐘乘火車離開休蒙。小倆口攜手向城堡走去，他們將在那裡度過新婚歲月，又或許將來長住於此，過著幸福平靜的神仙眷侶般生活。

六點半抵達後，他們在台階下面見到傑羅姆的妻子羅莎莉。她是個和善的老太太，體態豐滿，臉頰緋紅，看上去很高興。他們在晚餐前迅速在花園裡轉了轉，又參觀了城堡。

伊麗莎白難掩興奮的心情，儘管不能具體回憶出什麼，但她似乎能找到關於她母親的點點滴滴，畢竟她的母親在這裡度過了人生最後一段快樂時光。她對母親瞭解甚少，也想不起母親的樣子，但她覺得母親的身影就在這些小路上徘徊。那幾片寬闊草坪散發出一股特別的氣味，樹葉在微風吹拂下發出沙沙的響聲，彷彿在喃喃細語，她覺得就在此時此地，母親正陪她一起聆聽著。

「妳看上去好像有點悲傷，伊麗莎白，是嗎？」保羅問。

「不是悲傷，是困惑。我母親在這裡迎接我們，她曾經夢想在這地方生活，現在我們也懷著同樣的夢想而來，所以我難免有些擔心。我就像個陌生人，一個闖入者，打擾了她的安息。想想吧！我的母親在這座城堡裡住了這麼久！她孤身一人留在這裡，我的父親從沒想過重返，我覺得，也許我們沒有權利來，將這不屬於我們的世界染上新色彩。」

保羅笑了笑。「我親愛的伊麗莎白，妳感到不自在只是因爲在傍晚時分來到了新環境。」

「我不知道。」她說：「也許你說得對……但是，我沒法抗拒這種不自在的感覺，這太不符合我的天性了！你相信預感嗎，保羅？」

「不相信，妳呢？」

「好吧，我也不相信。」她笑著向他送上雙唇。

他們驚訝地發現，城堡的客廳和臥室看似一直有人居住。依照伯爵的命令，一切擺設都保持得和艾米娜·唐德維在世時一模一樣：古玩、刺繡、鑲花邊的方巾、小巧精緻的藝術品、十八世紀的沙發、弗朗德勒地毯、昔日伯爵挑選來裝飾居所的各種家具。所以，他們一下子融入了親切喜悅的氛圍中。

晚餐過後，他們互相挽著手，來到花園裡靜靜地散步。從平台上，他們看見山谷裡一片漆黑，中間閃爍著點點光亮。城堡破舊的主塔廢墟高聳於灰暗的天空，天邊仍留有一絲微弱的餘暉。

「保羅，」伊麗莎白低聲說道：「參觀城堡的時候，你有沒有看見一扇掛著大鎖的門？」

「在大走廊的中間，」保羅回說：「就挨著妳的房間，對嗎？」

「是的，那是我可憐的母親從前的臥室配間。我父親要求把它封閉起來，與它所屬的臥室也是。傑羅姆將房間上了鎖，把鑰匙寄去給他。所以，從那時起再沒有人踏進去過，因此現在仍跟從前一樣，我媽媽用過的東西、還沒完成的活計以及她經常讀的書都在裡頭。對面的牆上，兩扇關閉的窗子中間，有一幅她的全身肖像畫，是父親請一位傑出畫家朋友繪製的，爸爸曾對我說，那幅畫像極了媽媽。旁邊是一個禱告用的跪凳，是我母親的。今天早上，父親把配間鑰匙交給了我，我答應他要跪在這個凳子上對著肖像祈禱。」

「那就走吧，伊麗莎白。」

他們登上通往二樓的樓梯時，年輕少婦的手在她丈夫的手中顫抖著。整條走廊燈火通明，他們停下腳步。

這扇門又高又寬，嵌在一堵厚牆裡，上頭頂著一面金色浮雕門鏡。

「打開吧，保羅。」伊麗莎白聲音顫抖著說。

她把鑰匙遞給他，他打開鎖，握住門上的球形把手。突然，女子緊緊抓住丈夫的臂膀。

「保羅，保羅，等一下……我感到非常不安！想想看，這是我第一次站在我母親面前，站在她的肖像前面……你陪在我的身邊，親愛的……我童年時代的生活好像重現了。」

「是的，童年時代的生活，」他滿懷深情地把她緊抱在懷裡，「還有長大以後的生活……」

她從他的擁抱中得到安慰，抽出身子喃喃地說：「進去吧，我親愛的保羅。」

他推開門，接著轉身退回走廊，取下牆上的一盞掛燈，放在房間裡的小圓桌上。伊麗莎白已經穿過房間，站在肖像畫前。畫中她母親的臉依然在暗處，她舉起燈，以便能完全看清。

「她多麼漂亮啊，保羅！」

他走近畫像，抬起頭。伊麗莎白渾身無力地跪在跪凳上，過了好一陣子，保羅都沒有說話。伊麗莎白這才轉頭看他一眼，霎時驚嚇到了。他一動不動，面無血色，兩隻眼睜大，彷彿看見了最可怕的東西。

「保羅！」她大聲說道，「你怎麼了？」

他開始退向門口，眼睛直盯著艾米娜伯爵夫人的畫像。他踉踉蹌蹌，像喝醉了一樣，雙手在空中胡亂揮舞。

「這個女人……這個女人……」他用嘶啞的聲音結結巴巴地說。

「保羅！」伊麗莎白懇求道：「你想說什麼？」

「這個女人，就是殺死我父親的凶手。」

chapter 3

戰爭動員令

這可怕的指控帶來一陣死寂。伊麗莎白站在她丈夫面前，努力想要弄明白他說的那些話，儘管她還不明白其中眞正涵義，卻已深受傷害。

她向他走近兩步，盯著他的雙眼，用低得幾乎聽不到的聲音對他說：「你剛才說什麼，保羅？這件事情太可怕了！」

他用同樣的語調回答：「是的，這件事情很可怕，我自己也還不相信……我不願意相信……」

「那麼……你弄錯了，對嗎？是你弄錯了，承認吧……」

她萬分絕望地祈求他，似乎希望他能心軟，承認他弄錯了。他的目光從妻子的肩上越過，重新停在那幅該死的畫像上，從頭到腳打了個寒顫。

「啊！就是她，」他握緊雙拳，肯定地說：「就是她……我認得她……就是她殺死了……」

年輕女孩突然開始抗拒，猛烈地搥打自己的胸口。「我的母親！我的母親殺死了……我的母親！我父親過去和現在一直深愛的女人……那個從前唱搖籃曲哄我入睡、親吻我的母親！我忘記了她的一切，但是這種愛撫和親吻的印象我沒有忘記！她怎麼可能殺人？」

「就是她。」

「啊！保羅，別說這些侮辱人的話！凶案已經過去這麼久，你怎麼能確定？你那時只是個孩子，況且你又沒怎麼見過這個女人……你見到她的時間不過幾分鐘而已。」

「我見她見得不能再多了！」保羅奮力地說：「從凶案發生那一刻起，她的畫面就沒離開過。有時候我多想擺脫它，多想擺脫這場噩夢，但始終沒能做到。而現在這幅畫就掛在那面牆上。我非常肯定，就像肯定我自己活著一樣，就是她，我能認出她，就像二十年後我也能認出妳來一樣！就是她……看看，妳看看，看她衣服上的胸針鑲著一條金蛇……浮雕玉石！我不是跟妳說過！還有這條蛇的眼睛……是紅寶石製的！她的肩上披著一塊帶黑色花邊的方圍巾！就是她，她就是我看見的那個女人！」他越來越激動，用拳頭對著艾米娜・唐德維的肖像。

「別說了，」伊麗莎白喊道，保羅說的每一句話對她都是折磨，「別說了，我不准你說……」

她想用手按住他的嘴，使他安靜下來，但保羅本能地做了個向後躲的動作，狀似拒絕他妻子的觸碰，這個動作來得太突然，伊麗莎白嗚咽著癱倒下去。保羅憤怒異常，由於痛苦和仇恨的折磨，他產生了某種可怕的幻覺，這幻覺迫使他一直退到門口。他大聲喊道：「她來了！她醜惡的嘴臉，無情的眼神！她想殺人，我看見她了……我看見她了……她向我父親走過去！她拉住了他……她抬起臂膀……她刺向他！啊！那個巫婆！」

他逃跑了。

* * *

這天晚上，保羅在花園裡度過，像個瘋子一樣在漆黑的小路上奔跑，或者精疲力竭地躺在草坪上哭泣，無止盡地哭泣。

除了關於那場凶案的記憶，保羅從不覺得痛苦難捱。這痛苦久已減輕，但發作起來更加猛烈，猶如新傷口一樣疼。這次痛苦來得太過猛烈、太過突然，所以儘管平日裡他很沉著，總是保持理智，這回卻是完全昏頭了。他的思想、他的行爲、他的姿勢，和他在黑夜裡吼叫的那些話，都像是一個完全失去自控能力的人。

他的頭腦混亂不已，各種想法和感覺像風中落葉般盤旋著。但只有一個念頭，一個可怕的念頭總是在他腦子裡迴響：「我認得殺死我父親的女人，我深愛的妻子正是這個女人的女兒！」

他還愛她嗎？他清楚這份幸福已經破碎了，並爲此感到萬分痛心。可是，他還愛著伊麗莎白嗎？他能夠愛艾米娜・唐德維的女兒嗎？

天剛剛亮，保羅回到城堡裡，當他經過伊麗莎白的房間時，心跳得不能再快了。他對凶手的仇恨抹殺了一切讓他心跳加速的情感：愛情、慾望、柔情，甚至最簡單的同情。

他在昏昏沉沉中度過了幾個小時，神經稍微舒緩了些，但是他的想法沒有改變。他下意識地盡量迴避和伊麗莎白碰面。然而他想知道，想搜集並釐清所有必要的資訊。他要等到百分之百的確定之後，再做出最終決定，這決定將解開他生命中這場夢魘。

無論如何，應該先問問傑羅姆和他的妻子。因爲他們認識唐德維伯爵夫人，他們的證言具有很重要的價值，比如一些關於日期的問題當場就能弄清楚。保羅在他們住的小屋裡找到他們，兩個人都相當激動。傑羅姆手裡拿著一份報紙，羅莎莉害怕地胡亂比劃著。

「完了，先生，」傑羅姆大聲喊道：「可以肯定了，事情馬上就要發生了！」

「什麼事？」保羅問。

「戰爭動員令呀，先生會看到的。我見到了我那些當憲兵的朋友，他們告訴我的，公告老早準備好了。」

「公告總是會先準備好的。」保羅漫不經心地說。

「是的，但是馬上就要張貼出來了，您會看到的。然後，先生看看這份報紙吧！這些豬——先生請原諒，沒有別的詞語可以形容他們了——這些豬要戰爭。奧地利進行會談的同時，他們就已經開始動員，動員好幾天啦，證據就是我們過不去他們那邊了。另外，他們昨天在離這不遠處摧毀了一座法國火車站，炸飛了鐵軌。先生讀讀吧！」

保羅用眼睛掃了一下最近的幾條消息，儘管感覺到事態的嚴重性，但戰爭對他來說太不真實，因此他沒十分在意。

「一切都會過去的。」他總結道：「把手按在佩劍的劍柄上，這就是他們談判的方式。但是我不願意相信……」

「先生說錯了。」羅莎莉嘟囔道。

他不再聽他們的話，心裡只想著命運中的那場悲劇，想著如何能從傑羅姆口中套出他需要的答案。但他無法自制，直截了當地說：「也許你知道，傑羅姆，夫人和我進去過唐德維伯爵夫人的房間了。」

他這麼一宣布，看守人和他的妻子十分震驚，似乎進入這間封閉已久的房間是一種褻瀆。他們私底下管它叫夫人的房間。

「這怎麼可能！」羅莎莉結結巴巴地說。

傑羅姆又說：「這不可能，不可能呀，我已經將掛鎖唯一的一把保險鑰匙寄給了伯爵先生。」

「他昨天早上把鑰匙交給我們了。」保羅說，他不再顧及他們的驚訝，立即問道：「唐德維伯爵夫人臥室配間的兩扇窗戶中間掛著一幅她的肖像畫，那幅畫是什麼時候運過來擱在那裡的？」

傑羅姆沒有馬上回答。他想了想，又看了看他的妻子，過了好一會兒才回話：「這很簡單，在入住之前，伯爵先生派人把所有家具運到城堡裡，肖像畫也是那時候運過來的。」

「也就是說……」

在等待回答的三、四秒鐘裡，保羅感到十分不安，無法忍受，因爲這個答案是決定性的。

「怎麼？」他又問。

「好吧，是在一八九八年的春天。」

「一八九八年！」保羅用低沉的聲音重複這個年分，一八九八年正是他父親被謀殺的那一年！

他不允許自己多想，像個冷靜的預審法官，按照自己的計畫繼續提問：「那麼唐德維伯爵先生和夫人是什麼時候到達這裡的呢？」

「伯爵先生伉儷是一八九八年八月二十八日抵達城堡，十月二十四日動身前往南方。」

現在保羅知道事情的眞相了，因爲他父親遇害發生在九月十九日。如此一來，與此眞相相關的狀況，那些能夠解釋眞相或由這眞相引發的主要細節，對他來說頓時一目了然。他想起他的父親和唐德維伯爵一直是好友。他想，在亞爾薩斯旅行的時候，父親應是得知了好友唐德維伯爵將在洛林地區落腳，因此決定給對方一個驚喜拜訪。他估算了一下奧諾坎城堡和史特拉斯堡之間的距離，恰好跟他們在火車上度過的時間吻合。

他問：「從這裡到邊界有多少公里？」

「剛好七公里，先生。」

「邊界的另一邊不遠處有個德國的小城市，對嗎？」

「是的，先生，那座小城叫艾布雷庫。」

「到邊界那邊去是不是有一條近路？」

「是的，先生，莊園上方有條近路，到邊界可省去一半路程。」

「那條路穿過樹林嗎？」

「穿過伯爵先生的樹林。」

「在這片樹林裡……」

確定事實的要領，不是透過聽取對事件的解釋，而是掌握事件本身的情況，現在這些情況逐漸清晰。要想百分之百肯定，只需要問那個最重要的問題：「樹林裡是否有片空地，中間有座小教堂？」爲什麼保羅・戴霍茲不發問？難道是覺得這個問題太過具體，易引起看守人的懷疑和聯想，尤其這場談話的氣氛早已使對方產生預警？他只是說：「唐德維伯爵夫人居住在奧諾坎城堡的這兩個月期間未外出旅行嗎？比如有幾天不在……」

「肯定沒有。伯爵夫人沒有離開過這裡。」

「嗄！她一直待在莊園裡？」

「是的，先生。伯爵先生幾乎每個下午都乘車去科維尼，或者到山谷裡去，但是伯爵夫人不曾離開過莊園或樹林。」

保羅弄清了他想知道的事後，不顧傑羅姆夫妻的想法，也不費心去解釋爲何提這些相互之間沒有明顯關聯的奇怪問題，便離開了他們的屋子。

儘管想把調查進行到底的心情十分急切，他還是推遲了莊園外的那部分調查，也許是害怕面對這最後一份證據。然而命運早替他搜集好了這些證據，那最後一份已然毫無用處。

他回到城堡，恰值午餐時間，他決定接受這場和伊麗莎白無可避免的會面。

但是女僕來到客廳，代夫人向他致歉，轉述說夫人有些不舒服，想獲准在自己的房間用餐。他明白妻子想留給他完全的自由，以免因她爲敬愛的母親求情而感爲難，總而言之，她提前接受了丈夫的所有決定。

於是，他不得不在僕人存疑的目光下獨自用餐。他深切感覺到自己的生活已經在崩毀邊緣。伊麗莎白和他，在結婚當日就因爲一連串意外成了彼此的敵人，再也無法靠近。然而他們兩人都不該爲這些事負責。當然，他一點也不怨恨伊麗莎白，也不爲她母親犯的罪責備她，但他不自覺地對她有股怒火，好像身爲這個母親的女兒是一種錯誤。

餐後整整兩個小時，他都把自己關在掛有肖像畫的房間裡。儘管很悲傷，他還是想和這個凶手面對面，用那幅該死的畫塡滿自己的眼睛，給自己的記憶注入新的力量。

他檢查了所有細節，研究那塊浮雕玉石和上面栩栩如生的展翅天鵝，研究周圍那圈金蛇上的雕刻和紅寶石眼睛之間的距離，還研究圍巾花邊的紋路，研究她的嘴型、頭髮的波浪以及面容五官。

這分明是他在九月某天傍晚見過的那個女人！肖像畫角邊有畫家的簽名，簽名底下寫著：H伯爵夫人①肖像。毫無疑問，這幅油畫曾被展出過，而且主人相當滿意這項謹慎的名稱：艾米娜伯爵夫人。

「走吧！」保羅自言自語道：「再過幾分鐘，過去的一切都會重現。我已經找到了凶手，只需要再找出凶案發生的地點。如果教堂的確在樹林裡，眞相就完整了。」

他堅定地朝眞相走去，不再像之前那樣惶恐，因爲一切都將在他手中線索的另一端浮現，他無法繼續逃避。然而，他的心仍不禁怦怦地跳著，每跳一下都很痛苦。踏上他父親十六年前走過的路，對他來說是多麼可怕！

傑羅姆大致指示過他該往哪個方向走。他往邊界走去，向左穿過莊園，路過一間房子。樹林的路口處闢出一條長長小徑，兩側長滿松樹。他走了進去，往前五百步，路分成了三條更窄的小路。他掃視了一下，發現其中兩條通往茂密的森林，第三條則通往一個小山丘的頂端，他走過山丘頂端後接著下坡路，選了左邊另外一條小徑。

保羅之所以這麼選，是因爲他意識到這條兩邊長滿松樹的路激起了他的回憶，他也說不清哪樣景致或是方位和他記憶中相似，只讓模糊的感覺引領自己的腳步。

這條路開始有很長一段是筆直的，接著突然拐到一片山毛櫸林中，樹木十分高大，繁茂的枝葉搭在一起，形成拱頂，把路遮得漆黑；接著，這條林蔭路又筆直地延伸下去。保羅發現路的盡頭灑滿陽光，那是一片圓形空地的入口。

保羅著實感到焦慮不安，腳步沉重，要費很大力氣才能繼續前進。這片空地是不是他父親被刺殺的地方？那片灑滿陽光的空地逐漸映入保羅的眼簾，他在內心深處越發確信這即是當年現場。就像在掛著肖像畫的房間裡一樣，過去在他腦海裡重現，而眼前就是記憶中那些事物的眞實模樣！

這正是那片林中空地，周圍有一圈樹，形成跟過去一樣的景致。地面覆蓋著草地和青苔，有幾條小路將空地分成若干相似的扇形，頭頂上同樣是一團團樹葉胡亂勾勒出的天空。空地左邊即是那座小教堂，周圍有兩棵紫杉像護衛一般看守著，保羅一眼便認出來了。

教堂！那座古老而穩固的小教堂，它的輪廓像田裡溝壑深深地刻在年輕人的腦海中！那些樹長高茁壯，形狀變了。林中空地乍看上去也變了些模樣，小路穿插的方向亦不同。從這些方面看，有可能是保羅弄錯了。但這座由花崗岩和水泥構成的建築是無法改變的，外牆上的灰綠色是時間作用在石頭上的標誌，要形成這種顏色需要幾個世紀，而且一旦形成，這種銅綠色永遠不會褪去。

教堂矗立在那裡，正面頂部的山形牆上嵌著彩繪玻璃窗，玫瑰花窗被灰塵蒙住。這座教堂正是當年德國皇帝突然出現的地方，那個女人跟在皇帝身後，十分鐘後凶案發生了……

保羅朝門口走去，他想再看看父親最後一次對他說話的地方。他的心情多麼複雜！這還是當年的小屋簷，向外凸出形成遮蔽處，他和父親就把單車停放在那裡，也是同一扇木門，上面的大鎖長滿鐵鏽。

他踏上唯一的那級台階，抬起門栓，推開了門。可是，正當他要走進去的時候，躲在暗處的兩個人一左一右向他撲過來。其中一個舉起手槍，對準他的臉就要開槍。

保羅感覺到有槍筒對著自己，及時蹲下身，奇蹟般地躲過了子彈。接著，槍聲再次響起。但在此之前的一瞬間，他已經將那人推倒，奪下對方手中的武器。這時襲擊者中的另一個用匕首脅迫他。他伸出胳膊，用手槍指著那兩個不速之客，同時向後退，退出了教堂。

「舉起手來！」他喊道。

沒等對方做出自己要求的動作，他早已無意識地扣動兩次扳機，這兩次扣動都只傳出喀嚓聲，並沒有子彈射出的爆炸聲音……但已足夠讓那兩個嚇得魂飛魄散的壞蛋以最快的速度轉過身去，撒腿就跑。

保羅有一瞬間不知該怎麼辦，他被這次突襲嚇壞了。接著，他立刻重新向那兩個逃跑者開槍。可是有什麼用呢！槍裡顯然只裝了兩發子彈，已經用光了，現在只能發出喀嚓的響聲。

他隨後朝兩人逃竄的方向跑去，並想起從前德國皇帝及其隨從離開教堂時即是往這個方向，顯然這是通往邊界的路。

那兩人幾乎立刻發現自己遭到追蹤，於是鑽進了樹林。兩人路上經過一片被荊棘和蕨草覆蓋的窪地，幾次遇險，而保羅則繞過了這片窪地，加上他身手更爲敏捷，很快便縮短了與他們的距離。

突然，其中一人吹了聲口哨，聲音很刺耳。這是給某個同夥發出的暗號嗎？過了一會兒，他們消失在一排密集的灌木叢後面。跨越灌木叢的時候，保羅發現他前面一百步的地方有堵高牆，這堵牆似乎能將樹林的四面八方都圍住。那兩人離他大約五十步，保羅發現他們逕直往牆上的小矮門跑去。

保羅卯足了勁，想在他們開門之前趕上。由於之前沒有走那段窪地，加上地勢變得開闊，保羅可以跑得很快，而那兩個人明顯已精疲力竭，放慢了腳步。

「我要抓住那兩個強盜了，」保羅大聲喊道：「這樣我最後就能知道……」

強盜第二次吹響口哨，接著沙啞地喊了一聲。這時保羅離他們只有三十步之遙，甚至聽得到他們講話。

「我抓住他們了，我抓住他們了。」他高興地重複著，喜悅中夾雜著一絲兇狠。他打算用槍筒打其中一個惡徒的臉，然後跳上去掐住另外一個的脖子。

可是，還沒等他們走到牆邊，那扇小矮門便被從外面推開了。第三個人出現，讓路給其他兩人過去。

保羅扔掉手槍，用力猛地衝過去，成功地抓住門把手，把門朝自己的方向拉。

門被拉開了，他卻被眼前景象嚇得後退一步，也沒想到抵抗新一輪的攻擊。這第三個人——多麼殘酷的噩夢啊！如果不是噩夢，還有其他可能嗎？這第三個人向他舉起一把刀，保羅認得這個人的臉……他從前見過和這張一模一樣的臉，但這次是一張男人的臉，不是女人，但是這兩張臉非常相似，毋庸置疑，極度相似……經過十六年歲月的洗禮，這張臉孔變得更加無情兇狠，但是非常地相似！

這個男人揍保羅的勁頭，就像當年那個襲擊過他父親之後就去世了的女人一樣。

保羅搖搖欲墜，與其說是因爲被襲擊，不如說是因爲這個幽靈的樣子讓他精神恍惚。刀身打在他外套呢料墊肩的鈕釦上，碎得滿天飛。恍惚中他聽見開門的聲音，接著是鑰匙在鎖眼裡轉動的聲音，最後，他聽見牆另一邊汽車發動的轟轟聲響。當保羅從昏昏沉沉中清醒過來的時候，已經晚了，那第三個人和他的兩個同夥早已逃之夭夭。

另外，今天見到的第三個人與從前那個女人面容如此相似，這令人費解的謎團吸引了他全部的注意力。他只想著：「唐德維伯爵夫人已經死了，現在竟又以一個男人的形象復活，如果她還活著，面容該和那個男人一樣。難道這是她的某位親戚？一位不認識的兄弟？還是孿生兄弟？」

他又想：「我到底是不是看錯了呢？經歷了方才那樣的險境，產生幻覺也很自然，誰能向我保證過去和現在有所關聯呢？我需要證據。」

這份證據就在保羅的手上，而且十分有力，讓他可不再懷疑。

保羅在草地裡發現了那把刀的殘片，他撿起刀柄，牛角製成的刀柄上有四個字母，像用烙鐵烙上去的一樣：H. E. R. M.……這正是艾米娜（Hermine）這名字的前四個字母！

就在此時，當他盯著那幾個對他來說有著重大意義的字母看時——保羅永遠不會忘記這一刻——隔壁村子教堂裡的鐘叮叮噹噹地響了起來。鐘聲很奇怪，是那種有節奏的單一聲音，連續不斷，既輕快又扣人心弦！

「是警鐘聲。」他低聲呢喃，未及時意識到這個詞的涵義。「大概是什麼地方發生了火災。」

* * *

十分鐘後，保羅成功地利用一棵樹上伸出的枝條跨過那堵圍牆。圍牆的另一頭也是樹林，中間有一條林蔭路，他在路上循著汽車留下的痕跡前進。一小時後，他終於到達邊界。

國界標旁立著一座哨兵崗哨，那邊有一條白色大路，兩邊站著槍騎兵的縱隊。再往前，是成片的紅色屋頂和花園，這是他和父親租單車的那座小城艾布雷庫嗎？

那悲鳴的鐘聲沒有停下。他發覺鐘聲來自法國，甚至聽見某處又有另外一座鐘被敲響，也是在法國的某個地方，接著，從利瑟隆那邊傳來第三座鐘的響聲。這三座鐘的聲音同樣急促，彷彿在向周圍發出瘋狂的呼救。

他焦急地說：「警鐘……是警鐘……這鐘聲從一個教堂傳向另一個教堂……會不會是……」

他遏制住這種可怕的想法。不，不，他聽錯了，要不然就是只有一座鐘在響，其餘的都是鐘聲撞擊山谷產生的回聲，接著回聲傳到了平原上。

然而，當他看向那條從德國小城延伸出來的白色道路時，發現不斷有一隊隊的騎兵經過那裡，分散到田野中。另外，法國龍騎兵②的一個分隊突然出現在山崗上，軍官藉著望遠鏡仔細觀察地平線，隨後帶著他的人馬離開了山崗。

保羅發現無法再前進，便掉頭返回剛才翻過的圍牆。他發現這堵牆悄悄把這片地區完全圍住了，包括樹林和莊園。後來，他從一位農民處得知這堵牆建於十二年前，這也就解釋了爲什麼他從前沿著邊界調查的時候一直沒找到那座教堂。他想起曾經有人向他提到過有那麼一座教堂，不過是在一片封閉的府邸裡。他當時怎想得到是這麼一回事呢？

他沿著城堡的圍牆走，走到奧諾坎村附近。樹林裡有一塊開墾出來的空地，村裡的教堂就聳立在那塊空地的深處。這時，已經沉寂好一會兒的鐘聲又清晰地響起來，是奧諾坎村的鐘聲。那聲音尖細、悲傷，就像病人的呻吟，儘管節奏很快，卻比宣布有人去世的喪鐘更加莊嚴。保羅向教堂走去……

奧諾坎是個漂亮的小村，到處開滿天竺葵和雛菊。村裡的房屋聚集在教堂周圍，一群人停下來看村長辦公室前面張貼的公告。保羅走上前去，看到上面寫著：「動員令」。

從前他聽到這個詞，總覺得恐懼且悲傷，但是他遭受的苦難已經給他帶來太多痛苦，因而心裡再難有激烈的波濤了。他甚至不願去想這個消息會帶來什麼不可避免的後果。動員果眞開始了，午夜十二點的鐘響之後，動員的第一天就開始了，所有人都要出征，所以他也要出征。這個念頭在他腦海中逐漸成形：必須行動起來，出征是不可推卸的責任，比其他任何義務和微不足道的個人需求都重要得多。接受來自外部的命令指示自己的下一步行動，對他反而是種安慰。不該再遲疑了，他當前的責任就是爲法國出征。

出征？這樣的話，爲什麼不直接出發呢？回到城堡，再見到伊麗莎白，尋求痛苦而無益的解釋有何用處呢？去向妻子道歉？可是他的妻子沒有要求他道歉；還是拒絕道歉，因爲艾米娜・唐德維的女兒不配接受道歉？

在一家大旅館的門口停著一輛公共馬車，上面掛著一塊牌子寫著「科維尼——奧諾坎——車站班車」，車上坐著幾個人。他不再想事情會如何發展，局面會變成怎樣，便登上了馬車。

在科維尼車站，有人告訴他，他要搭乘的火車只剩半個小時就要出發了，而且沒有其他車了，因爲銜接主要路線夜間快車的稍晚那班火車被取消了。

保羅預訂了座位，在打聽一些消息後，回到城裡租下兩輛汽車。他與老闆談妥，決定晚些時候把這裡最大的汽車派到奧諾坎城堡供保羅・戴霍茲夫人使用。

他還給妻子留下簡短的幾行字：

伊麗莎白：

局勢十分嚴峻，因此我必須立刻離開奧諾坎。乘火車出行已不再保險，我爲妳派去了一輛汽車，妳今晚就連夜趕到休蒙的姑媽家去吧！我估算僕人們會要求陪妳一塊去。如果戰爭號角響起（儘管我仍覺得不大可能），傑羅姆和羅莎莉應該會關閉城堡，撤退到科維尼。

我本身將重返部隊。不管我們的將來會怎樣，伊麗莎白，我不會忘記妳曾是我的戀人，情定終生的妻子。

保羅・戴霍茲

譯註：

①此處H是艾米娜（Hermine）的首字母。

②龍騎兵最初指的是「騎馬步兵」，此兵種出現於十七世紀晚期至十八世紀早期的歐洲軍隊，士兵們必須同時接受馬術與步兵戰技的訓練。他們騎馬至目的地後即下馬進行步戰，也就是如騎兵般移動，但如步兵般戰鬥。後逐漸演變成輕騎兵單位。

chapter 4

伊麗莎白的一封信

九點鐘，陣地守不住了，上校大發雷霆。

戰爭開始第一個月的八月二十二日午夜，他把軍團帶到某個三岔路口，其中一條路通往比利時的盧森堡。前一日敵人佔領了大約十二公里的邊境線，指揮全師的將軍正式下令要堅守到中午，也就是說要等到整個師返回與他們會合。一尊七點五釐米口徑大砲的砲兵中隊則負責支援這個團。

上校讓他的人散佈在一片高低起伏的地面上，砲兵中隊也隱藏起來。然而，天剛濛濛亮，這個軍團和砲兵中隊皆被敵人發現，遭到了猛烈的狂轟濫炸。

他們原先埋伏在邊境線右側兩公里處。五分鐘後，砲彈似雨點般傾瀉而下，有六名士兵和兩位軍官喪生。他們隨後轉移陣地，可是過了十分鐘又再次遭到襲擊，上校頑強地堅守著陣地。一小時後，三十個人失去了戰鬥力，一尊大砲被摧毀。這時才早上九點。

「該死的！」上校咆哮道：「他們是怎麼發現我們？那邊一定使了妖術！」

他和他的指揮官、砲兵隊長、幾個聯絡員藏在一處斜坡後面。他們頭上方是片廣闊的起伏平原，左邊不遠處有座廢棄的村子和幾個分散的農場。在這片遼闊的廢墟上，看不見半個敵影，沒有任何東西能指明砲彈來自何方位。七點五釐米口徑的大砲徒勞地發射了幾顆砲彈，敵陣攻擊始終持續著。

「還要堅持三個小時。」上校低沉地說：「我們能挺過去，但是團裡必須保有四分之一的戰力。」

正在此時，一顆砲彈從幾名軍官和聯絡員之間呼嘯而過，插進地裡。所有人都向後退，等砲彈炸開，但其中有個下士突然衝上前去抓住砲彈研究起來。

「你瘋了，下士！」上校大聲喊道：「快把它放下！」

下士將砲彈輕輕地放回原來的坑中，急忙向上校走過來，接著併攏腳跟，行舉手禮。

「請原諒，上校，我想從砲彈上看出敵人的方向以及敵方大砲的具體位置。那些大砲距離我們五千二百五十公尺，這個情報應該有價值。」

他的冷靜讓上校大感驚訝而喊道：「該死！萬一爆炸了呢？」

「不要緊！上校，總得一試……」

「當然……但不管怎麼說，這還是有點魯莽。你叫什麼名字？」

「保羅・戴霍茲，第三連下士。」

「好吧，戴霍茲下士，我讚賞你的勇氣，相信你離獲得榮譽勛章的日子不遠了。只不過，先給你個建議，下次別再這麼做了……」

一顆榴霰彈在旁邊炸開，打斷了他的話。有個聯絡員胸口被擊中，倒了下去，另一位軍官在漫天飛舞的塵土中被震得搖搖晃晃。

「好吧，」上校說：「恢復秩序之後，除了彎腰躲開砲彈，什麼都不要做。每個人都盡量隱藏好，讓我們耐心堅守。」

保羅・戴霍茲再度走上前去。

「打擾了，上校。也許我有些多管閒事，但是，我覺得我們也許能避開……」

「躲開槍林彈雨？當然啦！只需要再轉移一次陣地，但是我們馬上就會被發現……去吧，我的孩子，回到你的位置上。」

保羅堅持道：「上校，也許不需要改變我們的位置，可以改變敵人發射的方向。」

「喔！喔！」上校略帶諷刺地回應，然而他被保羅的冷靜深深打動，「你有辦法嗎？」

「是的，上校。」

「那你說說看。」

「給我二十分鐘，上校，二十分鐘後，砲彈就會改變方向。」

上校情不自禁地笑了起來。「好極了！那麼一定是你想讓它落在哪，它就落在哪嘍？」

「是的，上校。」

「那落在右側一百五十公尺遠處的甜菜地裡，在那邊，怎麼樣？」

「可以的，上校。」

砲兵隊長聽見他們的對話，也打趣地說：「那麼，既然你什麼都知道，下士，你已經提供了敵方大砲的準確距離，我又大概知道方向，那你能不能幫我進一步確定對方的具體位置，讓我調整發射，好炸毀德軍的砲兵中隊呢？」

「這需要更長時間，也困難得多，隊長，」保羅回答：「但我盡力嘗試看看。十一點整，請您仔細觀察遠方的地平線，往邊界線那邊看，我會發出信號。」

「什麼樣的信號？」

「我不知道，也許是三枚信號彈。」

「但是你的信號只有在敵人的正上方發出才有意義……」

「正是這樣……」

「可這就意味著你得知道敵人在哪……」

「我知道。」

「還要進入敵軍營地……」

「我會去的。」

保羅敬禮，用腳跟支撐向後轉過身，還沒等長官們讚揚或提出反對意見，他便緊貼著斜坡一溜煙跑開，經過一片長滿荊棘的窪地，最後消失了。

「眞是個奇怪的傢伙，」上校小聲說：「他到底想做什麼呢？」

這樣的決心和膽識讓上校對那個年輕戰士產生了好感，儘管對事情的結果不具信心。他跟麾下軍官們躲在乾草垛堆成的脆弱圍牆後面。多麼可怕的時刻啊！保羅離開後的幾分鐘裡，上校情不自禁頻頻看自己的手錶，絲毫不考慮自身安危，光想著那些他負責守護、視爲自己孩子的士兵。

他看著自己周圍的士兵們，有的趴在蒿草叢中，頭上頂著背包，有的蜷縮在灌木叢裡，有的窩在地面的坑窪裡。炸彈碎片似暴風雨般落在他們身後，這砲彈雨下得越來越急，彷彿憤怒的冰雹，急於完成它摧毀的任務。被炸飛的戰士在空中旋轉之後落地，一動不動，他們落地的聲音跟傷者的呻吟聲，戰士們相互呼喚的喊聲，互相打趣開玩笑的聲音交織在一起。在他們頭頂上，砲彈一刻不停地炸開，發出雷鳴般的爆炸聲……

然後，周圍突然安靜下來，完全地安靜下來，空中和地面籠罩一片安寧。大家鬆了口氣，感到一種難以言喻的輕鬆。

上校高興得哈哈大笑。「眞該死！戴霍茲下士是個高深莫測的人。正如他許諾的那樣，現在該讓敵人的砲彈打在那片甜菜地裡了。」

他話還沒說完，一顆砲彈在他們右側一百五十公尺處炸開，沒有打中甜菜地，而是有點靠前。第二顆射得太遠，第三顆準確地落在甜菜地裡，接著一場轟炸。

下士許諾達成的任務中如有某種神奇工具相助，計算得如此精確。上校和他的軍官們毫不懷疑他能將這個任務進行到底，儘管有難以克服的困難，他依然能按照約定成功發出信號。

他們不停地用雙筒望遠鏡在遠方的地平線上搜尋，敵人同時間加大火力向甜菜地掃射。

十一點零五分，一顆紅色的信號彈升起，這顆信號彈出現的地點比他們預想的向右偏離很多。接著，又發射了兩顆信號彈。

砲兵隊長急忙拿著長筒望遠鏡掃視，很快發現一座教堂的鐘樓稍稍露出山谷。平原高低起伏的崎嶇地面遮蔽住山谷下方地帶，鐘樓尖頂僅高出周圍一點點，因而很容易誤判爲是一棵孤立的樹。他們根據地圖上的標示，知道這是布呂姆瓦村的鐘樓。

之前下士檢查過砲彈片，使砲兵隊長掌握德國砲兵連的準確距離，現在又弄清了方向，隊長便馬上打電話給他的副官。

半小時後，德國的大砲安靜下來。當第四顆信號彈升起的時候，七點五釐米口徑砲兵中隊繼續轟炸教堂、村莊以及村莊的四周。

不到中午，走在全師最前面的自行車連和上校的軍團會合，受命要不惜一切代價前進。

上校的軍團向前推進，幾乎未遭遇任何干擾。快到達布呂姆瓦村時，傳來幾聲槍響，敵人的後衛部隊開始撤退了。

村莊變成了一片廢墟，有幾間房子還在燃燒，地上一片狼藉，屍體、傷者、倒下的馬匹橫七豎八地躺著，到處是被摧毀的大砲、被攔腰炸成兩段的彈藥車和軍用貨車。敵方的某個旅剛清理完戰場準備撤退的時候，遇上了這次突襲。

教堂的大殿和牆面已被炸毀，化爲廢墟，只有鐘樓維持著原樣，托著細細的石尖頂，奇蹟般地保持著平衡。但是鐘樓也被炸開了洞，幾根橫樑被燻得漆黑。教堂頂端傳來呼救的聲音，只見有個農民打扮的半個身影探出尖頂，一邊揮舞手臂一邊叫喊，以引起別人的注意。

軍官們認出那是保羅．戴霍茲。

大夥兒小心翼翼地穿過瓦礫，登上樓梯到達塔樓平台。平台上有一扇通往尖頂的小門，門口堆著八具德國人的屍體。門被炸毀了，斜傾擋住過道，必須用斧頭將其砍碎才能救出保羅。

傍晚時分，推估追擊敵人會遭遇嚴重阻礙，上校便讓軍團在廣場上集合，並熱烈擁抱戴霍茲下士。

「好吧，」上校對下士說：「我會爲你申請一枚軍功章以表獎勵，你受之無愧。現在，我的孩子，解釋給我聽吧！」

長官們和各連下級軍官在保羅身邊圍成一圈，保羅站在中間，回答他們的問題。

「老天呀，這再簡單不過了，上校，我們的行動被間諜監控了。」

「這很明顯。可是誰是間諜？他當時在什麼地方？」

「上校，我是偶然間獲知這回事的。在我們今天早上佔領的地方左邊不遠處不是有個村莊，裡面有座教堂嗎？」

「是呀，但是我到那個村子之後，就下令疏散村民，教堂裡沒有任何人。」

「如果教堂裡沒有人，爲什麼刮西風的時候，鐘樓頂上的風向標指示風來自東邊呢？爲什麼我們轉移陣地之後，風向標又偏向我們這邊呢？」

「你確定嗎？」

「是的，上校。因此，得到您的允許之後，我毫不猶豫地溜進了那座教堂，悄悄地鑽進鐘樓。我沒有弄錯，有個男人在那裡，我費了好大力氣，終於制伏他。」

「這個壞蛋！他是個法國人嗎？」

「不，上校，是一個德國人僞裝成農民。」

「該槍斃他。」

「不，上校，我答應放他一條生路。」

「這不可能。」

「上校，我們必須弄清楚他是如何向敵人通風報信。」

「那麼他是怎樣做到的呢？」

「喔！這一點也不複雜，教堂北側有面時鐘，從我們的位置看不到鐘面。那位間諜先生從裡頭操縱指針，用最長那根指標在三、四個數字上交替地挪來挪去，以表示我們和教堂間的準確距離，然後用風向標表明方向。後來我也如法炮製，所以敵人立即按照我的指示調整發射方向，瞄準甜菜地進行轟炸。」

「原來如此！」上校笑著說。

「我需要做的，就只剩下潛入敵軍接收間諜情報的另一個觀察站。從那裡我就能知道敵軍砲兵連所在的位置，因爲間諜不知道這些重要細節。所以我一路跑到這裡，到了之後才發現敵軍的砲兵連和德軍的一整個旅都駐紮在教堂腳下，教堂正是德軍的哨所。」

「這樣實在太瘋狂，太冒失了！他們沒有朝你開槍嗎？」

「上校，我換上了間諜的衣服，是對方間諜的衣服。我會說德語，並知道口令，他們之中只有一個人認識這名間諜，就是觀察員長官。我對指揮敵軍整個旅的將軍說，法國人識破了我的身分，我剛剛從他們那裡逃出來，他便百分之百地信任我，把我派到他身邊工作。」

「你竟然有這種膽量？」

「必須有這份膽量，上校，何況我手中握著所有王牌。這位軍官沒有絲毫懷疑，當我走到塔樓的樓梯平台上時，他正在發送指令，我毫不費力地來了個突襲，塞住他的嘴。至此，我的任務告一段落，只剩下發送跟您約定好的信號。」

「只剩下這個！你可是被六、七千名德國兵包圍著啊！」

「但是我向您保證過，上校，而且十一點鐘也到了。平台上有白天和晚上發送信號彈需要的所有工具。何不利用一下呢？我點燃一支信號彈，接著點燃第二支、第三支、第四支，然後戰鬥開始了。」

「可是，看到這些信號彈之後，我們就要調整方向，朝你所在的鐘樓掃射了啊！我們可是向你開砲啊！」

「啊！我向您保證，上校，在那樣的時刻，我沒有想過這些。我熱情地迎接擊中教堂的第一顆砲彈。接著，敵人未留給我半點思考的時間！六名壯漢立即衝上塔樓，我用手槍解決掉其中幾個，可是後來有一個向我撲過來，接著又來了一個，我不得不躲到通往尖頂那扇門的後面。當他們把門推倒後，我把門當作壁壘，再加上我有從第一場搏鬥中繳獲來的武器和彈藥，他們便無法接近我，也幾乎看不到我，就這樣形成了一夫當關之勢。」

「可是我們的七點五釐米口徑大砲正在向你開砲啊！」

「正是我們的大砲救了我，上校。您想想，教堂一旦被炸毀，房樑失火，敵人就不會再冒險到塔樓裡來了，所以我只需耐心等候你們的到來。」

保羅・戴霍茲敘述得簡明扼要，好像他的行動再自然不過。上校再次向他表示祝賀，並且向他保證他會得到中士軍銜。

上校對他說：「你有什麼要求嗎？」

「是的，上校，我想親自審問留在那邊的德國間諜，也想藉此機會取回我藏在那裡的軍裝。」

「我明白了，你晚上跟我們一起用餐吧，我們會給你一輛自行車。」

晚上七點，保羅回到第一座教堂。等待著他的是強烈的失望，間諜掙開繩索逃跑了。保羅在教堂裡和村莊裡到處搜尋，毫無所獲。保羅和那個間諜打鬥的時候，對方的刀掉在樓梯上，離保羅突襲他的地方不遠處，保羅把刀撿了起來。

這把刀和他三個星期前在奧諾坎樹林中那扇小門前拾到的那把刀一模一樣。刀身頗是特別，同樣的牛角刀柄上刻著四個字母：H. E. R. M.。

殺死他父親的凶手、長相神似艾米娜・唐德維的女子，和那個間諜使用同樣的武器。

* * *

第二天，保羅所屬師團把敵人打得落花流水，並繼續進攻，進入比利時。可是晚上將軍卻接到撤退的命令。

撤退開始了，所有人都感到痛苦，或許對於旗開得勝的法軍部隊，這種感覺尤甚。保羅和他第三連的同袍們氣惱難平。在比利時度過的半天裡，他們目睹一個被德國人炸成廢墟的小村莊，八十個遭槍殺婦女的屍體，雙腳綁著倒掛起來的老人，成堆被割喉致死的孩子。在這些禽獸面前居然要撤退！之前幾個比利時士兵加入了軍團，他們帶著恐懼神情講述的事情更是超乎想像。這種情況下居然要撤退！大夥兒心中充滿仇恨，強烈渴望著復仇，在雙手緊握武器正待反擊的時刻，居然要撤退！

爲什麼要撤退？不是因爲戰敗。雖然途中有幾次突然停下，回頭痛擊潰不成軍的敵人，但撤退仍然是有序的。人海戰術粉粹了一切成果。那群蠻族重整軍隊，兩千人代替了死去的千人，逼得法軍不得不撤退。

某天晚上，保羅在前一週報紙上得知了這次撤退的原因，這個消息讓他很痛苦。八月二十日，科維尼遭受了長達幾個小時的轟炸，其慘狀無法言喻，最後終於失守。人們本來期望這個要塞能夠至少堅持幾天，以爲抵禦左翼德軍提供有力支援。

就這樣，科維尼失守了，奧諾坎城堡肯定如保羅希望的那樣被傑羅姆和羅莎莉捨棄了，現在八成已經被摧毀殆盡、仔仔細細地洗劫一空了。這是那些人慣用的手法，他們在這方面總是特別「講究」。另外在這邊，那些瘋狂的蠻族部隊亦將紛沓而至。

八月的最後幾天愁雲滿霧，也許是法國有史以來最悲慘的日子。巴黎受到了威脅，十二個省被侵略，死亡之風向這個英雄國度襲來。

這些日子裡的某個早晨，保羅聽見身後的一群年輕士兵中有個人開心地叫喚：「保羅！保羅！

我終於達成我的心願了！我太走運了！」

這些年輕士兵是自願參軍的，被分配到這個團。保羅立刻從中認出貝納．唐德維，伊麗莎白的弟弟。保羅沒來得及細想該用什麼樣的態度對待這少年，他頭一個反應就是轉過身去。

但是貝納熱情地握住他的雙手，懇切的態度顯示他對保羅夫婦間突然的決裂還一無所知。

「是的，保羅，是我。」他高興地說：「我們能以『你』相稱嗎？是的，就是我。讓你感到驚訝了，嗯？你會覺得這是意想不到的碰面，是上天的安排嗎？姊夫和小舅子在同一軍團裡相聚！喔，不，這是我爭取的。『我想應徵入伍，』我對當局差不多是這麼說的，『我想應徵入伍，是責任所在，也是我的意向所在。身爲一位全能的運動員，以及獲得過各種體操協會獎勵、受過入伍前準備訓練的人，我強烈要求立刻上前線，到我姊夫保羅．戴霍茲下士的軍團裡去。』因爲當局不能免除我的兵役，所以把我派到這裡……怎麼了？你看上去不太高興？」

保羅漫不經心地聽著，暗自心想：「這是艾米娜．唐德維的兒子。碰我的這個人正是那個女人的兒子，她殺死了……」，但是貝納的臉上充滿坦誠和天眞的快樂，所以他回應道：「不，不……只是你太年輕了！」

「我？我已經很老了，十七歲才參軍。」

「可是你父親不反對嗎？」

「爸爸准許我來參軍，要不然我也不會准他去參軍的。」

「你說什麼？」

「是的，他參軍了。」

「你的父親參軍了……他那麼大年紀……」

「怎麼會？他還很年輕啊，參軍那天他才不過五十歲！他被分派到英軍參謀部當翻譯。家裡的男人都參軍了，你看……啊！差點忘了，我帶來一封伊麗莎白寫給你的信。」

保羅打了個哆嗦，至此他還沒想過向他的小舅子詢問妻子的消息。他拿過信，小聲地說：

「啊！她託給你這封信……」

「不是的，這封信是她從奧諾坎寄來的。」

「從奧諾坎？這不可能！伊麗莎白在動員令發布當天晚上就離開前去休蒙的姑媽家。」

「才不是呢！我和姑媽告別的時候，她說自從戰爭開始，她從沒得到過任何伊麗莎白的消息。另外，看看這信封。『請巴黎的唐德維先生轉交給保羅・戴霍茲』……郵票上還有奧諾坎和科維尼的郵戳。」

保羅看過之後，結結巴巴地說：「是呀，你說得對。從郵戳上可以看到八月十八日這日期。八月十八日……科維尼是在第三天，也就是八月二十日落入德軍的掌控。所以，伊麗莎白……她還在那裡。」

「不，不，」貝納大喊道：「伊麗莎白不是孩子！你很清楚，她不會在離邊境線十步之遙的地方等著德國鬼子！那邊砲火聲一旦響起，她就應該離開城堡，她給你寫信就是爲了告訴你這些事。讀她的信吧，保羅。」

然而，保羅的想法卻跟他相反。他毫不懷疑自己會從這封信裡讀到什麼，他顫抖著撕開信封。伊麗莎白寫道：

保羅：

我無法下定決心離開奧諾坎，一份責任將我拴在這裡，我不會放棄這份責任，那就是拯救關於我母親的記憶。請理解我，保羅，我的母親對我來說一直是最純潔無瑕的人，那個將我抱在懷裡哄我入睡、那個我父親始終全心全意愛著的女子，不該被懷疑。可是你卻指控她，我必須爲她辯護。我不需要證據就能相信她，但是我得找到證據，爲了讓你也相信。我覺得只有在這裡才能找到證據，所以我要留下。

儘管接到了敵人即將逼近的警告，傑羅姆和羅莎莉還是選擇留下來。他們擁有勇敢的心，我不是獨自一人，所以你什麼也不必擔心。

伊麗莎白・戴霍茲

保羅闔上信，面色慘白。

貝納問：「她已經不在那邊了，對不對？」

「不，她還在那裡。」

「這眞是瘋了！怎麼會呢！和那些禽獸待在一起！待在一座孤立的城堡裡……天哪，天哪，保羅，她不知道將會陷入怎樣的險境！她究竟爲了什麼耽擱？啊！太可怕了！」

保羅臉部變得凝重，握緊雙拳，沉默不語……

chapter 5 科維尼農婦

三個星期之前，當保羅聽到宣戰消息時，立刻在心中做出一個不可動搖的決定，那就是讓自己陣亡。他生命中的災難，他可怕的婚姻和他始終愛戀的妻子，在奧諾坎城堡裡核實的眞相，這一切的一切都讓他痛苦不堪，以至於死亡對他來說反而是種解脫。

對他來說，加入戰爭無疑等於擁抱死亡。頭幾個星期發生的事情，有些讓人感動，有些讓人覺得沉重，有些令人欣慰，有些很壯烈，比如完美的動員令，戰士們高昂的鬥志，法國上下令人欣慰的團結一致，民族意識的覺醒，所有這一切偉大的場面都無法引起他的注意。他在心底暗下決心，要去完成那些絕無生還可能的危險任務。

就這樣，戰爭的第一天，他以爲找到了千載難逢的機會。他懷疑間諜藏身於教堂的鐘樓裡，便去制伏間諜，然後潛入敵軍部隊的心臟地帶，將他們的位置通知法軍，這樣一來就必死無疑。於是，他勇敢地出發了。由於他對自己的任務有十足把握，才能既謹慎又勇敢地達成。死亡，無所謂，但得等成功之後再死。行動過程中，以及成功之後，他嘗到某種絕妙的快樂，這完全出乎他的意料之外。

間諜使用的那把匕首讓他留下深刻的印象，這個男人和在奧諾坎樹林中襲擊他的惡徒之間有什麼關係？他們又與十六年前去世的唐德維伯爵夫人有什麼關係？這三者都涉及背叛和當間諜的勾當，在不同場合中被保羅無意間撞見，他們之間有著哪種無形的聯繫呢？

但是現在伊麗莎白的信給了他當頭一棒。這麼說來，他的妻子還在那裡，被槍林彈雨包圍著，城堡周圍充斥血腥的戰鬥、發狂的勝利者、熊熊大火、槍戰、痛苦和暴行！她就在那兒，年輕又漂亮，幾乎是孤身一人，毫無抵抗能力！她之所以還在那裡，是因爲他沒有勇氣再見她一面，把她拉到自己身邊！

這些想法讓保羅感到陣陣沮喪和氣餒，不過他很快就從這種消極情緒中擺脫出來，繼續投身於危險行動中，想把他瘋狂的結局進行到底，不論發生什麼，他總是勇敢、冷靜且堅定不移，這讓他的戰友同感驚訝與讚賞。從這時起，與其說他在追求死亡，不如說他在追求這種將生死置之度外的激情。

九月六日是個前所未有的奇蹟日，部隊司令向他的戰士們發表了不朽的講話，終於命令他們向敵人發起進攻。大夥兒一直勇敢地承受著心中的痛苦，默默地撤退，這個殘忍的過程終於結束了。戰士們已經以一對二戰鬥了多日，個個精疲力竭、氣喘吁吁，沒有時間睡覺，更遑論進食，僅憑著驚人的毅力前進，甚至失去了知覺；他們一旦躺在壕溝裡休息，就等於等死。終於等到這一刻，司令對士兵說：「立定！向後轉！現在我們要直逼敵人！」

戰士們轉身折返，這些垂死的人重新找回力量。從最普通的士兵到傑出的軍官，他們個個滿懷激情，似乎拯救法國的重任落在自己一個人的身上。有多少個士兵，就有多少個偉大的英雄。司令命令他們不成功便成仁。最後，他們獲得了勝利。

在這些最勇敢的人中，保羅走在最前面。他所做的、他所遭受的、他嘗試過的和達成了的事，早已經超出現實的限度，就連他自己也清楚。六日、七日、八日，加上十一日到十三日，不管多麼疲憊、睏倦、飢餓，儘管這些對常人來講多麼無法忍受，保羅只知道前進、再前進、一直前進。不論白天黑夜，不論是在馬恩河邊，還是阿爾貢走廊地帶，不論他所屬的師被派去支援邊疆時是向北還是向東，不論是面朝上俯臥還是在田地裡匍匐前進，或是直立前進、拿著刺刀的時候，他始終在前進，每一步都意味著解放，每一步都意味著勝利。

每一步亦激起他的仇恨。喔！他父親過去憎恨這些人，是多麼有道理！今天，保羅親眼看到他們的所作所爲，到處是令人驚愕的蹂躪，到處是令人髮指的屠殺，到處是火災、偷竊和死亡。人質被槍殺，婦女被殘忍地殺害，只是爲了取樂。教堂、城堡、富人豪宅、窮人破屋，全都被摧毀殆盡。就連廢墟也要夷爲平地，屍體更遭到鞭撻。

跟這樣的敵人對抗，是何等痛快！儘管保羅所在的軍團人數只剩一半，卻像一群掙脫了繩索的獵犬，死死地咬住那頭野獸。隨著這頭猛獸逐漸靠近邊境，牠變得更加兇猛可怕，但是大夥兒仍然猛烈地向牠撲過去，希望予以致命一擊。

保羅在一個交叉路口的指標上看到：

科維尼，十四公里
奧諾坎，三十一點四公里
邊境，三十八點三公里

科維尼、奧諾坎！意外看到這兩個地名，保羅心中是多麼歡喜！平日裡，由於保羅陶醉於戰爭的激情中，同時也被許多煩惱牽絆著，他沒多注意路過那些地方的名字，只是偶爾才會得悉幾個。現在他突然來到離奧諾坎城堡這麼近的地方！科維尼，十四公里……科維尼這個小要塞之前遭到德軍襲擊，在奇怪的情況下被佔領了，現在法國軍隊正朝著它前進嗎？

這一天，法軍天一亮便開始與敵人交戰，對方似乎不比以前頑強。保羅的上尉命令他帶領一班士兵行進至布雷維爾村，如果敵人已從該村撤退，就進入村子，但不要再向前推進。就在村子最後一排屋子後面，保羅看見了這塊路標。

他感到惴惴不安，一架單引擎飛機剛從這片區域上空飛過。前方可能有埋伏。

「回到村子裡去，」他說：「我們邊等邊設路障。」

一陣轟隆轟隆的聲音突然響起，這聲音是從綠樹成蔭的小山丘上傳來的，山丘從科維尼方向橫亙在路上。轟隆聲越來越清晰，沒一會兒，保羅便聽出這是車子發出的聲音，也許是一輛裝甲車。

「進壕溝！」他對手下的人喊道：「隱蔽好！上刺刀！所有人都安靜別動！」

保羅深知情勢危險。這輛車穿過村莊，衝進軍團駐地的中心，散佈恐慌，接著從另一條路逃走。保羅飛快地爬上一棵樹幹滿佈裂痕的老橡樹，他坐在樹枝中間，高出地面幾公尺，就在公路正上方。眨眼間，那輛車出現了，果然是一輛裝甲車，車身巨大、身披鐵甲，令人生畏，但是樣式頗老，從鋼板上可以看到裡面的人頭和頭盔。

裝甲車全速前進，準備聽到警報就衝向目標。車裡的人員彎腰待命。保羅數了一下，發現裡面有六個人，裝甲車伸出兩支砲筒。

他把槍扛在肩上，瞄準駕駛員，駕駛員是個德國胖佬，面頰呈猩紅色，好像被血染過。他沉著冷靜，選準時機開了一槍。

「開火，弟兄們！」保羅邊喊邊從樹上滑下來。

但是，根本沒有必要襲擊他們了，駕駛員的胸口中了槍，正想將車停下來。德國人眼見已被包圍，紛紛舉起手。

「弟兄！弟兄！」其中一個士兵扔下槍後跳出裝甲車，朝保羅跑過來，說：「我是亞爾薩斯人，中士！史特拉斯堡的亞爾薩斯人！啊！中士，我等這一刻等好久了！」

戰士們把俘虜帶到村子裡。趁這個機會，保羅迅速盤問那個亞爾薩斯人：「這輛車從哪裡開過來的？」

「從科維尼。」

「科維尼有多少德軍？」

「很少。只有一個後衛部隊，也就兩百五十個鬼子。」

「要塞裡有多少人？」

「大概也是這麼多，他們原本認爲沒有必要修復砲塔，結果被打了個措手不及。是要堅守下去，還是向邊境撤離？他們舉棋不定，所以派我們來偵察。」

「那麼，我們能進軍嗎？」

「是的，但要趕快，否則他們會得到大量增援，有兩個師。」

「援軍什麼時候到？」

「就在明天，他們明天接近中午的時候會穿過國界。」

「該死！沒時間浪費了。」保羅說。

保羅仔細檢查了裝甲車，一邊對俘虜搜查、繳械，一邊想對策。這時，之前待在村裡的一名士兵跑來向保羅報告，說法國一個分隊在中尉的帶領下已經到達。

保羅急忙向這位軍官報告情況，形勢緊迫，必須立刻採取行動。他主動提出開著剛繳獲來的裝甲車去偵察敵軍情況。

「好吧，」軍官說：「我負責看守村莊，並盡快將消息通知師部。」

* * *

裝甲車朝科維尼方向開去，車裡擠著八個人。其中兩個人專門負責機關槍，對機關槍的結構進行研究。那個亞爾薩斯俘虜負責監視前方，他站著，以便其他人從各個方向都可以看見他的頭盔和制服。

所有事情都是在幾分鐘之內決定和執行的，沒有經過討論，亦未糾結於細節。

「聽天由命吧！」保羅一邊駕駛，一邊喊道：「你們準備好冒險到底了嗎，弟兄們？」

「視死如歸呀，中士。」他旁邊傳來一個聲音。

保羅聽出這是貝納．唐德維。貝納屬於第九連，自從他們上次見面，保羅一直躲著他，至少避免和他說話。但他知道，這個年輕人戰鬥力十足。

「啊！是你。」他說。

「正是我。」貝納大聲說：「我和我的中尉一起來的，當我看到你進入裝甲車，帶走自願前往的人時，你知道，我抓住了機會！」

他有點不好意思的接著說：「這是在你手下好好表現的機會，也是跟你說話的機會！保羅……到現在我的運氣一直欠佳……我覺得你好像不太願意跟我在一起，我可是盼望得很哩。」

「不，沒這回事，」保羅強調：「我只是有些顧慮……」

「跟伊麗莎白有關，對嗎？」

「是的。」

「我明白。可是這也不能解釋我們之間……有某種尷尬……」

這時，亞爾薩斯人說：「別露臉……有普魯士槍騎兵！」

一隊巡邏兵從樹林轉彎處的一條斜路上突然出現。與他們擦身而過時，亞爾薩斯人向他們喊：「走開，同志們！快跑！法國人來了！」

保羅藉此機會不去回答他小舅子的問題。他加大馬力，裝甲車發出雷鳴般的轟隆聲，從斜坡爬下，好似一陣龍捲風。

敵軍的巡邏兵人數越來越多，亞爾薩斯人叫住他們，做手勢示意他們立刻撤退。「看他們眞是太有趣了！他們就像在我們後面瘋狂奔跑的一群馬。」他笑著，又接著說：「我跟您說，中士，以這個速度，我們很快就進入科維尼腹地了。您確定想這樣嗎？」

「不，」保羅回應道：「一看見村子，我們就停下。」

「如果我們被包圍了呢？」

「被誰包圍？不管怎麼說，這群逃兵是不會阻擋我們撤退的。」貝納‧唐德維說：「保羅，我猜你根本就沒打算撤退。」

「確實如此。你害怕了嗎？」

「喔！這麼說太難聽了！」

沉默片刻，保羅用稍微緩和些的語氣說：「讓你過來，我有些後悔了，貝納。」

「難道說形勢對我來說，比對你和其他人更加危險嗎？」

「不是的。」

「那麼，就請你不要有任何後悔。」

亞爾薩斯人一直站立著，他俯身傾向中士，替他指道：「我們對面那片樹林後方露出的鐘樓尖頂，就是科維尼。我估計我們從左邊高地斜穿過去，就能看見城裡的狀況。」

「我們進城以後就能看見了。」保羅說：「只是冒的風險太大……尤其是你，亞爾薩斯人，他們會向你開槍的。我應該在進入科維尼之前讓你下車嗎？」

「您不瞭解我的決心，中士，我是不會下車的。」

公路與鐵路線交會。接著，出現了第一排郊區的房子，以及幾名士兵。

「不要跟他們說話。」保羅命令道：「別驚動他們……否則誰知他們會否在要命的關鍵時刻從背後襲擊我們。」

他認出車站，發現那裡已被佔領，守備森嚴，通往城裡的大道上，到處是戴著尖頂頭盔的德國兵走來走去。

「前進！」保羅喊道：「部隊集合肯定是在廣場上。機槍準備好了嗎？步槍呢？貝納，幫我把步槍準備好。聽到命令後，開始自由射擊！」

裝甲車猛烈地衝了出去。果然不出所料，廣場上有一百多個人聚集在教堂的門廳前面，旁邊立著許多槍架。教堂只剩一片廢墟，廣場周圍的房子幾乎全被炸毀。站在一邊的軍官看見他們派去偵察的裝甲車返回，歡呼雀躍。這輛車回來後，他們就可以對該城的守衛戰略做出最後決定。他們中間可能加入了聯絡官，所以人數不少，其中一位將軍個子很高。有一些車輛停在稍遠的地方。

路面鋪著石子，直通到廣場上，中間沒有橫向的人行道阻隔。保羅沿路往前開，直到離那些軍官二十公尺遠的地方，他突然掉轉方向，那可怕的裝甲車逕直朝那些軍官衝去，把他們撞倒輾過去，然後車子稍稍掉頭，像串糖葫蘆一樣把所有槍架全部推倒，接著又像一支無敵的大鐵錘，砸向廣場上的士兵。敵人死的死，傷的傷，其餘的四處逃竄，到處是痛苦的哀號，恐懼的叫喊。

「自由射擊！」保羅把車停下來喊道。

這輛裝甲車立刻出現在廣場中央，儼如一座堅固的碉堡。射擊開始了，兩架機關槍突突地發射著子彈。五分鐘的工夫，廣場上即躺滿了屍體和傷者，那位高大的將軍和幾名軍官毫無生氣地橫在地上，其他人則都逃跑了。

「停火！」保羅命令道。

他駕車駛入通往火車站的大道，車站裡的人聽到外頭槍砲聲紛紛跑出，機關槍幾發子彈就把他們打散了。

保羅駕車全速繞轉廣場三圈，檢查通往廣場的各個路口，只見敵人從四面八方正逃向邊境。同時，科維尼的居民走出屋子，從各個方向前來表示高興的心情。

「把傷患扶起來，幫他們包紮。」保羅命令道：「快叫教堂的敲鐘人來，或者找個會敲鐘的，事態緊急！」

聖器室的一名老管理員很快就來了。保羅對他說：「去敲鐘，我的夥計，輪換著敲！你敲累了，換一個人輪替！去吧……敲鐘去，一刻也不要停。」

這是之前保羅跟法國中尉約定好的信號，這等於向師部通知行動告成，需要部隊進駐。

此刻是兩點鐘。五點時，參謀部和一旅士兵佔領了科維尼，七點五釐米口徑大砲發射了幾枚砲彈。晚上十點，師部剩下的人員到達，德國人被從大小約納斯要塞驅逐出來，集中在邊境線前面區域，法軍決定天一亮就將他們驅逐出境。

「保羅，」貝納對他的姊夫說，他們約好晚點名之後會面，「保羅，我必須跟你說件事……這件事讓我很困惑，也十分可疑……你聽了自己再作判斷。剛才我在教堂邊的一條小路散步時，有個女人過來跟我搭話，我沒看清她的長相，也沒看清她穿什麼衣服，因爲周圍實在太暗了，但是我聽見她的木鞋踩在石子路上發出的聲音，直覺她應是個農婦。可是這個農婦說話的方式讓我吃驚。她對我說：『我的朋友，也許您能告訴我一些事……』當我表示願洗耳恭聽之後，她便說明目的了：『是這樣的，我住在離這兒很近的一個小村子。剛才我聽說貴部隊到了，於是我就過來了，因爲我想見見這部隊裡的一名士兵。只是，我不知道他在哪個團……是的，我們的地址變了……收不到他的信……他或許也沒收到我的信……噢！如果您碰巧認識他該多好！他是個勇敢的好青年！』我回答她說：『或許我碰巧認識呢，夫人。這名戰士叫什麼？』『戴霍茲，保羅．戴霍茲下士。』」

保羅大聲說：「怎麼！竟然跟我有關？」

貝納接下去說：「是跟你有關，保羅。這巧合太奇怪了，所以我只是告訴她你在哪個團、哪個連，沒透露我們的關係。

『啊！太好了，』她說：『這個團現在在科維尼嗎？』

『是的，剛到不久。』

『那您認識保羅．戴霍茲嗎？』

『只是聽過他的名字。』我如此回應。

我不知道爲什麼這麼說，然後，我盡量注意說話方式，以免讓她發現我的驚訝。我繼續說：

『他已經晉升爲中士並獲得嘉獎，因爲這樣我才聽別人提起他的。您想讓我幫您打聽打聽，帶您過去嗎？』

『暫時不要，』她說：『暫時不要，這樣我會太過激動的。』

『太過激動？』聽了這話，我越發覺得可疑，這個女人這樣渴望找到你，卻在能夠見你的時刻退縮了！

我問她：『您很關心他嗎？』

『是的，非常關心。』

『或許，他是您的家人？』

『他是我的兒子。』

『您的兒子！』

我肯定，直到這時，她一點也沒覺得我在審問她。可是，聽到這話我表現得太過驚訝，她向暗處退了一步，似乎進入了防衛的狀態。

我把手插進口袋裡，拿出隨身攜帶的小手電筒，我按下開關，用燈光照她的臉，同時向她走過去。我的動作讓她驚慌失措，有幾秒鐘她呆住了。然後，她把頭巾猛地扯下來，接著使勁打我的臂膀，我沒想到她能有那麼大力氣，弄得我把手電筒扔在地上。頓時，周圍一片死寂。她在哪？在我面前？在右邊還是在左邊？她在原地還是已經走了，爲什麼我聽不見她木鞋的聲音呢？當我找回並重新點亮我的手電筒後，我找到了答案，我在地上發現她逃跑時留下的兩隻木鞋。之後我試圖找她，但徒勞無功，她消失了。」

保羅越來越用心聽他小舅子所講之事，他問：「那麼你看見她的臉了？」

「喔！看得很清楚。那張臉很有活力，眉毛和頭髮都是黑色，一副兇神惡煞樣……至於衣服，她穿著一套農婦裝，但是太過乾淨整潔，感覺是僞裝的。」

「她大概多少歲？」

「四十歲左右。」

「以後再見時你能認出她來嗎？」

「毫不費力。」

「你跟我說，她戴著頭巾？是什麼顏色？」

「黑色。」

「是怎麼繫上的，打了個結嗎？」

「不，是別針別上的。」

「是一塊浮雕玉石嗎？」

「對，一塊浮雕玉石，周圍鑲著金邊。你怎麼知道？」

保羅沉默了半晌，最後小聲嘟囔道：「我明天會讓你看奧諾坎城堡房間裡的一幅畫，畫中人應該跟與你交談的那個婦女驚人地相似，就像兩姊妹那麼像……或者……或者……」

他抓住貝納的臂膀，拉著一起走。

「聽著，貝納，過去和現在，我們周圍發生過許多可怕的事……它們沉重地壓在我和伊麗莎白的生活中……所以對你也一樣。這些事就像可怕的黑夜，我在其中苦苦掙扎。那些我不認識的敵人從二十年前起就進行著某種計畫，我對此一無所知。這場戰鬥開始的時候，我父親死於一場謀殺。今天，他們開始攻擊我了。我和你姊姊的結合被毀了，沒什麼能將我們相互拉近。也沒什麼能讓你我之間產生我們有權期望的那種友誼和信任。別問我，貝納，別試圖知道更多。也許有一天，我希望這一天會到來，你會明白爲什麼我要你保持沉默。」

chapter 6

重返奧諾坎城堡

天剛濛濛亮，保羅・戴霍茲就被軍號聲吵醒。接著，外面響起雙方大砲對戰的聲音。保羅分辨出法軍七點五釐米口徑大砲跟對方七點七釐米口徑大砲兩種聲音，前者短促單調，後者尖銳刺耳。

「你來嗎，保羅?」貝納喊道：「樓下在供應咖啡。」

他們在酒舖的樓上找到兩個房間。在享用豐盛早餐時，保羅敘述前一天晚上得到的有關科維尼和奧諾坎被佔領的情報。

「八月十九日星期三，科維尼居民歡欣鼓舞，甚至認爲他們可以逃脫殘酷的戰爭。戰火在亞爾薩斯地區，還有南錫前方燃燒。比利時也在打仗，但是德軍似乎忽略了侵略路線的研究。利瑟隆山谷裡的公路都很窄，一看就是二級公路。法國軍隊的一個旅正在科維尼積極進行防禦工事的建設。

大小約納斯要塞的混凝土砲塔已經建好，正蓄勢待發。」

「那奧諾坎呢？」貝納問。

「我軍在奧諾坎有個輕步兵連，這個連的軍官住在城堡裡。他們在一隊龍騎兵的支援下，晝夜沿著邊境線巡邏。上級命令一旦有情況，要立刻通知各要塞，並且要一邊全力抵抗、一邊撤退。

這個星期三的晚上十分安靜，十二名龍騎兵穿過國界，走到能看到德國小城艾布雷庫的地方。那邊沒有任何軍事調動的跡象，通往艾布雷庫的鐵路沿線也是一樣，夜晚依舊很平靜，聽不見任何槍響。經證實，凌晨兩點之前沒有任何德國兵越過邊境。然而，兩點整的時候，突然傳來一聲巨響，接著又傳來四聲巨響，間隔很短。這五聲巨響應該是四十二釐米口徑大砲爆炸的聲音，它們一下子摧毀了大約納斯的三座砲塔和小約納斯的兩座砲塔。」

「什麼！可是科維尼離邊境線有二十四公里，四十二釐米口徑大砲不可能射那麼遠！」

「不管怎麼說，二十分鐘後，六枚砲彈射向科維尼，都落在了教堂和廣場上。可以推測，當時警報已經拉響，科維尼的駐軍正在操場上集合。事情就是這樣，你可以想像由此帶來的殺戮。」

「好吧，可是我想重申一下，邊境線在二十四公里之外。這砲聲宣告了襲擊即將開始，邊境離得這麼遠，我們的部隊應該有足夠時間整隊並做好防禦，至少也有三、四個小時的時間。」

「留給我們的時間幾乎不到一刻鐘，砲轟還沒結束，襲擊就開始了。『襲擊』尚不夠貼切，我們在科維尼的部隊，以及從兩個要塞跑來的援軍慘遭屠殺，潰不成軍，遭到了敵人的圍剿，還沒等組織一次像樣的抵抗，就被迫投降了。一切來得太突然，探照燈刺眼的燈光照得人不知身在何處，也不知該怎麼辦。這些很快就結束了，從科維尼被敵人入侵，及至遭襲擊、佔領，前後不過十分鐘光景。」

「可是他們從哪裡來，從哪裡冒出的呢？」

「不知道。」

「那邊境附近的夜間巡邏兵呢？哨兵呢？被派遣到奧諾坎城堡的那個連呢？」

「沒有任何消息。這負責監視和發警報的三百個人，一直沒有消息。你聽到了，一直沒有。科維尼駐軍活著的都逃跑了，陣亡者被附近居民認出並埋葬，我們還能想像駐軍的原貌。但是奧諾坎的那三百名輕步兵卻憑空消失，沒有留下任何蹤跡。沒有逃跑者，沒有傷患，也沒有屍體，什麼都沒有。」

「這太不可思議了。你查問過嗎？」

「我昨晚問過十個人。一個月以來，這些人對上述情況進行了詳盡的調查，就連負責守衛科維尼的德國後備軍也沒有為難他們。即便這樣，他們還是沒能提出一個站得住腳的假設。只有一件事可以肯定，整件事是經過長期準備和嚴密部署的，要塞、砲塔、教堂和廣場都經過準確定位。事先架好的大砲瞄準精確，十一發砲彈全部打中預先設定的目標。就這些，其他的還是謎。」

「那奧諾坎城堡呢？伊麗莎白呢？」

保羅站起身，早點名的軍號響起，砲擊更加猛烈，兩個人一同向廣場走去。

保羅繼續說：「伊麗莎白的下落成了恐怖的謎團。科維尼和奧諾坎之間有幾條橫穿的大道，敵人以其中一條爲界，任何人都不許越過，違者處死。」

「那伊麗莎白怎麼辦？」貝納問。

「我不知道，除了這些，我一無所知。這太可怕了，所有東西、所有事件上都籠罩著死亡的陰霾。雖然我還未能核實底下這消息的來源，但奧諾坎城堡旁邊的奧諾坎村似乎已經不存在了，完全被摧毀，甚至被消滅了。四百名村民被擄走了，然後……」

保羅壓低聲音，顫抖著說：「那麼他們會在城堡裡做什麼呢？我們看得到，城堡就在那裡，我們從遠處看得到砲塔和城牆。可是，在這些牆壁後面發生過什麼？伊麗莎白怎麼樣了？她在這群野人中間已經生活了快四個星期。她獨立無助，手無寸鐵。不幸的女人哪！」

他們到達廣場時，天剛濛濛亮。保羅的上校召見他，向他轉達師指揮官的熱烈祝賀，並宣布他將獲得十字勛章和少尉軍銜，且立刻便可指揮他所在的排伍。

「就這些，」上校笑著說：「你沒有別的要求嗎？」

「我有兩個要求，上校。」

「說吧！」

「首先，我的小舅子貝納·唐德維從現在起，要到我的排裡擔任下士，他能勝任這個位置。」

「同意。第二個要求呢？」

「第二個要求是，等會兒向邊境進軍時我的排能走奧諾坎城堡那邊，在同一條公路上。」

「也就是說，派你的排攻擊城堡？」

「什麼，是攻擊？」保羅擔心地說：「可是敵人聚集在邊境沿線，離城堡有六公里啊！」

「我們昨天是這麼以為的，但其實他們就聚集在奧諾坎城堡裡。這是抵抗的最佳位置，敵人在那一邊拚命地堅持，一邊等待增援。最好的證據就是敵人在反擊。瞧那邊，右邊，那顆炸開的砲彈……再遠點，這個砲彈片……兩個……三個砲彈片，就是他們發現了我們安置在附近高地上的砲兵陣地及其準確位置，然後開始進行砲擊。他們應該有二十幾門大砲吧。」

「這麼說，」保羅心中被一個可怕的想法纏繞著，「這麼說我們的大砲是朝著……」

「朝著他們發射，這自不用說。我們的七點五釐米大砲已經向奧諾坎城堡轟炸整整一個小時了。」

保羅發出一聲慘叫。「您說什麼，上校？奧諾坎城堡遭到轟炸……」

貝納·唐德維在他身邊憂心忡忡地重複道：「遭到轟炸，這可能嗎？」

上校大吃一驚，問道：「你們知道這個城堡？難不成是你們的嗎？你們還有親戚住在裡面？」

「我的妻子還在裡面，上校。」

保羅面色慘白。儘管他努力控制情緒，想保持不動聲色，但他的雙手仍有些顫抖，下巴也開始抽搐。

三門利瑪伊洛重砲被用起重機拉上大約納斯要塞，砲轟開始了，七點五釐米口徑大砲亦同時連續不斷地轟擊著。保羅的一番話讓這一切蒙上了可怕的意義，上校和他周圍聽見這段對話的軍官沉默不語，形勢就是如此，戰爭的宿命一旦爆發，就會帶來可怕的悲劇，戰爭的力量比自然界的力量更加強大，卻像後者一樣盲目、不公和無情。人們無能爲力，沒有人想到說情，讓砲轟停下來或者減弱火力。保羅也沒有這麼想。

「敵人的砲火似乎減慢了，也許他們開始撤退……」

三枚砲彈在城市另一頭的教堂後面爆炸，摧毀了這個希望。

上校搖了搖頭。「撤退？還沒呢。廣場對他們來說太重要了，他們在等待援軍。除非我們的軍隊進入戰鬥，否則他們是不會放棄的……我們必須立刻行動。」

果然，片刻之後，上校收到了前進的命令。軍團將沿路向前推進，並將在右邊平原上展開隊形，準備戰鬥。

「走吧，先生們。戴霍茲中士的排走在最前面。中士，朝奧諾坎城堡進發。有兩條近路，你們抄近路走。」

「是，上校。」

保羅所有的痛苦和憤怒俱轉化成一種強烈的需要，那就是「前進」。當他帶著他的手下上路時，覺得身上湧出用不完的力氣，覺得自己能一個人攻下敵人的陣地。他在一個個士兵中間穿梭，不知疲憊，好似一隻驅趕羊群的牧羊犬。他對戰士們提出許多建議，說了許多鼓勵的話。

「你，我的勇士，你是個男子漢，我瞭解你，你不會洩氣的……你也不會……只是，你太顧惜你的性命了，你在抱怨，應該輕鬆地開玩笑才是啊……嗯，孩子們，你們應該樂呵呵，不是嗎？我們得加把勁啊，我們要卯足力氣，不能回頭看，對嗎？」

砲彈從他們頭頂飛過，呼嘯、呻吟、爆炸，形成砲彈與鐵片的穹頂。

「低下頭！找掩護！」保羅喊道。

他自己卻挺直身子，無視敵人的砲彈。可是當他聽到來自後方和鄰近山丘的砲聲時，他感覺痛苦難當，那些砲彈帶來毀壞和傷亡。這顆砲彈會落在哪裡？那顆砲彈又將在哪兒爆炸，任其雨般碎片奪走多少寶貴生命？

他好幾次呢喃叫喊：「伊麗莎白！伊麗莎白……」

他的妻子滿身傷痕、奄奄一息的景象一直在他心頭縈繞。這已經持續好幾天了，自從他得知伊麗莎白拒絕離開奧諾坎城堡，每當想起她時，心中總是泛起某種柔情，這種感情不再參雜著反抗和氣憤的衝動。他再也不會把過去可怕的記憶，和他對伊麗莎白眞實的愛戀混爲一談。當他想起那個可惡的母親，女兒的形象不會浮現在腦海中。這兩個人完全不同，互相之間毫無干係。伊麗莎白如此勇敢，冒著生命危險去履行一項她覺得比自己生命更有價値的責任，她在保羅眼裡，擁有非凡的高貴特質。她就是那個他曾經愛戀、珍惜過的女子，那個他現在仍然愛著的女子。

保羅停下腳步。他的部隊來到一片開闊的地方，大概是被敵人發現了，敵人開始對他們砲轟。幾名士兵倒下了。

「停下！」他命令道：「所有人都趴下。」

他拉住貝納。「趴下，小子！為什麼要白白地暴露自己？待在那……別動……」

他用一種友好的方式將貝納壓在地上，摟住他的脖子，溫柔地跟他說話，似乎想把心底對摯愛伊麗莎白的柔情都投射在她弟弟的身上。他忘記了昨晚對貝納說過的那些刺耳話，換成一種完全不同的語氣，言語中閃爍著他一直否認的深情。

「別動，小子。我不該讓你跟著我，把你帶到這個水深火熱的地方。我有責任，我不想……我不想你被打中。」

戰火減弱了。士兵們匍匐著來到兩行白楊樹中間，他們沿著林道繼續向前，來到一片緩緩的山坡上，丘頂被一條坑坑窪窪的小路隔斷。保羅披荊斬棘，登上丘頂，這樣便能俯視奧諾坎那片平地。他從遠處望見被炸成廢墟的村莊、塌陷的教堂，左邊一些則是一片亂石和樹木，中間露出幾片殘垣，這就是城堡所在地。周遭處處可看到農舍、草堆和穀倉燃燒著。

後方，法國部隊朝四方散開，部署在各處。一個砲兵中隊隱匿在附近的樹林裡，向敵軍展開連續轟擊。保羅看見砲彈在城堡上方和那些廢墟中間炸開。

保羅無法忍受這樣的情景，又帶領著自己的排伍向前跑。敵方的大砲已經停止轟擊，大概完全安靜下來了。但是當他們走到離奧諾坎三公里遠的時候，砲彈又從他們身邊呼嘯而過，保羅看見遠處一支德國軍隊一邊以火力抵抗，一邊向奧諾坎撤退。七點五釐米口徑大砲和利瑪伊洛重砲仍不停轟鳴，眞是可怕！

保羅抓住貝納的臂膀，顫抖著說：「如果我發生什麼事，告訴伊麗莎白，求她原諒我，是的，求她原諒我……」

他突然感到害怕，也許命運不會讓他與伊麗莎白重逢，他意識到他對她的所作所爲多麼殘酷，不可原諒。他因爲莫須有的罪名拋棄了她，留下她承受各種苦難。他的腳步不由地加快，遠遠拋下其他士兵。

然而，當捷徑接上大路，剛剛能看到利瑟隆山谷時，一個騎自行車的士兵追上了他。上校下令，讓保羅的排伍原地等候，等軍團主力到達之後再一起進攻。

這痛苦眞教人無法忍受。保羅越來越激動，因爲興奮和激動而渾身發抖。

「嘿，保羅，」貝納對他說：「別把自己逼成這樣，我們會及時到達的。」

「及時？做什麼？」他反駁道：「及時發現她已經死了或者滿身傷痕？或者根本找不到她？還有什麼呢？我們該死的大砲就不能停下來嗎？敵人都已經不反擊了，它們爲什麼還在發射？那些屍體……那些被摧毀的房子……」

「也許有掩護德軍撤退的後衛部隊呢！」

「不是有我們這些步兵在嗎？這是我們的事呀，只要分散狙擊，再上刺刀……」

最後，保羅帶領的排伍得到第三連增援，在上尉的指揮下重新出發了。一隊輕騎兵飛速向村莊奔去以切斷逃兵的退路，軍團則向城堡斜穿過去。

對面如死一般沉靜，也許有埋伏？難道不可以認為敵軍已經建起堅固的堡壘和路障，準備拚死一搏嗎？

老橡樹林中有一條小路通往城堡的前庭，周圍沒什麼可疑之處，沒有人影，也沒半點聲音。保羅和貝納始終走在最前方，手指扣在扳機上，他們用銳利目光在昏暗的矮灌木叢中搜尋著。附近的牆壁被炸出一個個大窟窿，牆上好幾處還冒著煙。他們靠近時，聽見痛苦的呻吟聲、撕心裂肺的叫聲，這些人是德軍的傷患。

忽然，大地開始搖晃，彷彿大地內部發生強烈震動，撕開了地殼，另外，牆的另一邊發生巨大爆炸，又或是一連串爆炸，就像不斷迴響的驚雷。天空被沙粒和灰塵覆蓋得黑濛濛，金屬碎片在空中閃著亮光，敵人炸掉了城堡。

「這可能是針對我們的，」貝納說：「我們應該同時發起進攻。我們對這件事估算有誤。」

當他們越過圍欄，院子裡的景象讓他們心驚膽戰。被截成兩段的砲塔，被炸毀的城堡，還在燃燒的廚房和馬廄，垂死掙扎、縮成一團的傷者，成堆的屍體……看到這些，他們害怕得直向後退。

「前進！前進！」上校飛快跑過來，喊道：「應該有敵軍部隊穿過花園逃走了。」

幾星期以前，保羅帶著悲傷的情緒走遍整個花園，因此他認得路。他快速穿過草坪，在亂石塊和連根拔起的樹堆之間奔跑。但是，當他到達剛好能看到樹林入口處的小屋時，他立刻停下腳步，就像根釘子被釘在了地上。貝納和保羅的手下也嚇得目瞪口呆，動彈不得。

靠著這小屋的牆上立著兩具屍體，他們的腰部被鐵鍊綁在鐵圈上，兩個鐵圈之間仍以鐵鍊相連，上半身前傾靠在鎖鍊上面，臂膀一直拖到地面。

兩具屍體一男一女。保羅認出他們是傑羅姆和羅莎莉，他們被槍殺了。

鐵鍊在他們旁邊繼續延伸，第三個鐵圈牢牢地釘在牆上。鮮血浸濕了牆上的石膏塗層，子彈的痕跡清晰可見。肯定還有第三個犧牲者，那人的屍體被帶走了。

保羅走上前去，發現牆壁裡嵌著一塊彈片。這個彈洞旁邊，即石膏塗層和砲彈片之間有一撮頭髮，一小撮金色的頭髮，那是從伊麗莎白頭上扯下的頭髮。

chapter 7 H.E.R.M. ①

比起絕望和害怕，保羅現在有股更強烈的欲望，即是復仇，並且要立刻復仇，不惜一切代價。

他看看自己周圍，似乎覺得花園裡所有奄奄一息的傷者都是這場可怕謀殺的凶手……

他咬牙切齒地說：「混蛋！凶手！」

「你確定嗎？」貝納結結巴巴地說：「你確定這是伊麗莎白的頭髮嗎？」

「是的，是的，他們殺了她，就像殺死這兩個可憐人一樣。這是城堡的守城人和他的妻子。啊！那些混蛋……」

保羅舉起槍托，對準一個在草叢裡艱難爬行的德國人正要砸過去，他的上校來到他跟前。

「好哇，戴霍茲，你在做什麼？你的排伍呢？」

「啊！上校，如果您知道……」

保羅快速向他的長官走過去，像精神失常般一邊揮舞著武器，一邊逐字逐句地說：「他們殺了她，上校。是的，他們槍殺了我的妻子……瞧，這牆上兩具屍體是她的僕人……他們殺了她……她才二十歲，上校……啊！應該像宰狗一樣把他們全部殺掉！」

但貝納拉住了他。

「別浪費時間，保羅，要復仇，就找那些還在戰鬥的人……那邊有槍聲傳出，應該有人被包圍了。」

保羅再也意識不到自己的行爲。他又開始狂奔，深陷在憤怒與痛苦之中。

十分鐘後，他追上自己的軍隊。到了能看到小教堂的地方，他穿過一處路口，他的父親就是在那裡遭刺殺的。再遠一點，牆上原本那扇小門不見了，現在只剩下個大窟窿，敵軍的糧食供給車應該就是從那裡進出。再往前八百公尺，平原上這條路與大路的相交處，正進行著激烈槍戰。

幾十個逃兵試圖在輕騎兵中殺出條血路，卻遭到保羅的排伍追擊，最後逃入一塊方形的樹林和灌木叢中，瘋狂反擊。他們一點一點地向後退，一個一個地倒下去。

「他們爲什麼要抵抗？」保羅囁嚅道，他不停地開槍，但是戰鬥的狂熱逐漸退卻，他也漸漸冷靜下來。敵人似乎在努力拖延時間。

「快看！」貝納的聲音變了調。

一輛汽車從邊境那側穿過樹林開了出來，上面擠滿了德國兵。他們就是援軍嗎？不。汽車幾乎立即掉轉車頭，這輛車和小樹林裡戰鬥的最後幾個士兵中間站著一名軍官，他身穿灰色大衣，手裡握著手槍，激勵士兵們抵抗，同時向那輛前來救他的汽車撤退。

「快看，保羅，快看！」貝納重複說道。

保羅嚇呆了，貝納叫他看的這位軍官是……不，這沒法讓人接受，可是……

他問：「你想說什麼，貝納？」

「一模一樣，」貝納小聲說：「和昨天那個人是同一張臉。你知道的，保羅，他跟昨天向我打聽你的那個女人長得一模一樣。」

保羅毫不遲疑地認出這個神祕人物，就是當日在莊園小門旁邊試圖殺害他的人，那個和殺害他父親的凶手，肖像畫中的艾米娜·唐德維，伊麗莎白與貝納的母親長得一模一樣的人。貝納把槍抵在肩上。

「不，別開槍！」保羅被貝納的動作嚇壞了。

「爲什麼？」

「盡量活捉他。」

保羅被仇恨點燃，向那人衝了過去，可是那個軍官已經跑到汽車旁邊。德國士兵向軍官伸出手，把他拉上車。砰！保羅開槍打中了駕駛員。就在汽車正要撞上樹的時候，那個軍官及時握住了方向盤，打正車子的方向，靈巧地在各種障礙物之間穿梭，開到一片高低起伏的地上，最後從那裡駛向邊境。他得救了。

一旦他逃離了法軍子彈的射程，那些還在抵抗的士兵就投降了。

保羅因爲憤怒，無力地顫抖著。對他來說，從這一連串慘案的第一分鐘到最後一分鐘，此人極盡作惡之能事：刺殺、間諜、背叛、槍殺。這些罪惡都指向同一方向，存在於同一個靈魂中，似乎這號神祕人物天生是作惡之材。

只有這個人的死才能塡補保羅的仇恨。就是他，保羅毫不懷疑，他就是那個槍殺伊麗莎白的禽獸。啊！多麼無恥的行爲！伊麗莎白被槍殺了！地獄般的景象不斷折磨著保羅……

「這人是誰？」他大喊：「怎麼才能弄清楚？怎麼能逮到他、折磨他，割斷他的脖子？」

「審問那些俘虜吧！」貝納說。

上尉認爲再向前推進有欠謹愼，於是命令保羅的排伍後退，與團裡保持聯繫。保羅被指派帶領他的排伍佔領城堡，並把俘虜帶過去。

在路上，保羅急忙審問了幾個德國軍官和士兵，卻只能從他們口中問出很模糊的消息，因爲他們昨晚才到達科維尼，僅在城堡裡過了一晚。他們甚至不清楚自己爲誰效力，不知道那個穿灰色大衣的軍官的名字。人們只是叫他少校，就這樣。

「可是，」保羅堅持問道：「他應是你們的頂頭上司吧？」

「不，我們所屬後衛隊帶頭的是名中尉，逃跑的時候踩到地雷被炸傷了。我們本想把他帶走，可是少校強烈反對，他拿槍指著我們，命令我們走在前面，威脅我們說誰帶頭拋棄他就打死誰。剛才我們戰鬥的時候，他跟在後面，保持十步遠的距離，繼續用手槍威脅，逼迫我們保護他。我們有三個人倒在他的槍下。」

「他指望那輛汽車來救他，對嗎？」

「是的。他也指望來拯救大家的援兵，可是只有那輛車來，把他救走。」

「也許中尉知道他的名字？他受傷嚴重嗎？」

「中尉？他的一條腿斷了，我們讓他躺在花園的小屋裡。」

「是執行槍殺的那間小屋嗎？」

「是的。」

於是，大夥兒向小屋走去，這小屋有點像冬天用來存放蔬菜的溫室。羅莎莉和傑羅姆的屍體已經被抬走了，可是那罪惡的鎖鍊還順著牆壁垂下，依舊綁在三個鐵圈上。保羅再次看見那些彈痕和把伊麗莎白的頭髮嵌在石膏塗層裡面的砲彈片，不禁嚇得發抖。

「是一枚法國砲彈碎片！」這爲這場殘酷屠殺又增添了恐怖色彩。也就是說，昨晚保羅截獲了那輛裝甲車，又大膽地開著它襲擊科維尼以爲法軍開闢道路之時，他便決定了那些導致他妻子死亡的事！敵人邊撤退、邊槍殺城堡裡的居民以示報復！伊麗莎白被用鎖鍊綁在牆上，被打得千瘡百孔！可怕而又諷刺的是，她的屍體上還留有天黑前法國砲兵從科維尼附近山丘上發射砲彈的碎片。

保羅取下了那碎片，仔細地收拾那撮金色鬈髮。接著，他和貝納走進那間小屋，護士們在裡頭建立了臨時急救室。保羅找到德軍中尉，他正躺在一塊草墊子上，護士已爲他精心包紮，因此他能夠回答問題了。

有一點馬上釐清了，駐紮在奧諾坎城堡的守軍，和前一天晚上從科維尼及附近要塞撤退的部隊幾乎沒有任何接觸。人們似乎擔心佔領城堡期間發生的事情被外洩，所以戰鬥部隊一到，駐軍就撤離了。

「這時候，」屬於戰鬥部隊的德軍中尉說：「是晚上七點，你們的七點五釐米口徑大砲已經鎖定了城堡，我們這邊能找到的只有幾位將軍和一些高階軍官。他們的行李先行運走，汽車也準備妥當。我接到命令，要盡量堅守並炸毀城堡。另外，少校老早把一切都安排好了。」

「這位少校叫什麼名字？」

「我不知道。他經常和一位年輕軍官一起散步，就連那些將軍們也對這位軍官畢恭畢敬。正是這位年輕軍官傳喚我，並囑咐我要像『服從皇帝一樣』遵從少校的命令。」

「那這位年輕軍官是誰？」

「是孔拉德親王。」

「是德國皇帝的兒子嗎？」

「是的，他昨天傍晚時候離開了城堡。」

「少校在這裡過夜嗎？」

「我猜是的，不管怎麼說，他今天早上還在。我們引燃地雷後就離開，可惜太晚了，我在小屋附近受傷了……在那面牆附近……」

保羅控制住自己的情緒，說：「就是在他們槍殺了三名法國人的那面牆附近，是嗎？」

「是的。」

「他們是什麼時候被槍殺？」

「昨天晚上將近六點的時候，我想是在我們到達科維尼之前。」

「是誰下令行刑的？」

「少校。」

保羅感覺汗珠從頭頂流到額頭，又從額頭流向脖頸。他沒有弄錯，伊麗莎白就是被那個不知姓名、難以捉摸的卑鄙小人下令槍殺的，仇敵的臉容易讓人與伊麗莎白母親艾米娜·唐德維夫人的臉弄混！

他用顫抖的聲音接著問：「這麼說，有三個法國人被槍殺了，你確定嗎？」

「是的，他們是城堡的居民，被發現有背叛行為。」

「一個男的和兩個女的，對嗎？」

「是的。」

「可是小屋旁只綁著兩具屍體啊?」

「是的，只有兩具。依照孔拉德親王的命令，少校把城堡女主人埋葬了。」

「埋在哪裡?」

「少校沒告訴我。」

「但你也許知道她為什麼被槍殺?」

「她似乎知道了什麼重要機密。」

「本來可以把她作為戰俘帶走的啊!」

「當然，可是孔拉德親王不再想要她了。」

「嗄?」

保羅暴跳如雷。中尉意味深長地笑著，繼續說:「當然嘍!所有人都瞭解這位親王。他是皇室中的唐璜。住在城堡裡的幾個星期，他有足夠的時間享樂，不是嗎?然後……然後他玩膩了……另外，少校斷言這個女子和那兩個僕人企圖投毒殺害親王，不是這樣嗎?」

沒等他說完，保羅已氣得面部扭曲，彎下腰掐住他的脖子，一字一句地說:「你再說一句，我就擰斷你的脖子……啊!你受傷了，算你走運，否則……否則……」

貝納也氣得發狂，將他推來搡去。「是呀，算你走運。還有，你知道，你的孔拉德親王是頭豬……我說的，我敢當面對他說……他是一頭豬！他們全家跟你們所有人都是豬……」

他們留下目瞪口呆的德國中尉，後者完全不知道他們這突來的怒氣所爲何事。

到了外面，保羅感到一陣絕望。他緊繃的神經鬆懈下來，所有氣憤和仇恨都轉化爲無邊的沮喪，差點流下男兒淚。

「喔，保羅，」貝納大聲說：「你一個字都不要相信……」

「不，一千個不！我能猜到發生了什麼。這個野蠻的親王想在伊麗莎白面前獻殷勤，利用他主子的優勢……想想吧！一個女子孤立無援，手無寸鐵，這場征服遊戲值得一試。她受了多少折磨啊！不幸的女人！她受了多少屈辱啊！每天都要抵抗……每天受到威脅……受到虐待……然後，在最後的時刻，爲了懲罰她的反抗，殺死了她……」

「我們會爲她報仇的，保羅。」貝納低聲說道。

「當然。可是，我怎麼能忘記她是因爲我才留在這裡……都是我的錯。以後我會跟你解釋，你就會明白我是多麼殘忍與不公……可是……」

他沉思了半晌，少校的樣子在他腦海中浮現，他喃喃自語道：「可是……可是……有些事太奇怪了……」

* * *

整個下午，大批法國部隊經過利瑟隆山谷和奧諾坎村來到這裡，以防敵人回擊。保羅的排伍正在休整，他趁機和貝納一起對花園和城堡殘骸進行了仔細的搜尋，未找到任何線索顯示伊麗莎白的屍體被埋在哪裡。

將近五點，他們爲羅莎莉和傑羅姆辦了場正式葬禮。一處開滿鮮花的小山丘上豎起兩個十字架，神父爲死者做了禱告。保羅激動地跪在兩人墳前，這兩個忠實的僕人爲自己主人丟了性命。

保羅承諾爲他們兩人報仇。復仇的欲望讓他想起少校那張可憎的臉，那種激烈程度令他痛不欲生，現在，他再也不能把少校的樣子跟他記憶中唐德維伯爵夫人的樣子區分開來。

他把貝納帶開說話。

「你確定少校和在科維尼扮作農婦探詢我情況的人長得很像？沒有弄錯？」

「絕對肯定。」

「那麼，跟我來吧！我跟你提起過一幅女人的肖像畫，我們現在就去看看，然後你告訴我有什麼印象。」

保羅早先注意到，城堡裡艾米娜・唐德維伯爵夫人的臥室及其配間那裡未完全被地雷和砲彈炸毀，也許臥室配間仍保持著原來的面貌。

樓梯全毀，沒法直接通往二樓，他們只得踩著碎石和瓦礫向上爬。有幾處還可以看出走廊的痕跡，所有的門都被炸飛了，各個房間裡也是一片狼藉。

「在這裡。」保羅指著兩面牆之間奇蹟般保存下來的空隙說道。

這正是艾米娜．唐德維的臥室配間，屋子被炸得破破爛爛，牆上佈滿裂痕，地面覆蓋著石膏灰泥和各種碎片。但幸運的是，保羅在新婚之夜匆匆瞥了一眼的那些家具都完好地保存下來，在瓦礫和灰塵的覆蓋下依稀可辨。遮窗板擋住了一部分光線，然憑藉這點光線，已足夠讓保羅猜出對面的牆在哪。他立刻喊出聲來：「畫像被拿走了！」

保羅大失所望，但這同時證明了敵人十分重視這幅畫。他們如果眞的帶走了，難道不是因爲它構成了某種罪惡的鐵證嗎？

「我向你保證，」貝納說：「這絲毫沒有改變我的看法。我確定少校和那個科維尼農婦長得很像，這一點無須確認。這幅肖像究竟畫的是誰呢？」

「我跟你說過，是一個女人。」

「什麼女人呢？是我父親從前放在那裡特別珍藏的一幅畫嗎？」

「正是。」保羅肯定地說道，他希望在這件事上瞞著貝納。

推開一扇護窗板後，他辨認出光禿禿的牆上有塊大的四方形印記，應該是那幅畫所留下的。從一些細節可以看出，畫是在急匆匆的情況下被取走的，所以，從框上拔出的邊飾還扔在地上。保羅小心翼翼地把它們撿起來，以免貝納看見邊飾上的題字。

可是，當他更仔細地查看護牆板時，貝納推開了另一扇護窗板，這時他突然發出一聲驚呼。

「怎麼了？」貝納說。

「那邊……你看……牆上的簽名……就在畫像的位置……有個簽名和日期。」是鉛筆寫的兩行字，字寫在石膏塗層上，離地面約一人高處。日期是一九一四年九月十六日星期三晚上，署名是海爾曼少校。

海爾曼少校！保羅尚未反應過來，眼睛就直盯著這關鍵性的兩行字。這時貝納彎下腰看了，他感到無比驚奇，小聲說：「海爾曼（Hermann）……艾米娜（Hermine）……」

這兩個詞幾乎一樣！艾米娜這名字，和少校寫在牆上的署名，前幾個字母竟是一樣的。海爾曼少校！艾米娜伯爵夫人！H. E. R. M.……那個試圖殺害他的人，刀上刻著這四個字母！他在教堂鐘樓裡抓住的間諜，手裡也拿著一把刻著這四個字母的刀！

「在我看來，這是女人的字體。可是……」貝納若有所思地說：「可是……我們應該得出什麼結論呢？莫非昨天的農婦和海爾曼少校是同一個人？也就是說這個農婦其實是個男人，或者少校不是男人……或者……我們在跟兩個不同的人打交道，一個男人、一個女人，我覺得該是這樣。儘管這對男女之間有種非比尋常的相似……畢竟同一個人怎可能昨晚寫下這些字，然後穿過法國邊境，僞裝成農婦在科維尼跟我交談……再於今天早上回到這裡僞裝成德軍少校，命人炸毀城堡，殺掉幾個德國士兵後坐車逃走？」

保羅沒有回答，陷入沉思。過了一會兒，他走進旁邊的臥房，這個臥房隔開了臥室配間和他妻子伊麗莎白從前居住的套間。套間裡只剩下瓦礫，但這房間並無受到太大損害，從盥洗室、床單被弄得一團糟的情況來看，很容易判斷出前一天晚上有人睡在那兒。

保羅在桌子上找到幾份德文報紙和一份法文報紙。法文報紙是九月十日的，上面有則關於馬恩河大捷的公報，公報兩旁被人用紅筆重重地劃了兩道，旁邊寫著「謊言！謊言！」，還有字母H。

「我們正好在海爾曼少校住過的房間裡。」保羅對貝納說。

「海爾曼少校，」貝納說：「他燒掉了對他不利的文件……你看，壁爐裡還有成堆的灰燼呢！」他彎下腰，撿起幾個信封和幾張燒到一半的紙……上面只剩下零星幾個字根不完整的句子。當他偶然間轉頭往床的方向看時，發現床底下藏著一包衣服，也許是離開時匆忙間遺忘的。他把包袱拉了出來，頓時喊道：「啊！這女人有點太壯了！」

「什麼？」同在房裡搜尋的保羅說。

「這些衣服……是那個農婦的衣服，昨天我在科維尼看見的那個女人身上的衣服。絕對沒錯，正是這款棕色粗呢料子。還有，你看，這塊鑲著黑色花邊的方圍巾，我跟你說過的……」

「你說什麼？」保羅邊跑過來邊喊道。

「是那女人！你可以看到，就是這種長年使用的方圍巾，多麼破舊不堪！裡面還別著我跟你提過的那枚胸針，你看到了？」

保羅從一開始便注意到這枚胸針，他多麼害怕啊！在海爾曼少校的房間裡，就在艾米娜・唐德維的臥室配間旁邊發現這些衣服，再加上這枚胸針，代表了何等可怕的意義！這胸針是塊浮雕玉石，上面刻著展翅的天鵝，周圍有一條蛇，蛇的眼睛是紅寶石製的！從兒時起，保羅就認識這塊浮雕玉石，他看見殺父凶手的衣服上別著這枚胸針，又在艾米娜伯爵夫人的肖像畫上見到這枚胸針，並仔細端詳過細枝末節。現在他又在這裡看到了，就別在黑邊方圍巾上，混在科維尼農婦的衣服裡，被遺忘在海爾曼少校的房間中！

貝納說：「現在證據確鑿了，既然衣服在這裡，就說明向我打聽你情況的那個女人昨晚回到這裡來了。可是她和這位像得嚇人的軍官之間是什麼關係呢？向我打聽你的農婦跟在那兩小時之前命人槍殺伊麗莎白的是同一個人嗎？而這些人又是誰呢？我們是在跟哪個暗殺和間諜集團交手呢？」

「我們是在跟德國人交手，沒別的了。」保羅說：「暗殺和間諜行動對他們來說乃戰爭所允許，是天經地義的，在和平年代他們已經開始謀劃這場戰爭。我跟你說過了，貝納，差不多二十年前，我們就淪爲這場戰爭的犧牲者。我父親的死是悲劇的開始，現在我們爲伊麗莎白哀悼，這一切還沒有結束。」

「可是，他逃跑了。」

「我們會再遇見他的，放心吧。如果他不來，我就去找他，等到那一天……」

這間臥室裡有兩把扶手椅，保羅和貝納決定留宿，隨後便把他們的名字題在走廊牆上。接著，保羅回到部隊裡，視察部下在轟炸後倖存的穀倉和周遭房舍裡的安頓情況。在那裡，一位姓傑里弗洛的正直副官向保羅報告說他好不容易才從緊靠城堡看守人住處旁的小屋子裡找到了兩套床單和床墊，床已經準備妥當。保羅接受了部下的好意，同意傑里弗洛及其夥伴進入城堡，在那兩把椅子上湊合一夜。

夜晚平安無事地過去了，對保羅來說，這是個亢奮的不眠之夜，他不斷地懷念伊麗莎白，直至早上才沉沉睡著，且不停地作噩夢。起床號把他驚醒，貝納正在等他。

點名是在城堡庭院進行的，保羅發現他的副官傑里弗洛及其夥伴沒有到。

「他們應該還在睡覺，」他對貝納說：「我們去搖醒他們。」

他們再度穿過廢墟，來到二樓，沿著那些被毀壞的房間走去。

在海爾曼少校曾經住過的房間，他們發現士兵傑里弗洛陷在床裡，倒在血泊中，已經氣絕；他的同伴躺在其中一張扶手椅，也死了。屍體周圍沒有一絲混亂，沒有任何打鬥的痕跡，這兩名士兵應該是在熟睡中被殺死的。

保羅很快就找到了凶器，是一把匕首，木製的刀柄上刻著四個字母：H. E. R. M.。

chapter 8

伊麗莎白的日記

在這起雙屍謀殺案發生之前，已出現了一連串慘案，案件與案件之間存在著極微妙的聯繫，這最新的一起案件更是恐怖與厄運的總和，簡直讓人作嘔。兩個年輕人默不作聲，也沒有任何動作。

在戰爭期間，他們多次感受到死亡的衝擊，可是死亡從未以如此陰森恐怖、邪鄙無恥的一面出現。死神！他們看見了死神，不是以偶爾出手的陰險惡神形象出現，而是像一個在黑暗中飄動的幽靈，持續窺視著敵人，選準時機，目的明確地伸出魔爪。對他們來說，這個死神正是以海爾曼少校的模樣現形人世間。

保羅語調低沉地說著話，略顯驚慌失措，彷彿迎受到黑暗中的邪惡力量。「他昨晚來了，他昨晚來了。我們在牆上寫了我倆的名字貝納・唐德維和保羅・戴霍茲，在他看來，這就是兩個敵人的名字，便利用機會除掉敵人。他深信在這房間裡睡覺的是你和我，於是狠下毒手……他殺死的卻是可憐的傑里弗洛和他的同伴，他們頂替我們死了。」

沉默良久，他小聲說：「他們像我父親一樣……像伊麗莎白一樣死了，還有守城人和他的妻子，他們都死於同一隻手……同一隻……你聽到了，貝納！是的，這教人無法接受，對嗎？我的理智拒絕接受……但是，這隻手一直拿著那把匕首，從前是，現在仍舊如此。」

貝納檢查了凶器。看見那四個字母，他說：「海爾曼，對嗎？海爾曼少校？」

「是的。」保羅激動地回道：「我不曉得這是否他的眞名，他眞實的身分又是什麼，但犯下所有這些罪行者正是簽下這四個字母的人：H. E. R. M.。」

保羅警告了他排裡的士兵，又派人提醒神父和軍醫，然後決定和他的上校單獨見面，把這個祕密全部吐露，也許能給伊麗莎白處決案和兩名士兵遭刺案提供一些線索。然而他得知上校和他的軍團正在邊境另一頭戰鬥，除了一隊排伍留在城堡聽候戴霍茲中士的命令，整個第三團都被緊急召集去了。保羅只得和他的部下一起親自進行調查。

調查沒有任何結果，關於凶手躍過花園圍牆後穿越廢墟到達房間的潛入路徑，一點線索也搜集不到。沒有半個軍民從那裡穿過，所以，應該得出結論說雙屍命案的凶手是第三連的戰士嗎？當然不是。可是除此之外，又該作出何種推斷呢？另外，關於他妻子的死和掩埋地點，亦無任何消息。這是最嚴峻的考驗。

與俘虜一樣，保羅從德國傷患口中也沒問出什麼。所有的傷患都知道有一個男人和兩名婦女被處決，但他們都是在行刑之後才到，那時候佔領城堡的部隊老早撤離了。

他持續將調查推進到奧諾坎村，也許那邊有人知道些什麼。村民們或許聽聞城堡女主人在城堡裡的生活狀況，她所受的折磨以及她的死……

奧諾坎村空無一人，連婦女、老人的蹤影也沒有，敵人應該是把村民押送到德國去了。也許從一開始，德方目的就是消滅所有的目擊者，在城堡周圍製造無人區。

保羅就這樣白費工夫地整整搜索了三天。

「可是，」他對貝納說：「伊麗莎白不可能完全消失。即使找不到她被埋葬的地方，難道也找不到她在這裡居住過的蛛絲馬跡？她在這裡生活過，她在這裡遭受過痛苦。哪怕她留下的一個小物品，對我來說也是彌足珍貴！」

最後，他在一堆瓦礫中找到了妻子居住過房間的準確位置，房間只剩下一堆堆石塊和石膏灰泥殘片，這些殘片和一樓客廳的殘骸以及落下的二樓天花板混在一起。某天早上，保羅就在這片廢墟裡，在一堆牆壁和家具的廢墟下找到一面打碎了的小鏡子、一把樹脂做的刷子、一把銀質小折刀，還有一把剪刀，這些東西都是伊麗莎白的。

更讓他震驚的是，他發現了一本厚日記簿，他知道妻子婚前在日記簿裡記錄她的開銷、購物清單還有訪客名單，偶爾還記錄些生活中的隱私。

然而，這本日記簿只剩下外面的紙殼（上面寫著一九一四年），還有當年度前七個月的事情。後五個月的部分不是被一股腦全部撕下，而是一張一張從精裝書皮上拆走。

保羅立刻想到：「這些是伊麗莎白不慌不忙中拆走的，那時候她不急著做什麼，也沒什麼可擔心的，她只是想在這些紙上日復一日地寫下去……什麼？要不然……正是這樣，她在日記簿的一筆帳目和一筆進款中間記錄了更加隱祕的內容。因爲在我離開之後，就再也沒有過帳目，而且她的生活從那以後對她來說就是最恐怖的悲劇。她可能在丟失的這些日記頁面中記錄了她的憂傷、埋怨……也許還有她對我的氣憤。」

這一天，貝納不在，保羅勁頭備增，把所有的石頭和洞底下都翻了一遍。他抬起被打碎的大理石，挪開彎曲的燈架，掀起撕裂的地毯，搬開被火燻黑的大樑。他埋頭苦幹了幾個鐘頭，耐心地把那些碎片一塊塊翻起來尋找，沒有任何結果。他又在花園裡展開了地毯式的搜查，一樣全無所獲！保羅覺得一切都白費了。伊麗莎白應該十分珍視這部分日記，要麼銷毀，要麼就是完好地藏起來了，除非……

「除非，」他想，「除非有人把它偷走了。少校應該一直對她進行監視，在這種情況下，誰知道……」

保羅心中產生了一種假設。發現了農婦衣服和黑邊方圍巾後，他就把東西留在房間的床上，沒覺得有什麼重要性。他想著少校殺死兩名士兵的那天晚上，是否原本想來取走衣服，或者至少想取走裡面的某樣東西？他沒能如願，因爲士兵傑里弗洛睡在上面擋住了。

這時，保羅想起展開農婦的裙子和上衣時發現包袱裡面有團揉皺了的紙。莫非那團紙就是伊麗莎白的日記，被海爾曼少校無意中發現並偷走了？

保羅跑向案件發生的房間，抓起衣服開始翻找。

「啊！」他突然心花怒放地說：「在這裡！」

一只黃色大信封裡頭裝滿了撕下來的紙，那些紙都是一頁一頁單獨的，上面佈滿了被揉搓和撕裂的痕跡。保羅一眼便看出這些紙僅是八月和九月的日記，甚至連這兩個月都還缺了幾頁，並不完整。

他看見了伊麗莎白的字。這並不是十分詳盡的日記，只是些零星的筆記，寥寥數語流露出一顆破碎的心，然而有時候卻很長，需要附加頁。這些筆記是在白天或者夜裡偶然間用羽毛筆、鉛筆寫下的，有時字跡模糊，難以辨認，讓人感受到寫日記的人雙手顫抖，淚眼朦朧，痛苦至極。

沒有什麼能打動保羅內心更深的地方，他一個人靜靜地讀道：

八月二日　星期日

他不應該寫給我這封信，裡面的內容太殘酷了。還有，他爲什麼建議我離開奧諾坎？因爲戰爭？怎麼，因爲戰爭有可能爆發，我就沒有勇氣待在這裡盡我應盡的義務嗎？他多麼不瞭解我！所以，他覺得我很懦弱，還是我會懷疑我可憐的媽媽？……保羅，我親愛的保羅，你本不該離開我的……

八月三日　星期一

自從傭人們離開之後，傑羅姆和羅莎莉對我關懷備至。羅莎莉也央求我離開。

「妳呢，羅莎莉？」我對她說：「妳會離開嗎？」

「喔！我們，我們都是些小人物，沒什麼可害怕的。再說，留守這裡是我們的責任。」

我跟她說這也是我的責任，但是我看得出她無法理解。

我遇到傑羅姆的時候，他搖了搖頭，用悲傷的眼神望著我。

八月四日　星期二

我的義務？是的，我對此沒有異議。比起放棄，我寧願選擇死亡。可是，怎樣才能完成我的任務，盡到我的責任呢？怎樣才能找到眞相呢？我滿懷勇氣，卻止不住哭泣，就好像我沒有更好的事可以做了，因爲我好想念保羅。他在哪裡？他變成什麼樣了？今天早上傑羅姆跟我說戰爭已經爆發時，我覺得自己幾乎要昏過去了。所以保羅要上戰場，他也許會受傷，會被殺死！啊，我的上帝！我眞正的責任難道不該是陪在他身邊，待在戰地附近的小村子嗎？我待在這裡到底盼著什麼呢？對了，我的責任，我知道……我的母親！啊！媽媽，請您原諒我。可是，您看，這是因爲我愛他，怕他發生什麼事情……

八月六日　星期四

我總是淚流不止，我越來越不幸了。可是我感覺到，即使我變得再不幸，也不會屈服的。另外，我還能與他重逢嗎？他都不再想要我了，甚至不捎信給我。他的愛呢？他恨我！我是他無比憎恨的女人的女兒。啊！太可怕了！這可能嗎？可是，如果他繼續這樣看待我的母親，而我又沒能完成我的任務，我跟他，難道就永遠不會再相見了嗎？這就是等待著我的生活？

八月七日　星期五

我向傑羅姆和羅莎莉詢問了許多關於我母親的問題。他們認識她不過幾個星期，但是記得她很友善，他們對我說的一切讓我多麼開心！她像是十分善良又美麗！所有人都喜歡她。

「她不總是開心。」羅莎莉對我說：「是否疾病從那時起就已經開始侵蝕她的身體，我不知道，可是當她微笑的時候，任誰的心都會顫抖。」

我親愛的、可憐的媽媽！

八月八日　星期六

今天早上，我們聽見遠處的砲擊聲。戰場離這裡只有十古里。

不久前，法國軍隊來了。我經常在陽台上看到他們通過利瑟隆山谷，那些人就要駐守在城堡裡。上尉表示抱歉，怕我不方便，他和中尉們吃住都在傑羅姆和羅莎莉居住的小屋。

八月九日　星期日

依然沒有保羅的信，我也不嘗試寫信給他。在我收集到所有證據之前，我不想他聽人說起我。可是怎麼辦呢？怎樣才能得到十六年前事件的證據呢？我努力尋找，仔細研究，認眞思考，沒有任何答案。

八月十日　星期一

遠方大砲不停地轟炸，不過上尉安撫我說這邊未發現任何軍事調動，敵人不會來襲。

八月十一日　星期二

不久前，樹林分遣隊的一名士兵在朝向田野的小門旁邊被人用刀殺死了。人們猜想他原是想擋住從花園裡出去的某個人之去路。可是那個人是怎麼進來的呢？

八月十二日　星期三

究竟怎麼回事？某件事讓我留下了強烈的印象，教我百思不解。另外，還有些其他的事情也讓人困惑不已，儘管我說不出爲什麼。我很詫異那名上尉和我遇到的所有士兵似乎都不擔心這一點，甚至還能談笑風生。偏偏我卻有種不祥預感，現在也許正處於劍拔弩張的狀態，所以今天早上……

保羅停了下來，這頁下面的部分和下一頁都被撕掉了。是否海爾曼少校偷走了伊麗莎白的日記之後，出於某種原因而移除了他妻子提出解釋的那幾頁？日記接下來的部分寫道：

八月十四日　星期五

我沒有別的法子了，只好把發現的事告訴上尉。我帶他來到那棵被常春藤圍繞的枯樹旁，請求他躺下來細聽。他極有耐心，非常仔細地傾聽，可是什麼也沒有聽到。的確，輪到我再試一次的時候，我不得不承認他是對的。

「您看，夫人，一切都完全正常。」

「上校，我向您發誓前天時候從這棵樹下面，就在這個地方，發出一種奇怪的噪音。這聲音持續了好幾分鐘。」

他微笑著回答我說：「要派人砍倒這棵樹很容易。可是，現在形勢危急，我們身處其中，難免會犯錯誤，甚至產生某種幻覺，您不這樣覺得嗎，夫人？再說這雜訊究竟從何而來呢？」

是的，很顯然，他是對的。可是，我分明聽見了……我看見了……

八月十五日　星期六

昨天晚上，有兩名德國軍官被帶回來，關在洗衣房裡，在附屬房舍的盡頭。今天早上，大家在洗衣房裡只找到了他們的軍裝。

他們也許是破門而出的吧，可是上尉的調查顯示他們是穿著法國軍裝逃走的，他們對哨兵謊稱在科維尼有任務，從他們眼前大搖大擺地通過了。

是誰提供給他們這些軍裝呢？另外，他們需要知道口令……是誰向他們透露口令的呢？

好像有一位農婦連續幾天來送雞蛋和牛奶，這個農婦有點穿得過好了，今天，人們沒見著她……但沒有證據顯示她是同謀。

八月十六日　星期日

上尉極力勸說我離開。他臉上不再有笑容，看上去十分憂慮。

「我們被間諜入侵了，」他對我說：「另外，有跡象表明我們可能會很快遭到襲擊。不是大規模的襲擊，敵方目的是要強行打開通往科維尼的通道，他們會對城堡出手。我有義務提前通知您，夫人，我們隨時有可能被迫向科維尼撤退，您不宜待在這裡。」

我向上尉回答說沒有任何事能改變我的決心。

傑羅姆和羅莎莉也求我離開。有什麼用呢？我不會離開的。

保羅的閱讀再一次被打斷，這個地方的日記缺了一頁。另外，接下來的一頁，也就是八月十八日那頁的開頭和結尾都被撕掉了。妻子的日記只剩下以下片段：

……這就是在剛剛寄給保羅的信裡，我沒去提那件事的原因。他會知道我留在奧諾坎以及做此決定的動機就是這樣，但他應該不知道我所期望的事。

我的期望還很模糊，且建立在如此微小的細節上。可是，我滿心歡喜，我不明白這個細節的意義，但仍不由地覺得很重要。啊！上尉開始焦躁不安了，他加強了巡邏，所有士兵都在檢查自己的武器，喊出戰鬥口號。敵軍很有可能在艾布雷庫安頓下來，就如傳言所說！這對我來說有何重要？只有一個念頭最重要！我找到正確的出發點了嗎？我是在正確的道路上嗎？

噢！讓我們好好想想……

這一頁同樣在伊麗莎白正要進行詳細解釋的地方被撕掉了。這無疑是海爾曼少校採取的防護手段，可是爲了什麼呢？

八月十九日星期三那一頁的上半部分也被撕掉了。八月十九日，是德軍向奧諾坎、科維尼這片地區發動襲擊的前一天……星期三的下午他妻子記下了些什麼呢？她發現了什麼？海爾曼少校又在暗地裡籌劃著些什麼呢？

保羅害怕極了，他想起星期四凌晨兩點那一刻，第一聲大砲在科維尼上空響起。閱讀這一頁的下半部分時，保羅的心整個揪了起來。

晚上十一點

我起身打開窗户，周圍都是狗叫聲。牠們此起彼伏叫著，偶爾停住像是在聽什麼，然後又開始嚎叫，我從沒聽牠們這樣叫過。當牠們停下來的時候，周圍驚人的安靜，這回輪到我聽了，我驚奇地發現讓那些狗亢奮的是某種模糊的噪音。

我覺得這些噪音確實存在，這聲音與樹葉的沙沙聲不同，也跟那些爲沉寂夜晚增添活力的聲音沒有關係。我不知它從何而來，我的印象既強烈又模糊，所以同時在琢磨，是否沒注意到自己的心跳聲，或沒有察出是行軍的腳步聲。

得了！我眞是瘋了，怎麼可能是軍隊在行進！我們的前哨不是在邊界那邊嗎？再說，城堡周圍不是還有哨兵嗎？如果眞是這樣，應該發生戰鬥，有槍聲才對啊……

凌晨一點

我站在窗邊一動不動。狗不再叫了，萬物都睡著了，這時，我看見有個人從那幾棵樹中走出來，穿過草坪。我原本以爲是我們的士兵，但是這個人影從我的窗戶下面經過時，空中剛好有足夠的光線透射，我分辨出這是一個女人的身影。我想到羅莎莉，可是不是她，那女人身材高大，腳步輕盈而敏捷。

我差點叫醒傑羅姆，向他發出警告。可是我沒有這麼做，那個人影在草坪那邊消失了。突然，有一聲奇怪的鳥叫……接著一束光線投向天際，就像從地裡升起的一顆流星。

接下來什麼都沒有了，周圍又恢復了萬籟俱寂的狀態，什麼都沒再發生。可是我不敢睡覺，我害怕，不知道害怕些什麼。所有的危險從天邊各個角落出現了，他們在前進，包圍著我，把我關入監牢，使我不能呼吸，把我壓垮。我不能呼吸了，我害怕……我害怕……

chapter 9

帝王之子

保羅把伊麗莎白悲傷的日記緊握在手裡，那上面記載了她的苦惱。

「啊！不幸的女人，」他想，「她該受了多少苦啊！而且這只是她通往死亡之路的開始……」

他害怕繼續往下看，伊麗莎白接受酷刑的時刻洶湧無情地接近了。他想對她喊道：「快走吧！別和命運抗爭！我忘記過去了，我愛妳。」

太晚了！正是他自己殘酷地將妻子推向痛苦的深淵，他必須親眼目睹她走上十字架的每一步，儘管他已經知道最後恐怖的那一步。

他猛地翻開這些頁。

首先，有空白的三頁，上面寫著八月二十日、二十一日和二十二日……這幾天可能發生了一些動盪，她沒能寫日記。二十三日和二十四日兩天的日記不見了，可能敘述了發生的事件，包括揭露那次無法解釋的入侵狀況。

日記在二十五日星期二那一頁的後半部分重新開始，這頁紙的上半部分也被撕掉了。

「是的，羅莎莉。我覺得很好，感謝妳這樣關照我。」

「那麼，您不再發燒了嗎？」

「是啊，羅莎莉，已經全好了。」

「夫人昨天就這麼說了，可是發燒又來了……也許是因爲這次來訪，但今天不會有人來，是定在明天……我收到通知夫人的命令，明天五點鐘……」

我沒有回答。反抗有什麼用呢？我聽到的任何侮辱性語言，都不及眼前所見景象讓我感到痛苦：草坪被綁在樹樁上的馬佔領了，小路上盡是軍需彈藥車，一半的樹木被砍倒了，士兵們在草坪上滾來滾去、飲酒歡唱，就在我面前，就在我窗前的陽台上，掛著一面德國國旗。啊！這些壞蛋！

我閉上眼睛，不想去看。可是這樣更可怕……啊！昨天晚上的情景……還有今早太陽升起時，看到成堆屍體的情景。這些不幸的人當中還有活著的，那些禽獸在他們身邊跳舞，我聽見那些垂死之人請求結束自己的生命。

然後……然後……我不願意再想了，也不願去想那些可能摧毀我勇氣和希望的慘事。

保羅，我寫這本日記的時候，心裡一直想著你。某種直覺告訴我，如果我發生什麼不幸，你終會讀到日記的，所以我必須有力氣繼續寫下去，讓你知道每天發生的事情。也許透過我的敘述，你已經明白了讓我一頭霧水的事情。過去和現在之間到底存在怎樣的聯繫？以前的罪案到底和那天晚上無法解釋的進攻有什麼聯繫？我不知道。我把所有的細節都攤出來給你看，加上我的一些設想。你，你將得出結論，你會一直走向眞相的盡頭。

八月二十六日　星期三

城堡裡有很多嘈雜的聲音，人們來來回回到處亂竄，在我臥室下方的客廳裡尤其熱鬧。一小時之前，六輛卡車和六輛小轎車開到了草坪上。卡車是空的，而每輛利穆贊小轎車上跳下兩三位女士。那群德國人手舞足蹈，大聲說笑，軍官們急匆匆地會見來客，其中不乏歡聲笑語。接著，所有人都向城堡走來。他們的目的何在？

我覺得有人在走廊裡走動，這時已經五點了。有人敲門……

一共進來五個人，首先是某位人士，另外四名軍官在他面前卑躬屈膝。

這位人士用拿腔拿調的法文，向其他人說：「看吧，先生們。這個臥室以及那個套間裡所有的東西都是夫人的，我命令你們不許碰。其餘的，除了兩間大客廳，我都交給你們。把需要物品留在這裡，喜歡什麼就帶走什麼，這是戰爭法則，是戰爭所賦予的權利！」

他道出「是戰爭所賦予的權利」這句話時，那股堅定語氣顯得愚蠢至極。

「至於夫人的套間，裡面的家具全別動，我懂得禮節的。」

此時他看著我，像在對我說：「喔！我多麼有騎士風度！我本可以全部拿走，可是我是個德國人，因爲如此，我通曉所有禮節。」

他等著我道感謝。我對他說：「這是掠奪的開始嗎？我現在明白爲何有卡車開過來了。」

「根據戰爭的權利，我們不會掠奪屬於您的東西。」他回答說。

「啊！戰爭的權利不涉及兩間客廳裡的家具和藝術品嗎？」

他臉紅了。然後，我笑了起來。

「我明白了，那是留給您自己的。眞識貨呢，那可是價值連城的珍品，其餘破爛貨就留給您的手下瓜分。」

那幾名軍官轉過身，十分氣惱。他呢，他的臉更加紅了。他的臉長得圓滾滾的，頭髮金黄，抹得油光嶄亮，呈中分，露出一條齊整的隙縫。他的額頭很低，我猜得出他的腦袋裡正在琢磨著如何反擊。最後，他向我走過來，用一種勝利者的語氣說話。

「法國人在夏勒魯瓦、摩爾昂吉吃了敗仗，到處都吃敗仗。他們正全線撤退中，戰爭已成定局。」

雖然我感到萬分痛苦，卻忍住沒有動。我蔑視地看著他，低喊：「無賴！」他氣得身子直晃。他的同伴聽見了，我看到他們其中一個把手按在佩劍的護手上。可是他呢，他會做什麼？他會說什麼？我能感覺到他非常尷尬，他的權威受到了冒犯。

「夫人，」他說：「您也許不知道我是誰？」

「我知道的，先生。您是孔拉德親王，德國皇帝威廉二世的兒子。那又怎樣？」

他再次努力維護自己的尊嚴，挺起胸膛。我等待他說些威脅性的氣話，可他只是以笑作答，這矯揉造作的微笑裡帶著不以爲忤的神氣，展現出他不輕易抱怨的倨傲、不輕易發怒的聰慧特質。

「這個年輕的法國女人！她很迷人，對吧？先生們！你們聽見了嗎？她說的話多麼狂妄！這就是巴黎女人！先生們，她眞是優雅又調皮哪。」

接著，他誇張地對我欠身告別，沒再跟我多說一個字，就邊開著玩笑走遠了。

「這年輕的法國女人！啊！先生們，這些年輕的法國女人！」

八月二十七日　星期四

敵軍一整天都在搬運東西，裝滿戰利品的卡車一輛接一輛向邊境駛去。那是我可憐的父親送給我的結婚禮物，所有收藏品都是費時精心挑選出來的，我和保羅本該在這些珍貴裝飾品的環繞下生活。我的心快被撕碎了！

戰爭的消息很糟糕，我流了許多眼淚。

孔拉德親王來了。我必須接待他，因爲他讓羅莎莉轉告我，如果我不接待他的來訪，奧諾坎村民將會承擔後果。

在日記的這個部分，伊麗莎白再度停了下來。兩天後，即二十九日那天，她才又寫道：

他昨天來了，今天又來了。他極力表現自己有思想、有教養，談論文學和音樂，談論歌德和瓦格納……不過，他發現只是在自說自話，便惱火起來，最後喊道：「喂，妳倒是回答啊！和孔拉德親王交談，對於一個法國人來說也沒什麼不體面！」

「一個女人不與她的獄卒交談。」

他激烈地反駁：「可是您並不在監獄裡，眞見鬼！」

「我能走出這座城堡嗎？」

「您可以在花園裡散步……」

「所以，四周都是牆壁，跟監獄沒兩樣。」

「那又如何？您想怎麼樣呢？」

「離開這裡……在您指定的地方生活，比如在科維尼。」

「也就是說遠離我！」

因爲我默不作聲，所以他有些退讓，又低聲說：「您討厭我，對嗎？喔！我知道，我瞭解女人。您討厭的只是孔拉德親王這角色，對嗎？因爲他是德國人，又是征服者……畢竟，像他這樣條件的男人沒理由引起您的反感……而這一刻，這個男人就在您面前，試圖討您歡心……您明白嗎？那麼……」

我站在他面前，一句話也沒吭，但他應該察覺我眼中流露出的厭惡，所以他話說到一半就住口，那副模樣蠢極了。接著，他的狼尾巴便露出來了，他粗暴地向我揮舞拳頭，砰的一聲關上門，口裡說著威脅的話，揚長而去……

接下來日記又缺了兩頁，保羅面色蒼白，從沒有任何痛苦能將他灼傷到這種地步。他覺得他可憐的伊麗莎白還活著，就在他的注視下抗爭，而且她知道自己正被他注視著。九月一日的日記上記下了她悲痛與愛的呼喊，無啥能更加搖撼保羅的內心深處。

保羅，我的保羅，什麼也別擔心。是的，我撕去了這兩頁日記，因爲我永遠不想讓你知道如此卑鄙的事情。但這不會讓你遠離我的，對嗎？不會因爲一個野蠻人侮辱了我，我就不值得愛了，對嗎？噢！他對我說的那些話啊，保羅……昨天也是……他的辱罵、卑劣的威脅、下賤的承諾，還有他的瘋狂……不，我不願向你重複那些話。我之所以寫這本日記，是希望向你講述我每天的思想和行動，我只想記錄下我痛苦的見證。可這是另一回事，我沒有勇氣……原諒我的沉默。你只要知道我受到了冒犯，日後便會為我報仇。別再向我詢問更多的事情……

事實上，在接下來的日子裡，年輕女子不再敘述孔拉德親王每天來訪的細節了。可是從她的日記裡能感到不斷有敵人包圍著她！後來的日記都是些簡短的筆記，她不敢再像從前那樣沉浸其中。她只是偶爾寫上幾頁，再標上日期，不再考慮那些缺失的日期。

保羅一邊讀一邊發抖，一些新的消息加重了他的恐懼。

星期四

羅莎莉每天早晨都詢問他們。法軍還在撤退，甚至像是在潰逃。巴黎淪陷了！政府撤遷了！我們輸了！

晚上七點

他像往常一樣在我的窗底下散步，有個女人陪著他，我曾幾次從遠處看到過這女人，她總是裹著一件寬大的農婦披風，頭戴著一塊帶花邊的方圍巾掩住臉。但大多數時間陪伴他的，是一位人稱少校的軍官，那個人也總是把頭藏在灰色大衣的領子裡。

星期五

士兵們在草坪上跳舞，樂隊奏響德國國歌，奧諾坎的鐘猛烈地敲擊著，他們慶祝自家軍隊進入巴黎。怎麼還能懷疑這件事的眞實性呢？哎！他們高興的樣子就是最好的證明。

星期六

在我的套間和掛著母親畫像的那個臥室配間中間，是媽媽從前的臥房，少校就住在那個房間裡。少校是親王的密友，也是個重要人物，士兵們只知道「海爾曼少校」這稱謂。他不像其他軍官那樣在親王面前卑躬屈膝，相反的，他似乎跟親王特別親暱。

這時候，他們一前一後走進林蔭小路。親王扶著海爾曼少校的臂膀，我猜他們在談論我的事情，而且意見相左。海爾曼少校好像生氣了。

上午十點

我沒有弄錯。羅莎莉告訴我，他們之間發生了激烈的爭吵。

九月八日星期二

他們對待大家的態度不同往常。親王、少校和軍官們都有些緊張，士兵們不再唱歌了，之後傳來爭吵的聲音。難不成事態的發展對我們有利嗎？

星期四

局勢更加動盪了，不時有郵車開過來，軍官們也把部分行李運回德國。我懷著極大的希望，可是，另一方面……

啊！我親愛的保羅，如果你知道這些來訪給我帶來的煎熬！他不再是前幾日那個溫柔的人了，他卸下了面具……不，不，對這件事要保持緘默……

星期五

整個奧諾坎村的村民都撤到了德國。我跟你提過那個可怕的夜晚，他們不希望留下任何知曉發生什麼事的證人。

星期日晚上

德軍戰敗了，他們遠遠地撤出了巴黎。他咬牙切齒地對我承認了這件事，還大聲威脅我，說我是他們復仇的人質。

星期二

保羅，如果你在戰場上遇見他，像宰狗一樣殺死他。可是這些人不是正在戰鬥嗎？啊！我不知道我在說什麼……我暈頭轉向了。爲什麼我會留在這座城堡裡？你應該強行帶我走的呀，保羅……

保羅，你知道他在想什麼嗎？啊！這個卑鄙的人……他們從奧諾坎擄走了十二名人質，由我，由我來決定他們的生死。你明白這有多恐怖嗎？根據我的表現，他們或能倖存，或被槍斃，一個接一個……怎麼能相信這樣無恥的行爲？他們只是想嚇唬我嗎？啊！這種威脅太可恥了！這簡直是地獄！我寧願死去……

晚上九點

……死？不，爲什麼要死？羅莎莉來了。她丈夫昨晚與一名守夜哨兵在過了教堂的花園小門邊商議事情。凌晨三點，羅莎莉會叫醒我，我們就跑到大樹林裡，傑羅姆知道那裡有個敵人無法接近的藏身處……我的上帝，但願我們能成功！

晚上十一點

發生了什麼事？我爲什麼起床了？這一切都是場噩夢，我確信……可是我因爲發燒而顫抖，勉強才能寫字……我桌上的這杯水是怎麼回事？平時失眠的時候我都會喝杯水，我爲什麼偏不敢喝這杯水呢？

啊！這場噩夢糟透了！我如何能忘記睡著之後看見的東西呢？因爲我在睡覺，我很確定；我想在逃走之前稍微休息一下，而我是在夢裡看到那個女人的鬼魂！鬼魂？……當然，只有鬼魂才能穿過用門栓緊鎖的門。她在地板上滑行，幾乎沒有發出丁點聲響，我只能隱約聽見她裙子摩擦的沙沙聲。

她來做什麼？藉著我的小油燈，我看見她繞過桌子小心翼翼地向我的床走過來，頭還在暗處，看不清。我很害怕，所以閉上眼睛，好讓她相信我睡著了。可是我越發清晰地感覺到她的存在，感到她向我走來，也很清楚地感覺到她的一舉一動。她向我彎下身子，久久地望著我，好像她不認識我，想仔細研究我的臉。怎麼，難道她一點也聽不到我的心臟怦怦亂跳的聲音？我呢，我可是聽得到她的心跳，還有她平整的呼吸聲。我是多麼痛苦啊！這個女人是誰？她有什麼目的？

她不再研究我的臉，走開了一段距離，待在不遠的地方。透過我微瞇的眼皮，我猜她在我旁邊彎下腰正悄悄忙著什麼。漸漸地，我覺得她不再觀察我了，我便忍不住想睜開眼睛。我想看，哪怕只看一秒鐘，看看她的臉，她的身姿……

我睜開眼看了看。

我的上帝，我是費了多大努力才屏住從心裡迸發出的吶喊啊！那個女人的臉被小油燈照亮，我可以清清楚楚地看到，那就是……噢！我不會說這樣一句褻瀆神明的話！如果這個女人是跪在我身旁祈禱，我本可以看到一張熱淚盈眶、充滿溫情的臉，不，意外看到已逝女人的面孔，不會讓我顫抖。可是這張臉猙獰兇殘又充滿仇恨、邪惡、野蠻和卑鄙的神情……世界上沒有任何景象能讓我覺得更恐怖。也許是因爲這樣，也許是因爲這幅景象遠超出恐怖的極限，恍如某種超自然現象，正是因爲這樣，我才沒叫出聲來，而且現在我幾乎平靜下來了。在我睜開眼睛看的那一刻，我已經明白我不過是在受噩夢的折磨。

媽媽，媽媽，您從來沒有，也不會有那種表情，對嗎？您是善良的，對嗎？您會微笑的。如果您還活著，您會一直保持那種善良溫柔的模樣吧？親愛的媽媽，自從保羅認出您面容的那天晚上起，我經常進到這間房裡來，是爲了記住媽媽您的臉，我已經忘記了——您去世的時候我還很小，媽媽！即使我允許畫師賦予您一種非我所許的神態，至少也不會是剛才那種邪惡兇狠的表情。您爲什麼恨我呢？我是您的女兒呀，爸爸經常對我說我們笑起來一模一樣，還有您看著我的時候，眼睛裡總是充滿柔情。那麼、那麼……您不討厭我，對嗎？我確實是在作夢？

或起碼有種可能，即使我看見有個女人在我房間裡的時候不是在作夢，當我在她身上看到您的臉時，我是在作夢。幻覺……譫妄……因為我不停地看您的畫像，無時無刻不想著您，我把自己熟悉的臉加到了這個陌生人的身上，那個面目猙獰的人是她，不是您！

而且我不會喝這杯水。那是她倒的，也許是毒藥……或者是能讓我沉睡過去的什麼東西，好把我交給親王……我想起那個有時陪他散步的女人……

可是我一無所知，我什麼都不明白……各種念頭在我疲憊不堪的腦子裡像龍捲風一樣轉來轉去。

很快就要到三點了，我等著羅莎莉。夜裡很安靜，城堡及周圍沒有任何聲音。

三點的鐘聲敲響了。啊！我要逃出這裡了……我自由了！

chapter 10 七點五，還是十五點五？①

保羅・戴霍茲焦急地翻過這頁日記，彷彿期待這逃跑計畫能有個幸運的結局。所以當他看到第二天早晨所寫的頭幾行辨認不清的字跡時，可以說遭受了新一輪痛苦的打擊。

我們遭到了告發！

有二十個人監視著我們……他們像野蠻人一樣向我們衝過來……此刻我被關在花園的小屋裡。傑羅姆和羅莎莉被關在旁邊的小破屋裡，他們都被綁起來，嘴裡塞了東西。至於我，我可以自由行動，但是門口有士兵守衛，我能聽見他們講話。

中午

我很難留話給你，保羅。每時每刻都有分遣隊的士兵開門監視我。他們沒有搜我的身，所以我還能保留我的日記。我寫得很快，一小段一小段躲在暗處寫的……

保羅，你會找到我的日記嗎？你會知道發生了什麼事，我變成什麼樣子嗎？只要他們不把我綁起來！

他們給我帶來了麵包和水。我和羅莎莉跟傑羅姆一直是分開的，那些人不給他們吃的。

兩點

羅莎莉成功地弄掉了口塞，她從小破屋裡跟我低聲說話。她聽見了看守我們的德國士兵說的話，我得知孔拉德親王昨晚已經出發前往科維尼，法國人逼近了，這邊的德軍十分擔憂。他們會抵抗嗎？他們會向邊境撤退嗎？是海爾曼少校讓我們的逃跑計畫失敗了。羅莎莉說我們沒指望了……

兩點半

羅莎莉和我，我們不得不停下來。我剛問她到底想說什麼……爲什麼我們沒指望了？她出口就說海爾曼少校是個魔鬼。

「是的，魔鬼，」她重複道，「他總是有特殊的理由對付我們……」

「什麼理由，羅莎莉？」

「待會我再跟您解釋。但可以確定的是，如果孔拉德親王沒及時從科維尼趕回來救我們，海爾曼少校就會趁機派人槍斃我們……」

看到他可憐的伊麗莎白親手寫下的恐怖文字，保羅眞的咆哮起來了。這是日記最末一頁，在這之後的，不過是一些偶然間在紙上橫七豎八寫下的句子，可以看出是在黑暗中寫的，就像臨終者氣喘吁吁說的話一樣……

警鐘……風從科維尼那邊吹來的鐘聲……這意味著什麼？法國軍隊來了嗎？保羅，我的保羅……你也許跟他們在一起！

兩個士兵笑著走進來。「處決這個女人！三個人都處決……海爾曼少校下令要處決……」

我現在又是孤零零一個人……我們要死了……羅莎莉想跟我說話，可她不敢……

五點

法國大砲……砲彈在城堡周圍炸開……啊！但願能有一枚炸到我這裡來……我等著羅莎莉

的聲音，她要對我說什麼呢？她無意中發現了什麼祕密呢？

啊！太可怕了！啊！多可怕的事實！羅莎莉說了。我的上帝，我求求祢，給我點時間寫吧！保羅，你永遠也不會猜到……在我死之前，你必須知道……保羅……

這一頁剩下的部分被撕掉了，下面的幾頁直到月底都是空白的。伊麗莎白是否有時間和力氣寫下羅莎莉透露的情況呢？

這個問題，保羅連問自己都無意願。這些透露的情況對他來說有什麼重要的呢？那些重新浮現且永遠籠罩住眞相的黑暗，對他來說又有什麼重要呢？向孔拉德親王、海爾曼少校這些折磨並殺死自己妻子的野蠻人復仇又如何？伊麗莎白已經死了，他可以說是看著她死在自己的眼皮底下。

除了這個事實，別的全不値得去想，也不値得努力了。他覺得有氣無力，被突如其來一陣膽怯弄得麻木了，雙眼直盯著那本日記，上面記載了那個不幸女子一步步走向殘酷極刑的各個階段，他想像得出來。他逐秒感覺到自己在下滑，迫切需要毀滅自己，忘掉一切。伊麗莎白在呼喚他。現在戰鬥又有何用？爲什麼不去與她相聚呢？

有人拍他的肩，一隻手抓住了他握著的手槍。貝納對他說：「先不要想這些了，保羅。如果你覺得一個士兵現在有權自殺，我馬上由著你，但你得先聽我說完……」

保羅沒有反對，想要輕生的念頭在他腦中轉瞬即逝，他幾乎毫無自覺。儘管或許由於一時的衝動他有過這種想法，他仍然處於一種快速恢復意識的精神狀態。

「說吧！」他說。

「不會太久的，最多解釋三分鐘，聽著。」貝納開始說：「根據這個字體，我知道你找到了伊麗莎白的日記。這本日記是不是確認了你已經知道的事？」

「是的。」

「伊麗莎白寫日記的時候，是不是受到死亡的威脅，還有傑羅姆和羅莎莉也是？」

「是的。」

「這三個人在你我到達科維尼那天，也就是十六日星期三被槍殺了？」

「是的。」

「也就是我們到達這裡，到達奧諾坎城堡那個星期四的前一晚，約莫五、六點鐘之間？」

「沒錯。可是你爲什麼問這些問題？」

「爲什麼？瞧，保羅，我給你帶來了。我手裡拿著你從伊麗莎白被槍殺那面牆上取下的砲彈片。就在這裡，上面還黏著一縷鬈髮。」

「然後呢？」

「剛才我路過城堡時與一名砲兵軍士交談，他從我們的對話以及他的檢查中得出結論，說這塊砲彈片不是七點五釐米口徑大砲的彈片，而是十五點五釐米口徑大砲的彈片，是利瑪伊洛大砲所發射出來的。」

「我不明白。」

「你不明白是因爲你不知道，或者你已經忘了剛才我的軍士讓我想起來的事情。我們到達科維尼那天晚上，十六日星期三，砲兵中隊開始轟炸並向城堡發射了幾枚砲彈，至處決執行那一刻，都是我們的七點五釐米口徑大砲在轟炸，而十五點五釐米口徑的利瑪伊洛大砲是從第二天我們向城堡進軍之時，也就是星期四才開始轟炸的。所以事實上利瑪伊洛大砲彈片不可能黏上伊麗莎白的頭髮，因爲她星期三傍晚將近六點左右被槍殺下葬，但利瑪伊洛大砲是從星期四早上才開始發射。」

「那表示什麼？」保羅小聲說道，他的聲音都變了。

「那表示，利瑪伊洛砲彈的彈片是星期四早晨由某個人從地上撿起來，刻意塞到那縷鬈髮中，而頭髮是前一天晚上割下來的。這種假設不容置疑吧？」

「你眞是瘋了！那對方爲什麼要這麼做呢？」

貝納微微一笑。「老天啊，目的當然是要讓別人相信伊麗莎白已遭槍殺，讓人以爲她不在世上了。」

保羅向他衝上去，搖晃他的肩膀，說：「你肯定知道些什麼，貝納！要不然你怎麼笑得出來？那就說出來啊！可是那小屋牆壁上的子彈呢？還有鐵鍊呢？那第三個鐵圈又作何解釋？」

「正是這樣，他們布置得太精心了！假如槍殺眞的執行了，我們能這樣子看見子彈的痕跡嗎？

再說，你找到伊麗莎白的屍體了嗎？誰能向你證明，當他們殺死了傑羅姆和他的妻子之後，沒有對伊麗莎白心軟呢？或者，誰知道呢，也許有人干涉……」

保羅覺得自己讓微弱的希望征服了。伊麗莎白被海爾曼少校判了死刑，也許在行刑前被趕回科維尼的孔拉德親王救走了……

他結結巴巴地說：「也許是……對，也許是……就是這麼回事。海爾曼少校知道我們在科維尼出現——回想一下你和那個農婦，也就是與海爾曼少校的相遇——他決心讓我們認爲伊麗莎白已經死了，並且想讓我們放棄尋找她，所以才導演了這齣戲。啊！這又如何能確認呢？」

貝納走到他跟前，鄭重地對他說：「我給你帶來的不僅僅是希望，保羅，而是百分百的確定。我剛才說的那些是想讓你有個心理準備。現在，聽好了。我之所以去詢問這名砲兵軍士，是想核對一些我所知道的事實。是的，我剛才就在奧諾坎村裡，那邊來了一隊德國俘虜。我與其中一個聊了幾句，他隸屬於佔領城堡的駐軍。他親眼看見了，他知道怎麼回事！你猜怎麼著？伊麗莎白沒有被槍殺，孔拉德親王阻止了行刑。」

「你說什麼？你說什麼？」保羅高興得快要昏過去了，「……那麼，你確定嗎？她還活著？」

「是的，她還活著……他們把她帶到德國去了。」

「可是，然後呢？海爾曼少校最終還是會追上她，達到他的目的啊！」

「不。」

「你怎麼知道？」

「透過這名俘虜得知的。他在這裡見到的那個法國女子，今天早上又看到了。」

「在哪裡看到的？」

「離邊境不遠的地方，在艾布雷庫附近的一棟小別墅裡。她現在被救出她的人保護著，那人絕對有能力保護她不受海爾曼少校的威脅。」

「你說什麼？」保羅重複道，這回他的聲音變得低沉，面部開始扭曲。

「我是指孔拉德親王，軍人這個職業對他來說似乎是個業餘愛好，另外，他被人看成傻子，連自家人都這麼想。他在艾布雷庫建立了總部，天天都去拜訪伊麗莎白，所以不必害怕……」貝納停了下來，他錯愕地問：「你怎麼了？你的臉上沒有一點血色……」

保羅抓住小舅子的肩膀，一字一句地說：「伊麗莎白完了，孔拉德親王被她迷住了……想想，人家已經對我們說了……這本日記就是痛苦的吶喊……他被她迷住了，他不會放棄他的獵物，你明白嗎？他面對任何事物都不會退卻！」

「喔！保羅，我不敢相信……」

「任何事都不能使他退卻，我對你說過了。他不僅是個傻子，還是個騙子，一個無恥之徒。你讀讀這本日記就知道了……說得夠多了，貝納。現在應該做的，就是馬上行動，連思考的時間都該省下。」

「你想做什麼呢？」

「把伊麗莎白從這個男人手中奪回來，去解救她！」

「這不可能。」

「不可能？我的妻子就囚禁在離這裡十二公里的地方，受著那個惡棍的蹂躪，你能想像我乖乖待在這兒袖手旁觀嗎？走吧！果斷一些！行動吧，貝納，如果你再遲疑不決，我就自己去。」

「你自己去……去哪裡？」

「去那邊。我誰也不需要，不需要任何說明，一套德國軍裝就夠了。我趁天黑的時候去，消滅該死的敵人，明天早上伊麗莎白就能回到這兒，重獲自由。」

貝納搖了搖頭，輕輕地說：「可憐的保羅！」

「什麼？你這是什麼意思？」

「這意味著我本該第一個支持你，跟你一起去解救伊麗莎白，艱難險阻都不在話下。不幸的是……」

「不幸的是什麼？」

「好吧！是這樣的，保羅，在這邊我們要放棄一回猛烈進攻。現在預備軍團和本土軍團應徵加入了戰鬥，至於我們，我們要離開了。」

「我們要離開？」保羅不敢置信，結結巴巴地說。

「是的，今天晚上出發。今晚就連我們所在的師團也要在科維尼乘火車出發，去哪裡我不清楚……也許是蘭斯，也許是阿拉斯。反正是朝西邊或北邊。你看，可憐的保羅，你的計畫無法實現了。勇敢些！別總是這副悲傷的樣子。你害我也跟著傷心了……喏，伊麗莎白沒有危險，她知道如何保護自己……」

保羅一個字也沒有回答。他想起伊麗莎白寫在日記裡孔拉德親王那句可惡的話：『這是戰爭法則，是戰爭所賦予的權利。』他感到這條壓在他身上的法則有千斤重，但同時也感覺到他所忍受的這條法則裡更加崇高和激昂的一面：在國家興亡之關頭，任何個人利益皆可拋卻。

戰爭的權利？不，是戰爭的義務。這份義務高於一切，無可商議，無論多不容情，在內心深處都不該有絲毫的抱怨。不管伊麗莎白面臨死亡還是侮辱，都跟保羅・戴霍茲中士職責無干係，亦不能片刻使他偏離受命前進的道路。此刻他戰士的身分，尤勝於男兒本色。他只對法國有義務，他深愛他的祖國，而它正在受苦，他除此之外沒有別的義務。

他仔細摺好伊麗莎白的日記，走了出去，他的小舅子跟在後面。夜幕降臨之時，他離開了奧諾坎。

譯註：

①七點五釐米（7.5cm）原文中為七十五毫米（75mm），十五點五釐米原文中為一五五毫米（155mm），皆指砲口口徑，此處換算為常見的釐米（公分）單位。

chapter 11

伊塞，你的名字叫淒慘①

圖勒、巴爾勒迪克、維特里勒弗朗索瓦……這些小城市從載著貝納和保羅駛向法國西部的長長列車前一個個掠過。其他無數的列車或開在他們的列車之前，或跟在他們那列車的後面，上面載著部隊和物資。接著，經過了巴黎廣闊的郊區，然後列車北上，經過波維、亞眠、阿拉斯。

他們必須第一批到達國界線，和英勇的比利時人會合②，而且會合處越往高處越好。一場持久的陣地戰正在醞釀中，現在每經過一古里，就意味著到時候能從敵人手中奪回同樣多的土地。

這次北上，保羅·戴霍茲少尉（他在途中被授予新的軍銜）猶如於夢中完成一般，他每天都在戰鬥，每分鐘都冒著生命危險。他以一種無可匹敵的衝勁鼓舞著他的士兵們，可是他做這一切的時候彷彿失去自覺意識，像是自動機械般受原始願望所驅使，這種願望就是前進。相對於貝納微笑著享受生命且以自己的鬥志和歡樂激勵同袍們，保羅卻是一直沉默寡言，心不在焉，疲勞、飢餓、惡劣天氣對他來說似乎都無關緊要。

然而，他有時會向貝納承認，前進讓他由衷感到高興，他覺得自己正朝著唯一感興趣的明確目標前進，那就是解救伊麗莎白。儘管他要進攻的是這邊的國界，而非另外一頭（東邊），但仍然是和同樣可惡的敵人戰鬥，他會帶著滿腹仇恨衝上去。無論在這邊或是那邊擊敗他們都無所謂，伊麗莎白終會得救。

「我們就快到了，」貝納對他說：「你很清楚，伊麗莎白能對付那傢伙。在這段時間裡，我們會包抄德國鬼子，深入比利時，從後方突襲孔拉德，然後迅速佔領艾布雷庫！這情景不夠惹你發笑嗎？不，我知道，你只有在殺死德國鬼子的時候才笑得出來。啊！在這一點上，看見你那微揚的嘴角，我就知道了。我在想：『砰！子彈射中了……』或者『成功了……他用刺刀刺倒了一個。』因爲你有機會的話是會用到刺刀的……啊！我的副長官，我們變得多兇殘啊！只有殺了人才會笑！還自覺笑得有理！」

魯瓦、拉西尼、紹恩……然後是巴斯運河和里斯河……再然後，伊普雷斯，伊普雷斯！兩條水路在這裡交匯，一直延伸到海邊。在經過了馬恩河、艾納河、瓦茲河、索姆河這些法國的河流之後，遇到了一條比利時的小溪，這條河不久便會被血染成紅色。可怕的伊塞戰役就要開始了！

貝納很快獲得了中士軍銜，他和保羅・戴霍茲在這個地獄中共同生活到十二月的頭幾天。他們和六個巴黎人、兩個志願兵、一個預備軍人，以及一個比利時人組成了個小隊伍，戰火似乎對他們特別留情。比利時人叫做拉森，是從魯勒斯跑出來的，他認爲要打擊敵人，加入法軍較便捷。保羅指揮的小分隊只剩下這些人，當分隊重組的時候，也還是這些人。所有危險的任務，他們都請赴。而完成任務之後，他們總是能毫髮無損地重聚，甚至連一處擦傷都沒有，彷彿他們互相替同伴招來了好運。

在最近兩個星期裡，保羅所屬軍團擔當前導部隊的先鋒，左右兩側分別由比利時和英國軍隊掩護，他們進行了一次英勇進攻。他們架上刺刀，淌著泥濘甚至洪水，瘋狂地向敵人發起一次又一次的猛攻，德國人成千上萬地倒下去。

貝納非常開心，對一個年輕的英國士兵說：「你看，湯米。」有一天貝納曾冒著槍林彈雨和他並肩前進過，只是，他一句法語也不懂。

「湯米，沒有人比我更欣賞比利時人，可是他們沒什麼教我驚訝的地方，他們終究像我們一樣戰鬥，也就是說像獅子一樣戰鬥。讓我驚奇的是你們啊，英國的小夥子們。你們是另一回事……你們有你們的一套方式……打的是什麼樣的戰啊！沒有興奮、沒有狂熱，你們簡直深藏不露。啊！比如，你們撤退的時候一副怒不可遏，之後才顯現可怕的一面。你們總是採取以退爲進的策略，先撤退之後再絕地反攻奪回地盤，結果成功把那群德國鬼子掃光了。」

正是這天晚上，當第三團向迪克斯穆德周圍自由射擊的時候，發生了一件事，讓保羅和貝納感覺異常奇怪。保羅突然覺得腰部上方右側遭受到猛烈衝擊，他當時沒時間多想，可是回到戰壕之後，他發現一顆子彈穿過他的槍套，射到槍筒上撞扁了。然而，從保羅站的位置來看，這發子彈應該是從他後方，也就是由他連裡的戰士或團裡其他戰士射出來的。這純屬巧合嗎？還是因為笨手笨腳使槍走火了呢？

第三天，輪到貝納了。他同樣受到命運之神的保護，子彈穿過背包而從其肩胛骨上面擦過去。接著是四天以後，保羅的軍帽被射穿了，這次如出一轍，子彈是從法國戰線這邊射出的。

現在看來毫無疑問了，事實再明顯不過，保羅和貝納被盯上了，而為敵人效忠的叛徒就藏在法國行伍裡。

「沒錯，」貝納說：「先是你，然後是我，接著又是你。這裡頭有點海爾曼的風格，少校應該在迪克斯穆德。」

「也許親王也在。」保羅留意到這一點。

「也許吧！不管怎麼說，他們的間諜潛入我們之中了。怎樣把他找出來呢？該通知上校嗎？」

「隨你所願，貝納。可是不要談起我們的關係，也別談起我們和少校之間那場特殊戰鬥。我曾有一刻想告訴上校，但放棄了，我不想讓伊麗莎白這個名字捲入這場冒險。」

另一方面，其實無必要讓長官們為他們倆的安危大動干戈，就算針對保羅和貝納的襲擊未再發生，背叛出賣的事倒是每天都持續。法國的砲兵陣地被發現，遭到突襲，所有這一切在在證明了敵人組織有方的情蒐系統，在此陣線比其他任何地方更加活躍。海爾曼少校確實參與其中，有什麼可懷疑的呢？再說他還是保持系統運轉的主要齒輪之一。

「他就在那裡，」貝納指著德軍戰線，一邊說：「他在那邊，因爲重頭戲都在那片沼澤裡，他在那邊有任務可忙。他會出現在那裡，也是因爲我們在這裡之故。」

「他是怎麼知道的？」保羅提出疑問。

貝納反駁道：「他哪會不曉得？」

某天下午，在上校住所的小破屋裡召開了營長和連長會議，保羅．戴霍茲應召參加了這次會議。在會上，他得知師長下令佔領位於運河左岸的一個小屋子。這屋子平時是船工居住的地方，德國人在那裡建立了防禦工事，他們的重砲就設在對面的高處，捍衛著這座碉堡。法軍已爲此討論數日，不把它摧毀不行。

「爲此，」上校詳細解釋道：「我們請求非洲軍團出動百名志願兵今晚出發，明早進攻。我們的作用是盡早支援他們，一旦得手，就擊退敵人的反擊。因爲這個陣地十分重要，免不了一場激烈反擊。你們瞭解這個陣地，先生們，它和我方中間隔著沼澤地。我們的非洲志願兵今天夜裡會進入這片傳說中齊腰深的沼澤。這片沼澤右邊沿著整個運河有一條運送軍需的小徑，我們可以走這條路前往支援。兩個砲兵中隊稍早前已在這條路上掃射了一番，現在大半暢通無阻啦，不過，船工屋前面五百公尺處有座老燈塔，仍被德國人佔領著。我們剛才用砲轟擊這座燈塔，他們已經完全撤離了嗎？我們有撞上敵軍前哨的危險嗎？所以最好弄清楚這件事。我馬上想到你，戴霍茲。」

「謝謝您，上校。」

「任務並不危險，但是很棘手，必須辦得萬無一失。今晚就出發！如果老燈塔仍被佔領著，就速速返回；情況允許的話，便派十二名精壯士兵與你們會合，小心隱藏好，等我們接近。這是個很好的據點。」

「是的，上校。」

保羅立即採取行動，召集了小隊裡的巴黎人、志願兵、預備軍人和比利時人拉森，組成平時的隊伍，並預先通知晚上必須待命。晚上九點鐘，他和貝納・唐德維出發了。

爲了躲避敵人的探照燈，他們藏在一棵連根拔起的大樹樹幹後面許久。接著，穿不透的黑暗向他們周圍籠罩過來，使他們幾乎分辨不出運河的邊界。

他們匍匐前進，不站立步行，以避免意想不到的亮光。一絲微風掠過泥濘的田野和那片沼澤，沼澤裡的蘆葦輕輕地顫抖。

「這太淒慘了。」貝納小聲說。

「閉嘴。」

「隨你的便，少尉。」

砲彈不時地落下，毫無規律可言，猶如夜裡狗吠打破使人不安的沉寂。對方的大砲也瘋狂地叫喊，彷彿輪到鳴放時機，以表示沒有睡著。

之後，砲聲再次平靜下來，空中不見任何東西飛移。沼澤裡的草似乎靜止不動了，然而貝納和保羅卻感覺到和他們一起出發的非洲志願兵正緩緩地向前推進，他們長時間站在冰冷的水中，展現出頑強毅力。

「越來越淒慘了。」貝納悲嘆道。

「今天晚上你太多愁善感了！」保羅提出異議。

「這就是伊塞、伊塞，淒慘！這是德國佬說的。」

他們猛地趴下，敵人正用反射鏡環視這條路，也對沼澤地進行探查。又遭遇兩次警告，他們最後終於順利抵達老燈塔的附近。

此時已是深夜十一點半。他們十分謹慎地在碎石中間穿梭，然後很快發現這座哨所果真遭棄。然而，在崩塌的樓梯底下，他們發現了一扇敞開著的活板門和一架向下延伸至地窖的梯子，地窖裡閃爍著軍刀和鋼盔的亮光。貝納從高處用手電筒在黑暗中探照了一會兒，說：「沒什麼可怕的，都是些死人，應該是剛才那陣轟炸過後，德國佬把他們扔在這裡的。」

「是呀，」保羅說：「得留意他們可能會回來找這些屍體。監視伊塞方向，貝納。」

「如果他們之中還有活著的呢？」

「我下去瞧瞧就知道了。」

「搜搜他們的口袋，」貝納轉身的時候說：「將他們的隨身手冊帶回去，我對這感興趣得很。沒有更好的資料顯示他們的精神狀態……更準確地說，顯示他們的勇氣。」

保羅走了下去，地窖面積非常大，六具毫無生氣的屍體橫置在地上，已經變得冰涼。依照貝納的建議，他心不在焉地一一搜查他們的口袋，查看他們的記事簿，沒有任何有趣的事吸引他的注意。第六名戰士是個小瘦子，臉部正中央被打中。保羅從他的制服上衣裡發現了一只皮夾，上面寫著羅森塔爾這名字，裡面有一些法國和比利時的鈔票，和一疊貼著西班牙、荷蘭、瑞士郵票的信。這些信全是用德文書寫，寫給一個駐法的匿名德國特務，由此人轉交給叫做羅森塔爾的士兵。保羅就是在他的身上發現了這些信，這名士兵應該把這些信和一張照片轉交給被稱為「閣下」的第三人。

「間諜的勾當，」保羅一邊瀏覽，一邊說：「祕密情報……統計資料……多麼下流的手段！」

可是，當再次打開這只皮夾時，他從裡面抽出一個信封，撕開它。信封裡有一張照片，看到這張照片時，保羅大吃一驚，不禁喊出聲來。

照片上的女人正是他在奧諾坎城堡上鎖房間裡見過那幅肖像畫的主角，是同一個女人，她戴著同一塊帶花邊的方圍巾，圍的方式也無異，還有臉上的表情，同樣是笑容掩飾不了的冷酷。這個女人不就是艾米娜・唐德維伯爵夫人，伊麗莎白和貝納的母親嗎？

相片上有柏林的標記，保羅把照片翻過來，某項發現再度增添了他的恐懼。照片背面寫著幾個字：「致斯特凡．唐德維，一九〇二年。」

斯特凡，這是唐德維伯爵的名字！這麼說，這張照片是一九〇二年從柏林寄去給伊麗莎白和貝納的父親，也就是說在艾米娜伯爵夫人死後四年。所以，保羅面對兩種答案：照片是艾米娜伯爵夫人生前拍的，上面標的是伯爵收到照片的年分，或者艾米娜伯爵夫人仍活著……

保羅不由地想起海爾曼少校，他的形象與那間上鎖房間裡肖像畫上的形象相符，在他混亂的頭腦中激起了往日回憶。海爾曼！艾米娜！此刻他竟然在德國間諜的屍體上發現了艾米娜的照片，而且就在伊塞的周圍，間諜頭子就在這裡遊蕩，而那個人百分百是海爾曼少校！

「保羅！保羅！」

貝納在喚他，保羅快速站起來，藏起照片，決定隻字不提這件事，然後爬著梯子走出活板門。

「貝納，發生什麼事了？」

「有一小隊德國佬，我起初以為他們是巡邏隊來換崗，以為他們會待在另外一邊。可並不是這樣，他們解開了兩隻小船，穿過運河往這邊來了。」

「確實，我聽見他們的聲音了。」

「朝他們開槍如何？」貝納建議道。

「不，這樣就打草驚蛇了，最好繼續監視他們。再說，這才是我們原本的任務。」

正當此時，從貝納和保羅走過的那條小徑上傳來一聲輕輕的哨音，船上的人用同樣哨音應答。

兩邊的哨音交替響起，間隔的時間相同。教堂敲響了午夜十二點的鐘聲。

「這是一次邀約。」保羅猜想，「事情變得有趣了。過來吧，我注意到下面有個地方，我們應可在那裡躲避一切突發情況。」

這是個地窖裡間，和地窖外間之間隔著一塊大花崗岩，中間有道裂縫，保羅和貝納輕易就能從那裡跨進去，他們快速用穹頂和牆上掉下來的碎石堵住了缺口。

他們剛把洞口堵上，便聽見上方傳來腳步聲以及德國人說話的聲音，敵軍應該爲數不少，貝納把槍口抵在臨時壁壘的槍眼裡。

「你在做什麼？」保羅說。

「萬一他們靠過來呢？我在做準備呀，我們可以建起一座堅實的圍城。」

「別說蠢話，貝納。聽著，也許我們能在無意中聽到些什麼。」

「你也許能，保羅，我可是一個德語音節都不懂……」

一束刺眼的光射進地窖裡，一名士兵爬梯子下來，把一盞大燈掛在牆上窟窿中。接著又有十二個人下來，保羅和貝納很快就明白了，這些人是來抬屍體的。

搬運過程沒持續多久，十五分鐘以後，地窖裡僅剩下一具屍體，就是間諜羅森塔爾的屍體。在高處，一個驕矜傲慢的聲音命令道：「你們其他人待在那裡等著。卡爾，你先下去。」

高處的幾級梯階上出現一個人影。保羅和貝納愣住了，他們看見那人穿著紅色長褲、藍色軍大

衣，一整套法國士兵的軍裝。

那個人跳到地面上，喊道：「我下來了，閣下，該您了。」然後，他們看見了比利時人拉森，或者更準確地說，那個保羅排伍裡備受重視、自稱比利時人拉森的人物。現在他們明白射在他們身上的三發子彈是從哪裡來的了，叛徒就在那裡。在燈光下，他們清楚地分辨出他的臉，這個男人約莫四十多歲，體型笨重，身上一圈肥肉，眼圈發紅。

他緊緊地抓牢梯腳，穩穩扶住梯子。一位軍官小心翼翼從上面走下來，那人穿著灰色寬大的上衣，領子豎起。他們認出這位閣下就是海爾曼少校。

譯註：

①伊塞（Yser）與淒慘（misère）在法語中發音相似。伊塞河發源於法國北部，經比利時流入北海。此處指的是一九一四年十月伊塞會戰的壯烈，比利時受德軍入侵而喪失大半領土，退守至西南角，最後倚賴法國援軍守住海岸線，而本文中提及的迪克斯穆德即是雙方爭奪的重要據點。

②一九一四年第一次世界大戰爆發，德軍八月二日出兵盧森堡，九日攻佔比利時，二十一日兵分五路進攻法國北部，法軍連連失守，德軍於九月三日逼近巴黎，法國政府撤遷至西南方港口大城波爾多。因此戰局，法軍必須同時馳援比利時，才能將戰線東移。

chapter 12 海爾曼少校

儘管仇恨的衝動讓他想馬上採取復仇行動，保羅還是立刻把手按在貝納的臂膀上，強迫他謹慎行事。

但一看到這個惡魔，仇恨便在保羅心中翻騰！眼前這個人即是對他父親和妻子犯下所有罪行的罪魁禍首，現在一槍打死對方就可勾銷，可是保羅一動也不能動！更有甚者，這種情況下幾可百分之百地肯定：這個男人幾分鐘之後就會離開，去犯下別樁罪行，他卻不能打倒這仇敵。

「來得正好，卡爾，」少校用德語對那個假拉森說：「來得正好，你很準時赴約。那麼，有什麼新消息？」

「首先，閣下，」卡爾答道，他對少校的尊敬中參雜著一點隨意，好像面對的既是上司又是同夥，「我請您允許……」

他脫下藍色軍大衣，穿上其中一名死者的上衣，行了個軍禮。

「唔！您看，閣下，我是個好德國人，任何工作都不反感，可穿上那身軍服老覺得透不過氣。」

「所以呢，你想怎樣？」

「閣下，以這種方式執行任務太危險了，穿上法國農民的罩衫無妨，換成法國軍人的制服可不行。這些人什麼都不怕，我必須跟著他們，隨時有被德國子彈打死的危險。」

「那兩人怎麼樣了？」

「我朝他們後背開了三槍，三槍都射偏了。沒辦法，他們太走運了。我會被發現的，所以像您說的，我放棄了，然後利用那個在羅森塔爾和我之間傳信的小子約您見面。」

「羅森塔爾透過總部把你的話轉達給了我。」

「可是還有一張照片，您知道的，以及一疊從您派在法國的特務那兒寄來的信。如果我被發現，我不希望別人在我身上搜到這樣的證據。」

「羅森塔爾本來應該親自把那些信交給我。不幸的是，他犯了一件蠢事。」

「什麼蠢事，閣下？」

「他被砲彈炸死了。」

「哎呀！」

「你腳邊就是他的屍體。」

卡爾得意地聳了聳肩，說：「白癡！」

「對，他從來不懂得擺脫困境，」爲了使他的悼詞完整，少校補充道：「卡爾，從他身上拿出他的皮夾，在他羊毛背心的內袋。」

卡爾蹲了下去，過了一會兒說：「皮夾不在，閣下。」

「或許他換了地方，看看其他口袋。」

「也沒有。」卡爾服從命令檢查完後說道。

「怎麼可能？這讓人無法置信！羅森塔爾的皮夾從來不離身，連睡覺都帶著。他本該誓死守護那個皮夾。」

「您想想吧，閣下。」

「怎麼？」

「不久前有人到這兒把皮夾拿走了。」

「誰？那群法國人？」

卡爾站起來，沉默了片刻，接著走近少校，慢慢地說：「不是一群法國人，閣下，而是一個法國人。」

「你想說什麼？」

「閣下，戴霍茲剛才和他的小舅子貝納．唐德維一道離開了。往哪邊去？我剛才不知道，現在知道了，他往這邊來啦。他搜索燈塔的廢墟，看見許多屍體，便順手搜查了他們的口袋。」

「事情不妙。」少校咕噥著：「你確定嗎？」

「當然，最多一小時之前，他應該還在這裡。甚至也許，」卡爾笑著補充道：「也許他現在仍在這裡，躲在某個洞裡。」

卡爾和少校向周圍掃視了一圈，這動作是無意識的，並不代表他們眞正擔心。接著，少校若有所思地說：「實際上，我們特務收到的那疊信上沒有地址也沒有署名，不是頂重要，可是那張照片就重要得多。」

「重要得太多。閣下！怎麼？這張照片是一九○二年拍的，我們已經尋找了十二年！我費了多大力氣，才在斯特凡．唐德維戰爭期間留在家裡的資料中找到。而這張照片，您過去輕率地把它交給了唐德維伯爵，又想從他那兒拿回來，如今卻落到了保羅．戴霍茲手裡。他是唐德維先生的女婿，伊麗莎白的丈夫，也是您的死敵！」

「哎呦！我的上帝！我很清楚這些。」少校明顯不耐煩地喊道：「你不需要跟我說這麼多！」

「閣下，總是應該勇於面對現實。對於保羅．戴霍茲，您的目的是什麼呢？對他隱藏一切能表明您眞實身分的東西嗎？爲此，您把他的注意力、搜尋方向以及仇恨都轉移到了海爾曼少校身上。就是這麼回事，對嗎？您往好幾把刀上刻上了H.E.R.M.，甚至把海爾曼少校的簽名寫在掛著那幅肖像畫的護牆板上。總而言之，您採取了一切措施，所以您認爲，當海爾曼少校這項任務消失的時候，保羅・戴霍茲就會相信他的敵人死了，不會懷疑到您。那麼，他今天發生了什麼事呢？有了這張照片，他就有了確認海爾曼少校和他新婚之夜所瞧見那幅眾所周知的肖像畫之間存在聯繫的直接證據，也就是過去和現在存在聯繫的最確切證據。

「當然。但是，如果他不知道這張在某具屍體上搜獲照片的來源，比如從他的岳父唐德維那裡得知其來源，那麼它對他來說就沒什麼重要性可言。」

「他的岳父唐德維人在英國軍隊裡，離保羅・戴霍茲只有三古里。」

「他們知道嗎？」

「不知道，但是他們可能會偶然碰到。另外，貝納和他父親有書信往來，貝納應該對他父親講述了奧諾坎城堡裡發生的事，至少講了他和保羅・戴霍茲能理清的那些事。」

「嗯！無所謂，只要他們不知道其他的事就行了，那些才是關鍵。透過伊麗莎白，他會得知所有祕密，甚至猜出我是誰。不過，既然他們相信她死了，就不會再找她了。」

「您確定嗎，閣下？」

「你說什麼？」

兩個同夥面對面站著，四目相對，少校既擔心又生氣，間諜則有些取笑的意味。

「說呀，」少校說：「發生了什麼事？」

「閣下，剛才我有機會把手放在戴霍茲的手提箱上。喔！沒有多久，只不過幾秒鐘的時間……可是已足夠看見兩樣東西……」

「快點說。」

「首先是一本手稿裡零碎的頁面，您出於謹慎燒掉了其中最重要的部分，但是剩下的部分您忘記放在哪了。」

「是那個女人的日記嗎？」

「是的。」

少校罵了一句粗話。「我眞該死！這種情況下，應該全部燒掉！啊！若是我沒這份愚蠢的好奇心該多好！還有呢？」

「還有，閣下？喔！幾乎不算什麼，就是個砲彈片，是的，一小塊砲彈片。但我覺得樣子很像您命令我塞在小屋牆上、黏著伊麗莎白頭髮的那塊彈片。您怎麼看，閣下？」

少校氣得直跳腳，又說了一連串辱罵和詛咒保羅・戴霍茲的話。

「您怎麼看，閣下？」卡爾重複道。

「你說得對，」他大聲說：「透過他妻子的日記，這個該死的法國人能夠隱約察覺事實眞相。他手中的這塊砲彈片，對他來說就是他妻子有可能還活著的證據。這是我本想避免的，要不然我們就可以永遠不用理他了。」

他變得更加憤怒。「啊！卡爾，這個人讓我很煩，他和他的小舅子都是混蛋！上帝啊，我以為我們重返城堡後進入他們房間的那個晚上，你已經幫我除掉了他們，我們明明看見他們的名字寫在牆上。你想想看，他們現在人不在那裡，又知道那個小婦人沒有死。他們要是繼續尋找她，遲早會找到她。而她又知道我們所有的祕密……應該除掉他，卡爾！」

「親王那邊呢？」卡爾冷笑道。

「孔拉德是個白癡，那一家子法國人都給我們帶來不幸，頭一個要罵的就是孔拉德，他居然呆頭呆腦地愛上了那個多嘴多舌的笨女人。應該立刻除掉她，卡爾，我命令你，不要等到親王回來……」

海爾曼少校暴露在燈光下，面容超乎想像的恐怖，恐怖不是因為面部線條醜陋，或有什麼特別難看的地方，而是在於那種令人噁心又野蠻的表情，簡直讓人厭惡到極點，保羅在肖像畫和照片上看出艾米娜伯爵夫人也有同樣的表情。想起這項沒能完成的犯罪，海爾曼少校彷彿死過一千次，彷彿這樁罪行是他生存的條件。他恨得咬牙切齒，眼睛充血。

他手指扣在同夥的肩膀上，這次使用法語，漫不經心地說：「卡爾，我們似乎無法傷害他們，他們像是受奇蹟保護著避過我們的攻擊。你前幾天已經三度失手，在奧諾坎城堡，你又殺了兩個替死鬼。我也是，有一天我也失敗了，就在園子裡的小門旁邊，就在那個園子裡……就在同一座教堂旁……你沒忘記吧，十六年前……他還是個孩子，你把刀直插進他的身體裡……從那天起，你就開始笨手笨腳的……」

卡爾開始大笑，笑得厚顏無恥，玩世不恭。「您想怎樣呢，閣下？我那時可是剛投入這份行當，比不得您熟練。那可是一對父子，我們當時認識他們還不到十分鐘，再說他們除了惹皇帝不開心以外也沒做什麼呀。可是您……啊！您就那樣迅速解決了那個父親，您就是小手一刺，喔！完事了！」

這次輪到保羅小心翼翼地慢慢把槍筒伸進其中一處缺口裡。是少校殺死了他的父親，在卡爾透露這些情報之後，不能再懷疑了。就是這個人！他今天的同謀，從前就是他的同伴。是那個他父親死後試圖殺死他的手下。

貝納看到了保羅的動作，在他耳邊小聲說：「你決定了，嗯？我們要殺他嗎？」

「等我的信號。」保羅小聲說：「但別衝他開槍，打那個間諜。」

不管怎麼說，他仍是想著海爾曼少校、貝納．唐德維以及他姊姊伊麗莎白之間難以言明的神祕關係，無法允許由貝納來完成這一正義的舉動。連他自己也在猶豫，仿若人們在採取某種自己尚不瞭解其全部意義的行動之前躊躇不決一樣。這個惡棍是誰？他到底是什麼身分？今天，他是海爾曼少校，是德國間諜頭子；昨天，他是孔拉德親王尋歡作樂的夥伴，他在奧諾坎城堡擁有無上權力，化裝成農婦，在科維尼四處遊蕩；昔日的凶手，皇帝的同謀，奧諾坎城堡的女主人……所有這些身分，不過是如假包換的同一個人之多重面相，到底哪個才是眞實的呢？

保羅發瘋般地看著少校，就像他看見那張照片時一樣，像他在上鎖房間裡看見艾米娜・唐德維的畫像時一樣。海爾曼……艾米娜……這兩個名字在他心裡混淆起來。他注意到那雙手纖細、雪白、小巧，就像女人的手一樣，細長的手指上戴著寶石戒指；腳上穿著長筒靴，也很纖細；臉色十分蒼白，沒有任何鬍鬚的痕跡。但外表上所有這些女人嬌弱的氣質都與其嘶啞的嗓音、笨重的動作和步履，以及某種當眞野蠻的力氣背道而馳。

少校雙手捧著臉思考了幾分鐘，卡爾帶著某種同情看著少校，樣子似在琢磨他的主人想起犯下的這些罪行是不是感到痛苦，是不是開始自責。

可是，這主人從遲鈍中蘇醒過來，仇恨讓他的嗓音裡夾雜著一絲不易察覺的顫抖：「是他們倒楣，卡爾，那些試圖擋住我們去路的人都該倒楣！我除掉了父親，我做得好極了。有一天會輪到兒子……現在……現在，應該除掉那個小婦人。」

「您想讓我負責這件事嗎，閣下？」

「不，我在這邊需要你，我需要親自待在那邊。事情進展得很不順利，但一月初我會前往那邊。早上十點，我就會到達艾布雷庫。四十八小時之後，這件事應該結束了，一定會結束的，我發誓。」他又說不出話了，間諜卻笑了起來。

保羅低下身子，保持與手槍同樣的高度。再遲疑一下都是犯罪，殺死少校不再是報仇雪恨、殺死謀害他父親的凶手，而是預防新的罪案發生，是拯救伊麗莎白。必須行動，不管後果如何。他下定了決心。

「你準備好了嗎？」他低聲對貝納說。

「是的，我等你的信號呢！」

他冷酷地瞄準，等待著最佳時機。他剛要扣動扳機，卻聽到卡爾用德語說：「那麼，閣下，您知道船工屋正在醞釀著什麼行動嗎？」

「什麼？」

「簡單地說是一場進攻，百名非洲軍團的志願兵已經上路了，正通過那片沼澤地。攻擊明天一早就開始，您僅有時間通知總部，確認他們要採取的措施。」

少校簡要地說：「早就採取措施了。」

「您說什麼？閣下？」

「我說已經採取措施了。另一邊通知過我，因爲我們十分重視這個哨所，我給哨所的指揮打了電話，通知會在清晨五點鐘派三百名士兵增援他們。非洲志願兵會掉入陷阱，沒有一個能生還。」

少校露出滿意的微笑，豎起大衣衣領，補充道：「另外，爲了更加確認，我晚上會到那邊去……更何況我還想著是不是哨所的指揮偶然間派人來到這裡，發現羅森塔爾已死，又派人取走了他身上的文件。」

「可是……」

「說得夠多了。你處理好羅森塔爾的屍體，我們走吧！」

「我陪您一起去嗎，閣下？」

「沒有必要。有一艘小船會載我渡過運河，船工屋離這兒不過四十分鐘。」

間諜吆喝了一聲，三個士兵走了下來，把屍體拉到活板門上面。

卡爾和少校兩個人站在梯子下面不動，卡爾從牆邊取下燈舉著，照亮活板門。

貝納小聲說：「我們開槍嗎？」

「不。」保羅回答。

「可是……」

「我不准你開槍。」

三名士兵完成任務後，少校命令道：「用燈給我好好照，扶穩梯子。」他登上梯子消失了。

「好了。」他喊道：「你快點！」

這次輪到卡爾往上爬了，地窖上方傳來他們的腳步聲。他們往運河方向走去，後來再沒有任何聲音。

「好吧，怎麼著，」貝納大聲說：「你是怎麼了？這是千載難逢的機會，一槍就能打倒這兩個混蛋。」

「然後我們怎麼辦呢？」保羅說：「上面有十二個人，我們會被解決掉的。」

「可是伊麗莎白就得救了啊，保羅！說眞的，我不理解你。怎麼？有這樣的惡魔在我們槍口下，你居然放他們走了！殺死你父親的凶手、折磨伊麗莎白的罪犯就在那裡，而你卻在擔心我們的安危！」

「貝納，」保羅．戴霍茲說：「你沒聽懂他們最後說的幾句話。敵人已經得知我們的襲擊，還有進攻船工屋的計畫，不久，那一百名在沼澤地裡匍匐前進的非洲志願兵就會落入他們設下的圈套，有丟掉性命之虞。我們應該替他們著想，先營救他們。當有這樣一項任務等著完成的時候，我們沒有權利被殺，我確信你會理解我。」

「沒錯。」貝納說：「但不管怎麼說，剛才是個良機。」

「我們還會碰見他的，也許很快就能碰見。」保羅想到少校會去船工屋，便如此說道。

「那你究竟有什麼打算？」

「我得趕上志願兵的支隊。如果指揮他們的中尉同意我的意見，就立刻進攻，不等到七點，我會參加這次進攻。」

「那我呢？」

「你回到上校那邊去說明情況，跟他報告明早就能拿下船工屋，我們會堅守到援軍抵達。」

他們沒再多說一個字便分頭離開了。保羅堅決地向沼澤地投身。他執行任務期間未碰到預想的障礙，四十分鐘的艱難跋涉後，他聽見有人小聲說話。他報出口令，讓人帶他找到中尉。

保羅的解釋很快說服了這位軍官：或者放棄攻擊，或者提前攻擊。特遣隊繼續前進。一位農民知悉一條僅及膝深的水道，由他做嚮導，士兵們三點鐘成功抵達船工屋附近，沒有被發現。但是，一名哨兵發出警報，攻擊開始了。

這次戰役是此場戰爭中最漂亮的戰役之一，因爲太過著名，就不在這裡詳細敘述了。進攻十分激烈，敵人堅守陣地，反抗同樣猛烈。雙方的戰火交織在一起，到處充斥陷阱。一個個憤怒的戰士衝向屋前，攻進屋裡。當法國人取得勝利，或打倒、或俘虜了八十三名守衛船工屋的德國士兵時，他們自己也損失了一半兵力。

保羅搶先跳進戰壕裡，戰壕沿著屋子左側向伊塞河方向延伸，呈半圓形。他想到一個主意：要在攻擊成功之前先切斷逃兵的退路。

開始，他遭到敵人的攻擊，最後終於到達陡峭的河岸，由三名志願兵跟著，他跳進水裡，又上了岸，如此到達屋子的另一側。正如他期望的那樣，那裡有一座浮橋。這時候，他發現一個人影消失在黑夜裡。

「待在這裡！」他對他的部下說：「任何人都別過去。」

他自己則衝過去跨過浮橋，開始奔跑。探照燈恰好照亮河岸，他又在前面五十步遠的地方看到了那個人影。一分鐘之後，他喊道：「站住！不然我開槍了。」

那人繼續逃跑，於是他開槍了，但故意射偏。

那人停下腳步開了四槍，保羅彎下腰衝過去抓住他的腿，把他拽倒。敵人被制伏了，沒有任何反抗。

保羅用大衣把對方捲起來，掐住脖子，接著用空出來的手拿手電筒照亮那人的臉。他的直覺沒有錯，他逮住了海爾曼少校。

chapter 13

船工屋

保羅・戴霍茲隻字不語，他把俘虜的手腕反綁在身後，一路把人推著往前走。他回到浮橋，周圍一片漆黑，偶爾閃過幾束微弱的光。

攻擊還在繼續，然而一部分敵兵想逃跑，守橋的志願兵用火力相迎。德國人覺得被擊潰了，這種牽制攻擊加速了他們的失敗。

保羅到達的時候，戰鬥已經結束。但是答應派給哨所指揮的增援就要到了，在他們的支持下，敵軍會很快組織反擊，所以我方立刻組織防衛。

德國人在船工屋建立了有力的防禦工事，一條條戰壕將屋子包圍。屋子除了一樓大廳外，另有一層，上面那層由三個房間組成。還有一個閣樓，過去是傭人的臥室，由三級樓梯通向這個閣樓。

它像間凹陷的臥室一樣開在這間大房子的牆上。保羅負責安排這個閣樓，並把他的俘虜帶到這裡。他命對方躺在木地板上，用繩子綑住其手腳，最後把人結結實實地綁在一根柱子上。他行動的時候，一股仇恨怒火向他襲來，他掐住對方的脖子，好似要把對方掐死。

保羅控制住自己的情緒，著急有什麼用呢？殺死這個男人，或者把他交給士兵槍斃之前，跟他解釋一下殺他的原因不是更有趣嗎？

中尉進來的時候，他打算大聲報告，以便所有人都能聽見，尤其想讓上校聽到。

「中尉，我向您介紹一下這個混蛋，他就是海爾曼少校，德國間諜頭子之一。我身上握有證據，如果我發生什麼不幸，可不要忘了他。並且，如果撤退的話……」

中尉笑了笑。「這個假設不成立。我們不會撤退，在那之前，我也寧可命人炸掉這間破房子，海爾曼少校會跟著被炸死。所以，放心吧！」

兩位軍官商量了防禦措施，很快大家就開始動手了。

首先，浮橋被炸掉，沿運河挖了幾條戰壕，所有的機關槍都調了過來。至於保羅那裡，他命人把沙袋從一邊挪到另一邊，並命人藉助拱垛中的支柱加固了看起來最不結實的那部分牆體。

五點半，在德軍探照燈的照射下，好幾枚砲彈落到周圍，其中一枚炸到了屋子。重砲開始清掃運送軍資的縴道。天亮之前，緊急派出的自行車分隊就是從這條路出現的，貝納・唐德維走在他們前面。

保羅解釋說，兩個團和一個工兵排先行出發了，後面跟著一整個營，但由於敵軍砲彈的阻礙，他們必須沿著沼澤在低處行進，且要藉助縴道的路堤掩護，所以行進速度緩慢，還須等至少一個小時才能到達。

「一個小時，」中尉說：「太久了。但仍有機會，所以……」

當中尉重新下達命令，替騎自行車的士兵分配崗位時，保羅上來了。他剛要向貝納講述活捉海爾曼少校的過程，貝納便對他說：「你知道嗎，保羅，爸爸和我一起過來了！」

保羅嚇了一跳。「你爸爸在這裡？你爸爸和你一起來了？」

「正是，這是世上最自然不過的事了。想想，他尋找這次機會已有一段時間了……啊！順便說一句，他被任命爲少尉翻譯官了。」

保羅沒有聽進貝納的話，他只是在心裡想：「唐德維先生在這裡……唐德維先生，艾米娜伯爵夫人的丈夫。他不可能不知道她到底活著還是死了？或者他直到最後都是一個女陰謀家的受騙者，對那個去世的女人保留著記憶和愛戀？不，這無法讓人相信，因爲有這張四年之後拍攝的照片，已經寄給他了，從柏林寄給他！所以他知道，那麼……」

保羅混亂不已，間諜卡爾透露的情報突然從某個異樣角度展示唐德維先生。這樣的局勢把唐德維先生帶到他身邊，就在海爾曼少校剛剛被抓的時刻！

保羅轉身向閣樓走去。少校沒有動，臉貼著牆。

「那麼你父親待在外面嘍？」保羅對他的小舅子說。

「是啊，他是騎士兵的自行車來的。那個士兵在我們旁邊跑，受了輕傷，爸爸正在照顧他。」

「去找他，如果中尉對此未表不便的話……」

話被打斷了，一顆砲彈爆炸，碎片把他們面前堆的沙包穿了好多洞。太陽升起了，能看到敵人的一個縱隊突然從約莫一千公尺遠處出現。

「準備好！」中尉在樓下喊道：「沒有我的命令皆不許開槍，任何人不許暴露！」

直到一刻鐘後，保羅才得以跟唐德維先生唐突地說上幾句話，對話僅持續了四、五分鐘，更何況保羅根本沒時間去思考該用怎樣態度面對伊麗莎白的父親。過去的悲劇，艾米娜伯爵夫人的丈夫在這場悲劇裡扮演的角色，所有這一切在他頭腦中都和保衛碉堡這個念頭混雜在一起。儘管他們相互之間有情誼，握手之時卻是漫不經心。

保羅命人用墊子堵上一扇小窗戶，貝納的崗位在房間的另一頭。唐德維先生對保羅說：「你確信能守住，對嗎？」

「當然，因爲必須守住。」

「是的，必須守住。昨天分析這次進攻的時候，我在師部裡，跟英國將軍在一起，我被指派當他的翻譯。這個陣地似乎是絕佳的，所以必須毫不退讓。就在那時我看到了跟你見面的機會，保羅。我知道你們的軍團在這裡，所以要求陪這個分遣隊一起來，他們被派來……」

對話再次被打斷，一顆砲彈穿破屋頂，把運河對面的牆打開一個洞。

「沒人受傷吧？」

「沒人受傷。」有人答道。

過了不久，唐德維先生繼續說：「最奇怪的是，昨天晚上我在你們上校的家裡碰上了貝納。你想想，我能加入自行車隊過來是多麼高興啊！這是待在我的小貝納身邊，和你見面的唯一方法……另外，我沒有可憐的伊麗莎白的消息。貝納跟我說了……」

「啊！」保羅激動地說：「貝納跟您講了城堡裡發生的所有事情嗎？」

「至少他知道的都跟我講了，有許多無法解釋的事。據他所說，保羅，你瞭解更詳細的情況，那麼，伊麗莎白爲什麼要留在奧諾坎呢？」

「這是她的意願，」保羅回道：「我是在後來的信中才得知她的決定。」

「我知道。可是你爲什麼沒把她帶走呢，保羅？」

「離開奧諾坎的時候，我安排了一切措施，以便她能離開。」

「好吧，但是你本不應該丟下她離開奧諾坎。這是一切不幸的根源。」

唐德維先生說得有些嚴厲，見保羅不回話，他堅持說：「你爲什麼沒有帶走伊麗莎白？貝納跟我說發生了很嚴重的事，還說你暗示仍有些特別的事情，也許你能向我解釋……」

保羅覺得唐德維先生有種隱約的敵對情緒，這讓他十分惱怒，更何況眼前這個人的行爲讓他覺得很困惑。

「您覺得，」他對岳父說：「現在是恰當的時機嗎？」

「當然，當然，我們隨時有可能分開……」

不待唐德維先生說完，保羅便轉向岳父高聲說：「您說得對，先生！這是個可怕的想法。也許我無法回答您的問題，您也無法回答我的問題。伊麗莎白的命運也許就由我們接下來要說的幾句話決定，因爲眞相就存在於你我之間。一句話就能使眞相大白，一切都催促我們快點揭開謎底。現在就得說清楚，不管發生什麼事。」

他的情緒使唐德維先生大吃一驚，後者對他說：「叫貝納來不好嗎？」

「不！不！」保羅說：「無論如何也不要叫他！這件事他不應該知道，因爲關係到……」

「因爲關係到什麼？」唐德維先生問道，掩不住逐漸興起的好奇。

一名士兵中彈倒在他們旁邊，保羅連忙跑上前去，那人頭部中彈，已經死了。又有兩發子彈從哪個大缺口射了進來，於是保羅命人堵住一部分。

唐德維先生幫著他，繼續追問：「你說，貝納不該聽見，因爲關係到……」

「因爲關係到他的母親？」保羅答道。

「他的母親？怎麼！這件事跟他的母親有關？……跟我的妻子有關？我不明白。」

透過槍眼，可以看到敵人的三個縱隊在被洪水覆蓋的平原上，沿著一條污水管前進。這條水管與船工屋對面的運河在某處交匯。

「當他們距運河兩百公尺時，我們就開槍。」指揮志願兵的中尉說道，他來視察防禦工事的建設。「但願他們的大砲不會把這座堡壘毀壞得太嚴重！」

「那我們的援軍呢？」保羅問。

「他們三、四十分鐘之後到，在等待期間，七點五釐米口徑大砲將會漂亮地發揮一場。」

砲彈在空中交錯，有些落在德軍陣營中，有些落在碉堡周圍。

保羅四處奔走，鼓勵士兵們，給他們指示。

他不時到閣樓旁邊查看海爾曼少校，然後回到自己的崗位上。

他時刻想著身爲軍官、身爲戰士的職責，也時刻想著該對唐德維先生說些什麼。這兩個念頭在他心頭縈繞，混在一起，讓他神志不清，他不知道如何向岳父解釋，也不知如何擺脫這種無法說明的局面。唐德維先生幾次問他，他都沒有回答。

這時，傳來了中尉的聲音：「注意！瞄準！開火！」

這命令下達了四次。

走在最前面的敵軍縱隊在砲擊下傷亡慘重，似乎猶豫不決。但是其他縱隊趕了上來，於是他們重新振作起來。

兩枚德國砲彈在房子上方炸開，房頂一下子被掀起來，屋子正面的牆有幾公尺被炸倒，掉下來砸死三個人。

這場暴風雨過後，出現了短暫的平靜。但是保羅清晰地感覺到所有人都處在危險中，堅持不了多久了。他突然下定決心，開始粗魯地向唐德維先生提問，不再尋找開場白。

他對岳父說：「首先……我需要知道……您確定唐德維伯爵夫人已經死了嗎？」然後又立即說：「是的，您覺得我的問題很瘋狂……您這麼覺得是因爲您什麼都不知道。但是我沒有瘋，我要求您回答這問題，就像我有時間向您解釋這麼問的緣由一樣。艾米娜伯爵夫人是不是眞的死了？」

唐德維先生控制住自己的情緒，同意進入保羅要求的那種精神狀態。他說：「有什麼理由讓你猜測我的妻子還活著呢？」

「有一些非常可靠的理由，我敢說是無可辯駁的理由。」

唐德維先生聳了聳肩，用堅定的語氣說：「我的妻子是在我懷裡死去的，我用嘴唇感受到她冰冷的雙手，對相愛的人來說，這種冰冷非常可怕。根據她的意願，我親自用新婚時的婚紗裹住她的身體，封棺的時候我在場。然後呢？」

保羅邊聽邊想：「他說的是事實嗎？就算是，我能接受嗎？」

「然後呢？」唐德維先生用更加霸道的語氣重複道。

「然後，」保羅接著說：「還有另一個問題。唐德維伯爵夫人臥室配間裡那幅肖像畫上畫的是她嗎？」

「當然了，是她的全身像。」

「畫中的她，」保羅說：「肩上圍著一塊帶黑色花邊的方圍巾嗎？」

「是的，有一塊方圍巾，因爲她過去總喜歡戴著。」

「圍巾前面是用周圍鑲著金蛇的浮雕玉石扣上的嗎？」

「是的，是一塊古老的浮雕玉石，是我母親傳下來的，我妻子一直戴著。」

一股未加思索的衝動激怒了保羅。唐德維先生的肯定在他看來就是證詞，他氣得渾身發抖，抑揚頓挫地說：「先生，您沒忘記我父親是被謀殺的吧？我們兩個過去經常談論這個話題。他從前也是您的朋友。好吧，我親眼見到殺死他的那個女人，她的樣子烙印在我的腦子裡。這個女人肩上就披著一塊帶黑色花邊的方圍巾。而我在您妻子的房間裡看到了這個女人的畫像……是的，在我的新婚之夜，我看到她的畫像……現在您明白了嗎？您明白了嗎？」

在這兩個男人之間，這一刻是悲慘的。唐德維先生兩手握緊武器，身體瑟瑟發抖。

「他爲什麼發抖呢？」保羅琢磨著，他心中的疑問越來越擴大，直到變成一項眞正的指控。「是妻子的背叛，還是被揭露眞面目引起的憤怒讓他如此顫抖呢？我應該認爲他是他妻子的同謀嗎？因爲畢竟……」

他感到他的臂膀被緊緊地抓住了。唐德維先生面無血色，結結巴巴地說：「你居然敢這麼說！所以我妻子可能殺害了你的父親……你該不會喝醉了？我的妻子無論在上帝面前，還是在凡人面前都是聖潔的女人！你敢這樣說她！啊！我不知道有什麼理由能阻止我迎面給你一拳。」

保羅猛地擺脫出來，戰鬥的喧囂聲和他們本身瘋狂的爭吵更加激怒了這兩個人，他們在周圍穿梭的槍林彈雨中差點打起來。

又一面牆倒塌了。保羅一邊下達各種指令，一邊想著角落裡的海爾曼少校，他本該把唐德維先生帶到這壞蛋面前，就像讓罪犯與其同謀對質一樣。他爲何沒這麼做呢？

他突然想起，把在德國人羅森塔爾屍體上找到的艾米娜伯爵夫人相片從口袋裡掏了出來。

「這個，」他說，同時把照片放在他岳父眼前，「您知道這是什麼嗎？上面寫著年分：『一九〇二』。您斷言艾米娜伯爵夫人已經去世了嗎？嗯！回答我，這是一張從柏林寄出的照片，在您的妻子死後四年寄給您的！」

唐德維先生身體開始搖晃，站不穩了，他的憤怒似乎漸漸消失，轉化成無比的驚訝。

保羅在他眼前搖晃著指控的證據，也就是那張相片，聽見他小聲地說：「誰把它從我那裡偷走了？它本來是在我巴黎的文件裡。但我也眞是，爲什麼沒有把它撕掉呢？」

接著他用很低的聲音一字一句地說：「喔！艾米娜，我親愛的艾米娜！」

這不就是招供嗎？可是對於一個惡貫滿盈、卑鄙無恥的女人，這樣的證詞，這般肯定的柔情意味著什麼呢？

中尉在一樓喊道：「留下十個人，其餘所有人都進入前面的戰壕。戴霍茲，留下最好的射手，自由射擊！」

志願兵在貝納的帶領下迅速下樓。敵人儘管損失慘重，還是步步接近了運河，甚至有幾個工兵小組出現在運河兩邊，他們時常更新隊伍，忙著把岸邊擱淺的船隻聚集起來。為了抵抗這迫在眉睫的進攻，中尉已經把志願兵集中在第一線，而屋子裡射手的任務是在敵人砲火中不斷射擊。五個射手一個接一個地倒了下去。

保羅和唐德維先生忙得滿天飛，把全部精力集中在下達命令和完成任務上。在人數處於極大劣勢的情況下，抵抗是沒有絲毫可能的了。可是我方也許能支持到援軍抵達，這樣就能保證這座碉堡的佔領權。

法國砲兵中隊因雙方士兵混在一起而無法進行有效攻擊的情況下，停止了射擊，德軍的大砲卻是一直以船工屋為目標，砲轟從未間斷。

又有一名士兵受傷，被抬到閣樓裡海爾曼少校的身邊，幾乎立刻就死了。

外頭，戰鬥延伸到水面上、運河底、船上面和周圍。狂熱的戰士正進行著肉搏戰，吵雜的喧囂、仇恨的喊叫、痛苦的尖叫、恐懼的呻吟和勝利的歌聲混雜在一起……場面十分混亂，保羅和唐德維先生很難分辨該向哪裡開槍。

保羅對他的岳父說：「我怕我們支持不到援軍到達，所以我得事先通知您，中尉已經採取了炸掉船工屋的措施。您只是碰巧在這裡，未負具體任務，所以沒有頭銜和作戰責任……」

「我是以一個法國人的身分待在這裡的，」唐德維先生反駁道：「我會留到最後一分鐘。」

「那麼也許我們有時間說完。聽我說，先生，我盡量說得簡明扼要，但如果有哪句話，哪怕是一個詞讓您想起什麼，請您立刻打斷我。」

他明白他們兩人之間橫隔著無法估量的黑暗。無論唐德維先生是否有罪，是他妻子的同謀還是受騙者，他都應該知悉一些保羅不知道的事情，只有把發生過的事原原本本地解釋出來，那些不知道的事才能弄清楚。

於是他開始講了，他沉著冷靜地講述著，而唐德維先生則安靜地聽著。同時，他們不停地射擊、裝彈、扛起武器、瞄準，再鎮定地重新裝彈，就像在進行練習。他們周圍和上方，死神繼續著無情的殺戮。

可是，保羅剛講到他和伊麗莎白抵達奧諾坎城堡後走進上鎖房間看到那幅畫像時的驚恐不安，有枚巨型砲彈在他們頭頂上炸開，金屬碎片四處飛濺。

四名志願兵受了傷。保羅的脖子被打中，也倒下了，儘管沒覺得疼，但他立刻感覺到自己的意識逐漸模糊，消失在霧中，他無法控制。然而，他竭盡全力，憑著奇蹟般的意志，還能進行一些思考，感受周圍的事物。因此，他看見岳父跪在他身邊，仍能夠說出：「伊麗莎白的日記……您會在營地中我的手提箱裡找到這本日記……有幾頁是我寫的，您看了就會明白……但首先應該……瞧，那邊綁著的德國軍官……他是個間諜……監視他……殺了他……否則一月十日……你會殺了他的，對吧？」

保羅再不能說話。另外，他發現唐德維先生跪下不是爲了聽自己說話或是看顧，而是因爲岳父本人也受了傷，滿臉是血，蜷著身子，最後蹲坐在地上，發出越來越沉悶的呻吟聲。

在這個大房間裡頓時一片寂靜，過後，又是槍林彈雨劈劈啪啪的聲音。德國大砲停止了砲擊，敵軍的抵抗應該是進行得順利。保羅一動也不能動，期待著中尉一聲令下，炸掉船工屋。

他幾次喊出伊麗莎白的名字，想著從此以後妻子不再受任何危險的威脅，因爲海爾曼少校就要死了，他自己也是。另外，她的弟弟貝納會好好保護她。可是，漸漸地，這種平靜消失了，首先轉化成不適，然後是痛苦，隨著時間一秒一秒地流逝，這種折磨越發嚴重。是噩夢，還是病態的幻覺在折磨他？事情發生在關押海爾曼少校的閣樓裡，那裡躺著一名士兵的屍體。太可怕了！他發覺海爾曼少校割斷了繩索，站起身子，向周圍看著什麼。

保羅用力睜開眼睛，又竭盡全力讓它們一直睜著。

可是，越來越厚的黑暗遮住了他的雙眼。透過這層黑暗，就像在黑夜裡看一幕模糊的場景，保羅看見少校脫下大衣，彎腰俯向那具屍體，取下屍體身上的藍色軍大衣給自己穿上，又戴上死者的法國軍帽，繫上死者的領帶，拿起他的步槍、刺刀、子彈。少校就這樣換裝完畢，走下那三級木製台階。

可怕的場景！保羅本懷疑是由於發燒和譫妄之故使他看到了某個幽靈。可是一切都向他證明了這個場景的眞實性。對他來說，這是最無法忍受的痛苦。少校逃走了！

保羅身體太過虛弱，無法面對事情本來的情況。少校想過要殺掉他和唐德維先生嗎？少校知道他們兩個都受了傷，就在觸手可及的地方嗎？這些問題保羅都沒有想過，他衰弱的大腦裡只有一個想法縈繞著：海爾曼少校逃跑了。憑藉那身軍裝，他混到了志願兵裡！藉助某種信號，他將回到德軍陣營裡！他將獲得自由！他又會迫害伊麗莎白，犯下殺人的勾當！

啊！如果爆炸發生了該多好啊！讓船工屋爆炸吧！這樣少校就輸了……

在潛意識中，保羅仍舊抱著這種希望，然而他的理智迅速衰退，思維變得越來越混亂。他迅速落入黑暗中，再不能聽見，也不能看見……

*　　*　　*

三個星期後，指揮全軍的總司令將軍從已改爲軍醫院的一座布洛尼老城堡台階前走下汽車。行政長官在門口恭迎。

「通知戴霍茲少尉我要來訪了嗎？」

「是的，將軍。」

「帶我去他的房間。」

保羅．戴霍茲站著，脖子上裹著紗布，但是臉色平靜，沒有疲憊的痕跡。

以力量和冷靜拯救法國的這位偉大領袖出現眼前，令他十分感動，立刻擺出軍人的姿勢。但是將軍向他伸出手，以慈祥溫柔的聲音說：「請坐，戴霍茲中尉……我是說中尉，因爲從昨天起，這就是你的軍銜了。不，不用謝。哎呦！我們還欠你的情呢！那麼，已經能站起來啦？」

「是的，將軍，傷勢並不嚴重。」

「太好了，我對我所有的軍官都相當滿意。但是不論如何，像你這樣朝氣蓬勃的小夥子可沒有多少。你的上校交給我一份特別報告，上面講述了你一串無與倫比的行動，因此我想著要不要打破我訂的規矩，把這份報告公諸於眾。」

「不，將軍，我請您別這麼做。」

「說得對，我的朋友，當無名英雄是高貴的品德。現在，所有榮耀都應歸於法國。所以，我將再次表彰你，第二次授予你十字勛章。」

「將軍，我不知道如何……」

「另外，我的朋友，如果你有什麼要求，我強烈要求你給我這個滿足你願望的機會。」

保羅笑著點點頭，總司令將軍的和善以及真誠的關心讓他不再拘束。

「那如果我要求得過多呢，將軍？」

「你說吧！」

「好的，將軍。我接受，下面就是我要求的：首先，我需要兩個星期的休養假，從一月九日星期六開始算起，也就是說，從我離開醫院那天算起。」

「這不算是一種優待，這是權利。」

「是的，將軍。但我要求有權到我想去的地方渡假。」

「沒問題。」

「另外，將軍，我口袋裡還要有一張您親自簽發的許可狀，讓我可以在法國戰線上自由往來，並能夠讓我得到必要的一切協助。」

總司令將軍看了保羅一會兒，接著說：「你向我要求的這些頗有分量呀，戴霍茲。」

「我知道，將軍。但是我要執行的任務也很有分量。」

「好吧，就這樣說定了！還有嗎？」

「將軍，我的小舅子貝納・唐德維中士和我一塊參加了船工屋的戰鬥。他也受傷了，也被轉移到這家醫院裡。他很有可能跟我同時出院，我希望他和我有一樣的假期，並被許可跟我一起行動。」

「好吧，還有嗎？」

「貝納的父親，斯特凡・唐德維伯爵這位駐英國部隊的少尉翻譯官那天也在我身邊受傷了。我聽說他傷勢雖重，但已度過危險期，被轉移到一所英國醫院……我不知道是哪一家。我請求您在他康復之後讓他到這裡來，把他留在您的參謀部，直到我回來向您報告任務進展情況爲止。」

「批准了。就這些嗎？」

「差不多就這些，將軍。最後，我只想感謝您的好意，向您要一份受困在德國的法國俘虜名單，要您特別關注的二十個人。這些俘虜最晚十五天之後將會獲得自由。」

「嗯？」儘管將軍很冷靜，仍不禁愣住了。他重複道：「十五日之內獲得自由！二十名俘虜！」

「我保證。」

「這行嗎？」

「我說到做到。」

「不論這些俘虜是何等級？不論他們的社會地位？」

「是的，司令。」

「是透過人們認可的常規辦法嗎？」

「是的，透過常規辦法，不會引起任何異議。」

司令又看了一眼保羅，就像懂得欣賞和評價手下的長官。他知道這不是個愛誇海口的人，而是下定決心就去實現的角色，會勇往直前完成自己的諾言。

他回答：「好吧，我的朋友，這份名單明天就交到你手上。」

chapter 14

德國文明的傑作

一月十日星期日早晨，戴霍茲中尉和唐德維中士於科維尼車站下了火車，要去拜訪要塞指揮官。他們乘上汽車，命人開往奧諾坎城堡。

「不論怎麼說，」貝納躺在敞篷四輪馬車裡，「當我被一顆落在伊塞河和船工屋之間的砲彈炸傷時，我眞沒想到事情會發展成這樣。那時候戰鬥打得多激烈啊！你能相信我，保羅，如果我們的援軍沒有趕到，再過五分鐘我們就完了。我們眞是走運哪！」

「是的，」保羅說：「我們眞走運！第二天早上在野戰醫院醒來的時候，我也這麼想。」

「讓人惱火的是，」貝納說：「海爾曼少校這混蛋逃跑了。這麼說，是你親自捉住他的？然後你又看見他解開繩索逃跑了？這傢伙眞有膽量！可以確信，他毫不費力地逃走了。」

保羅小聲說：「我對此毫不懷疑，也不懷疑他想執行對伊麗莎白的威脅。」

「那麼，我們只剩四十八個鐘頭了，他和同夥卡爾約定一月十日到達，而且到達之後兩天就會付諸行動。」

「如果他今天就行動呢？」保羅反問道，他的聲音都變調了。

儘管保羅憂心忡忡，但他還是感覺路程走得飛快。他這次終於接近目標了，過去四個月，他每天都在遠離這個目標。奧諾坎那邊就是國界，離國界幾步遠就是艾布雷庫。在到達艾布雷庫之前，在找到伊麗莎白的藏身處、解救他妻子之前，會遇到什麼障礙，他連想都沒有想過。只要他活著，伊麗莎白也活著，她與他之間便沒有任何障礙。

奧諾坎城堡，或者更準確地說是城堡的殘骸（因爲城堡的廢墟在十一月又遭到新一輪轟擊），被當作本土保衛部隊的臨時陣地，該部隊第一戰線的壕溝順著國界延伸。

這邊幾乎不曾有打鬥，對方處於戰略考慮，沒有太過向前推進。雙方的防禦勢均力敵，敵我都保持高度警戒。

保羅和本土保衛部隊的中尉共進了午餐，從對方那裡獲得如下情報。

「親愛的夥伴，」當保羅講述了自己行動的目的之後，這位軍官總結道：「我可以全力配合您，但若涉及到從奧諾坎到艾布雷庫，您是百分之百過不去的。」

「我過得去。」

「那麼您是要從天上飛過去嘍？」軍官笑著說。

「不。」

「那麼，是從地下鑽過去嘍？」

「也許。」

「您醒醒吧！我們也想過挖地下通道，到頭來卻白費工夫。我們腳下是古老磐岩，那些岩石根本無法鑿通。」

這次輪到保羅笑了。「我親愛的夥伴，勞駕您給我四名結實的士兵，帶上鏟和鎬，只消一個小時，今晚我就能到達艾布雷庫。」

「喔！喔！在岩石裡挖一條十公里的隧道，只需要四個人，用一個小時！」

「不需要更多。另外，我要求嚴格保密；對於這次嘗試，對於不可避免的那些驚人發現都要保密。以後也只有總司令會收到我的報告，知悉事情的經過。」

「說定了。我會親自挑選四名小夥子，要把他們帶到哪裡跟您會合呢？」

「城堡主塔附近的平台上。」

這塊平台比利瑟隆山谷高出四十到五十公尺，由於河流蜿蜒曲折，河谷正對著科維尼，從遠處可以看到城堡的鐘樓和旁邊的山丘。城堡主塔只剩下巨大的地基，基礎牆體延長了地基，牆體混著天然岩石，支撐著平台。花園裡的月桂樹和衛矛樹一直開到護牆邊。

保羅走到這裡。他在這塊大平台上大步往返數次，在河流上方俯身觀察常春藤纏繞下城堡主塔滾落下來的石塊。

「那麼，」中尉和他的手下突然出現，並說：「這就是您的出發點嗎？我提醒您，我們現在是背對著邊境。」

「喔！」保羅以同樣調侃的語氣說：「條條大路通柏林。」

他指著一個用木棍劃出來的圓圈，請那幾名士兵開始動工：「動手吧，我的朋友們。」

他們挖掘的地面被植物覆蓋。在周長大約三公尺的圓圈裡，他們用二十分鐘挖出了個一點五公尺的洞。在這個深度，他們碰到了一層用水泥一塊塊黏合起來的石塊層，挖掘越來越困難了，因爲水泥的硬度難以置信，只能用鎬插入裂縫才能撬開。保羅不安地關注著工作的進展。

「停！」一個小時之後，他喊道。

他隻身跳到洞裡投入挖掘工作，從那時起開始慢慢地挖，幾乎每挖一下，就要檢查成效如何。

「成功了。」他起身說。

「什麼？」貝納問。

「從前古老的城堡主塔附近有一些大型建築，幾世紀以前就已夷爲平地，人們在這些建築上面建起了這個花園。我們腳下只是這些建築的一層樓。」

「然後呢？」

「然後，清理這片地的時候，我發現了從前一個房間的天花板。瞧！」

他抓起一塊石頭，塞進方才挖出的一個小孔洞內，然後鬆開手。石頭消失了，人們幾乎同時聽見一個沉悶的響聲。

「只需要擴大入口。這段時間我們要弄一架梯子，還有燈光……盡量照亮。」

「我們有樹脂火把。」那位軍官說。

「好極了。」

保羅沒有弄錯，梯子架好後，他下去了，隨後中尉和貝納也分別下去。他們看見一間非常寬敞的廳室，拱頂用巨大石柱支撐，這些石柱同時把房間隔成兩間主殿和稍窄的側道，就像一座不規則的教堂。

但保羅立刻把同伴的注意力吸引到兩間主殿的地面上。

「混凝土地面，注意看……瞧，跟我期待的一樣，這兩根鐵軌是一個跨度，而另外兩根鐵軌是另一個跨度！」

「這到底意味著什麼？」貝納和中尉大聲嚷問。

「很簡單呀，」保羅回說：「這意味著我們面前就是科維尼及其兩個要塞被攻佔之謎的解答，一切再明瞭不過。」

「怎麼說哩？」

「科維尼及其兩個要塞幾分鐘就被炸毀了，對嗎？科維尼離邊境約六古里，不見任何敵方大砲跨過邊境，那麼這些砲彈究竟是從哪裡來的呢？答案就是這裡，從這個地下要塞發射的。」

「不可能！」

「敵軍就是在這些鐵軌上操縱那兩門巨砲進行砲擊。」

「哎喲！可是在岩洞裡面無法進行砲擊！出口在哪裡呢？」

「沿著鐵軌走我們就能找到出口。幫我們照亮些，貝納！瞧，有個架在軸上的平台，這個平台很大，你們覺得如何？這邊是另一個平台。」

「出口在哪裡呢？」

「就在你面前，貝納。」

「我前面可是一堵牆啊！」

「這堵牆正是利用山丘本身的岩石築成的，它支撐著利瑟隆上方正對著科維尼的那塊平台。牆上被挖出兩個圓形裂口，後來又堵上了。我們能很明顯地分辨出翻修的痕跡，幾乎是剛堵上的。」

貝納和中尉仍未回過神來。

「多浩大的一項工程啊！」軍官說。

「確實是項浩大工程。」保羅答道：「但也用不著太過驚訝，我親愛的夥伴。據我所知，這項工程在十六、七年前就啓動了。另外，像我跟您說的，此工程的一部分是現成的，因爲我們剛才就身在奧諾坎那些古老地窖裡，他們只需找到它們，按照目的加以布置即可。後面還有更偉大的工程呢！」

「是什麼工程？」

「爲了把兩門重砲運到這邊，建一條隧道是免不了的。」

「當然嘍！你們覺得重砲是從哪裡運來的呢？沿著鐵軌往反方向走，我們就能找到隧道。」

事實上，在後面不遠處，兩條鐵軌合併在一起，他們立即發現了隧道巨大的開口，隧道寬兩公尺半，高也是兩公尺半，緩緩深入地下，坡度很小。隧道內壁用石頭砌成，牆上沒滲出半點水，地面本身也絕對乾燥。

「這就是艾布雷庫防線，」保羅笑著說：「一條長十一公里的地下防線，就是科維尼這個絕佳要塞何以被攻潰的緣由所在。幾千名士兵首先被派到這邊，殲滅了奧諾坎的一小隊駐軍和國界邊上的哨兵，接著繼續向城裡進軍。與此同時，那兩門巨砲被運到這兒安裝完畢後，朝著預先定位好的目標射擊。他們一完成任務就離開，並且堵上洞口。這一切不過耗了兩個小時。

「爲了這決定性的兩個小時，」貝納說：「普魯士國王準備了十七年！」

「結果，」保羅總結道：「事實上普魯士國王是爲我們準備的。」

「讚美他吧，我們出發！」

「你希望我的士兵陪你一起去嗎？」中尉建議道。

「謝謝，但最好我和貝納中士單獨去。如果敵人已毀掉隧道，我們就回來尋求援助，但若是如此眞會讓我吃驚。再說敵人早先採取了所有措施，防止我們發現隧道的存在，他可能還準備留著隧道以備不時之需呢！」

就這樣，下午三點的時候，兩人進入了貝納所形容的「皇家隧道」。他們帶著武器、食物和彈藥，準備把冒險進行到底。

沒過多久，也就是走到兩百公尺遠的時候，藉著手電筒的燈光，他們看到右側一段樓梯的台階。

「第一個岔路口，」保羅說：「根據我的計算，至少有三個岔路口。」

「這段樓梯通向哪裡？」

「顯然是通向城堡。如果你問我通向城堡的哪邊，我回答你，是通向掛肖像畫的房間。進攻的那天晚上，海爾曼少校就是從這裡進入城堡，這一點不容置疑。他的同夥卡爾陪他一塊來的，看見我們寫在牆上的名字，他們殺死了在那個房間裡睡覺的人，也就是傑里弗洛和他的同伴。」

貝納・唐德維開玩笑說：「聽著，保羅，剛才你嚇壞我了。你的行動既有預見性又很英明！你能直搗黃龍，解釋事情發生的經過時又好像你當時也在場，知道一切、料及一切。事實上，我們不瞭解你有這樣的天賦！莫非你是亞森・羅蘋的朋友嗎？」

保羅停了下來。「你爲什麼提到這個名字？」

「羅蘋的名字嗎？」

「是啊。」

「說實話，偶然想到的……有什麼關係嗎？」

「不，不……可是……」保羅開始笑了。「聽我給你講個滑稽的故事。這能算是故事嗎？顯然是呀，這不是一場夢……然而……某天早上，我在我們之前待的那所野戰醫院裡燒得厲害，正昏昏欲睡，我驚奇地發現，我房裡有位我不認識的軍官，一位船醫，安靜地坐在桌子前翻我的手提箱。

我半坐起來，看見他把我的資料在桌子上鋪開，那些資料裡還有伊麗莎白的日記。

聽見我動彈的聲音，他轉過身來。我很確定我不認識他，他留著薄薄一層小鬍子，精力充沛，露出溫柔的笑容。他對我說……不，這是眞的，不是一場夢……他對我說：『別動……別太激動……』

他闔上那些資料放回手提箱，向我走過來。

『首先，我請您原諒我沒有作自我介紹——稍後我將自我介紹——也請您原諒我在未徵得允許的情況，私下胡來的小動作。其實，我是想等您醒了之後再好好說明，就是這樣。我目前在和祕密員警打交道，其中一個密使交給我一些有關某個德國間諜頭子海爾曼少校背叛行爲的文件。這些資料裡幾度提到您。在偶然的情況下得知您在這裡後，我想見見您談些事。我就來了……用我自己的方法進來了。您受傷了，正在歇息，而我的時間寶貴，只有幾分鐘，所以我不再猶豫，我要瞭解您掌握的資料。既然決定了，我就得動手啦！』

我驚愕地盯著這個陌生人。他拿起他的法國軍帽，準備離開，並對我說：

『我讚揚您，戴霍茲中尉，讚揚您的勇氣和您的機智，您所做的一切都值得欽佩，成果一流。但很顯然，您缺少某些能讓您更快達到目標的本領，您沒有掌握事件之間的聯繫，沒有從中得出應有的結論。您的妻子在她日記某些段落中談到一些令她不安的發現，卻沒能點醒您，這教我很驚訝。另外，如果您仔細想想，爲什麼德國人採取一連串措施在城堡周圍製造無人區，順藤摸瓜，層層推斷，思考過去和現在的關係，回憶您跟德國皇帝的巧遇以及其他相關聯之事，您也許終會想到，邊境的兩頭應該有一條祕密通道，通往能向科維尼開砲的準確位置。

一開始，我覺得發射地點應該在那個平台上，如果您在這個平台上找到了被常春藤圍繞的枯樹，就能完全確認這一點，您妻子曾認爲在這棵樹附近聽到地下傳來的噪音。從那時起，您只需要放手去做便行了，也就是說，去敵人的國家，還有……不，我得在這裡停住了，行動計畫太過詳細反而會約束您。另外，像您這樣的男人不需要別人幫您一步步安排好。晚安，中尉。啊！順便提一句，讓您稍微知道一下在下姓名是有好處的。容我自我介紹一下，我是船醫……話說回來，何不妨告訴您我眞實的名號呢，它會讓您瞭解更多，人們都喚我：亞森・羅蘋。』

他不再說話，用友好的表情向我告別，一個字也沒有多說就退了出去。這就是故事的全部，貝納，你怎麼看？」

「我認爲你是跟某個喜歡惡作劇的人打了一回交道。」

「好吧，但是無論如何，沒人能向我解釋這位船醫是誰，也不知他是怎樣走近我身邊。還得承認，作爲一個喜歡惡作劇的人，他卻向我透露了一些此刻對我十分有用的事情。」

「可是亞森・羅蘋已經死了……」

「是的，我知道，人們都以爲他死了，但是人們永遠不會瞭解這樣一個傢伙！他不論是死是活，是眞是假，這個羅蘋都幫了我大忙。」

「那麼，你的目的是什麼？」

「我只有一個目的，那就是解救伊麗莎白。」

「你有什麼計畫？」

「我不知道，一切都要看情況而定，但是我相信我走在正確的道路上。」

事實上，所有的假設都得到了證實。十分鐘後，他們到達一處岔路口，右方有另一條隧道與現在這條相連，那條隧道上也鋪著鐵軌。

「第二個岔路口。」保羅說：「是通往科維尼的路。德國人就是從這兒向城裡進軍，然後在我方部隊還沒來得及集合之前就發起突襲。那天晚上找你攀談的農婦也是從那裡過去的，出口應該離城市有一段距離，也許在一個農場裡，在這位自稱農婦者的農場裡。」

「那第三個岔路口呢？」貝納說。

「在這裡。」保羅答道。

「又是一個梯子。」

「是的，我不懷疑那梯子是通往小教堂的。怎能沒想到呢，事實上我父親遇害那天，德國皇帝即是來檢視由他所指揮並由陪同的那個女人所實施之工程的進展呢？那時，花園圍牆還沒圍住這座小教堂，它無疑是我們走的地下通道出口之一。」

沿著這些分支，保羅又發現了另外幾個分支，根據其位置和方向判斷，應是通往邊境附近，這樣就形成了一個完整的間諜活動網和入侵系統。

「眞教人讚嘆啊，」貝納說：「這就是德國文明，要麼就是我對此不瞭解。可以看得出這些人深具戰爭觀念，用二十年的時間挖一條隧道，只爲了轟炸一處小要塞，法國人永遠不會想出這樣的主意。」

當他注意到隧道的高處裝有通風管道時，他更加興奮了。但是保羅要求他住嘴，或者壓低聲音說話。

「你好好想想，如果他們認爲保留這條交通線道有用的話，他們應該採取措施，不讓法國人有機會利用。艾布雷庫不遠了，也許有監聽裝置，或者在某些地方設有哨兵。這些人不會讓任何意外發生。」

鐵軌中間鋪有一些鑄鐵板，覆蓋在事先備置好的砲眼上，只需一個電火花就能引發爆炸，這更替保羅的見解增添了分量。第一塊鑄鐵板上寫著數字五，第二個上面寫著數字四，以此類推。他們小心地避開，減慢了行進速度，因爲他們只有在小跳躍的時候才敢點燃手中的燈。

七點鐘，他們聽到，或者說好像聽到地上傳來人潮湧動發出的模糊喧囂聲。他們激動萬分，德國土地就在他們頭頂上延伸，回聲展現德國人日常生活的吵雜。

「不管怎麼說，還是很奇怪。」保羅說：「這條隧道監管得不怎麼嚴，我們居然走了這麼遠都沒遇到障礙。」

「這是他們的弱點，」貝納說：「『德國文明』也有缺陷。」

更明顯的微風沿著隧道吹來，外面的空氣一陣一陣地吹進來。他們突然發現黑暗中有一束亮光，那光線固定不動，周圍的一切看似靜謐，燈光就像安置在鐵軌旁邊的固定信號燈。

走近之後，他們發現那是一顆電燈泡發出的光，從隧道出口一個臨時搭建的木板屋裡透出，光線投射到巨大的白色崖壁和沙石構成的小山丘。

保羅嘟囔道：「這是個採石場，把隧道入口開在這裡，就能讓他們在和平時期繼續這項工程而不引起別人的注意。可以確定，這些所謂的採石場開發都是祕密進行的，他們把工人圈禁在一個封閉的空間裡作業。」

「這是怎樣的『德國文明』啊！」貝納重複道。

他感到保羅緊緊地抓住了他的臂膀，有什麼東西從燈前面閃了過去，好像是道黑影站起來又立刻倒了下去。他們小心翼翼地匍匐前進到那間木板屋前面，弓腰站起，僅讓眼睛跟窗台一般高。

屋子裡面有六名士兵，全部躺在地上，說得更準確點，是橫七豎八地疊在一起，周圍滿是空瓶、髒兮兮的盤子、沾滿油膩的紙張和吃剩的肉渣。這些是守衛隧道的士兵，他們醉得不省人事。

「又是『德國文明。』」貝納說。

「我們很走運。」保羅說：「我知道警備鬆懈的原因了，今天是星期天。」

桌子上有一台電報收發機，牆上掛著一支電話，保羅注意到一片厚厚的玻璃板底下有塊儀錶盤，上頭有五個銅製操縱桿，很顯然是與隧道裡預先準備好的五個砲眼通過電線相連接。

貝納和保羅離開木板屋，繼續沿著鐵軌走，經過一段在岩石上鑿出的狹窄通道，接著到達一片開闊地。那裡光線充足，一整個村莊展現在他們面前，村莊由數個兵營組成，貝納和保羅看到士兵們走來走去。他們繞過村莊，突然，一輛汽車的聲音和車頭燈強光吸引了兩人的注意。他們穿過柵欄和一片茂密灌木叢後，發現了一棟燈火通明的別墅。

汽車停在一處台階前面，那裡有僕人和一班戰士迎接，兩名警官和一名身穿裘皮大衣的女士從車上走下。汽車掉轉的時候，車頭燈照亮了寬敞的花園，花園被很高的圍牆封閉著。

「正如我所料，」保羅說：「這裡就是奧諾坎城堡的對應點，起點和終點一樣都被結實的圍牆圈起來，以免被人看見而洩密。雖然這邊的據點在地上，不同那邊設在地下，不過至少那些採石場、工地、兵營、駐軍部隊，和參謀處的別墅、花園、車庫，所有這些軍事機構都被圍牆圈了起來，外面皆有崗哨把守，這便解釋了爲什麼在內部通行易如反掌。」

這時候，第二輛汽車載來三名軍官，與第一輛在車棚附近集合。

「有晚會。」貝納指出。

他們決定盡量向前推進，沿著房子周圍小路栽種的茂密樹林助了他們一臂之力。

他們等了很久，聽見一樓大廳後面傳來喧嘩和嬉笑的聲音，他們認爲舉辦宴會的場地就在那裡，而且賓客陸陸續續入席了。外面沒有任何動靜，花園裡空無一人。

「這地方很安靜。」保羅說：「你得幫我一把，然後藏起來。」

「你要爬上其中一個窗台嗎？可是百葉窗怎麼辦？」

「百葉窗應該不是很牢固，中間有光透出來。」

「你究竟有什麼目的？這棟房子沒什麼比其他房子更値得留意的。」

「不，是你親口告訴我的，根據一個傷患的敘述，孔拉德親王住在艾布雷庫附近的一棟別墅裡。而這裡就像被圍起來的營地，別墅在營地中間，又在隧道出口，我覺得這至少是種跡象。」

「還不算這著實帶有親王派頭的晚會。」貝納笑著說：「你說得對，爬吧！」

他們穿過小路。在貝納的幫助下，保羅輕鬆地抓住了簷板，爬上石製的陽台。

「成功了。」他說：「你回到那邊去，如果有情況，吹一聲口哨。」

保羅跨過陽台，將手指伸進兩扇護窗板中的縫隙，一點一點搖晃開其中一扇，成功地拉開了插銷。向內交疊的窗簾恰好掩蔽住保羅的行動，但窗簾高處沒摺好，露出個三角縫隙，他只要登上陽台就能看到裡面。

他這麼做了，接著彎下腰朝裡看。映入眼簾的景象給了他非常可怕的一擊，他的雙腿不禁開始顫抖起來……

chapter 15

好享樂的孔拉德親王

一張桌子，一張與房裡三扇窗戶平行擺放的長桌，上面放著一大堆瓶子、長頸玻璃瓶、玻璃杯，幾乎沒有位置擺放糕點和水果盤。香檳杯疊成好幾層，一只花籃擺到了利口酒瓶上。

賓客共約二十位，其中有六位身著晚禮服的女賓客，其餘軍官亦是衣著華貴，身上掛滿勛章。

孔拉德親王站立中間，正對著窗戶，主持晚會。他左右兩邊各有一位女士。這三個人聚在一起簡直是不可思議的畫面，對保羅來說尤其是不斷更新的痛苦。

兩位女士中面容冷酷的一位坐在親王右側，穿著一件栗色羊毛連衣裙，一塊黑色方圍巾把她的短髮遮住了一半，這自不用多說。但是另一個女子，是孔拉德親王大獻殷勤的對象，保羅用恐懼的眼神看著她，恨不得親手把她掐死，這個女子在那裡做什麼？伊麗莎白置身這群醉醺醺的軍官之中，受這群可疑的德國人圍繞，站在孔拉德親王旁邊，她爲何在那個以仇恨糾纏著他的可惡女人身邊？

艾米娜·唐德維伯爵夫人！伊麗莎白·唐德維！好一對母女！沒有任何站得住腳的理由能讓保羅爲親王身邊這兩個女子提供其他的稱呼，然而一段小插曲替這稱號注入了可怕眞相的全部價值。

過沒多久，孔拉德親王站起身，手裡拿著一杯香檳酒，高喊道：「萬歲！萬歲！萬歲！萬歲！爲我們心思周密的朋友乾杯！萬歲！萬歲！萬歲！萬歲！爲艾米娜伯爵夫人的健康乾杯！」

這些可怕的話從親王口中說出，保羅聽見了。

「萬歲！萬歲！萬歲！」那群賓客跟著歡呼：「爲艾米娜伯爵夫人乾杯！」

伯爵夫人拿起一杯酒，一飲而盡，然後開始講話。保羅無法聽清她的話，其他人卻熱情地傾聽著，開懷痛飲使他們的情緒更加高漲了。

伊麗莎白也傾聽著，她穿著一件樸素的灰色連衣裙，領子很高，袖子垂到手腕。保羅認得她這件衣服，但她脖子上掛著的一串垂至胸前、看似價值連城的四排珍珠項鍊，則是保羅從來沒見過的。

「可恥的女人！可恥的女人！」他結結巴巴地說。

她笑了。是的，保羅看見了，孔拉德親王彎腰跟她說話時，那個年輕女子嘴邊露出一絲笑容。

親王突然一陣狂喜，發出很大聲音，使得還在講話的艾米娜伯爵夫人用扇子打了一下他的手，讓他保持安靜。

整個場面對保羅來說是多麼可怕，痛苦焚燒著他，讓他只剩下一個念頭，就是轉身離開、放棄戰鬥，再也不看他的妻子，把她從生活中、記憶裡徹底削除。

「這正是艾米娜伯爵夫人的女兒。」他絕望地想。

他剛要離開，有一幕畫面把他留住了。伊麗莎白手心裡握著一塊弄皺了的手帕，悄悄地擦拭隨時會掉落下來的眼淚。

同時，他發現她臉色蒼白得嚇人，不是因為塗脂抹粉，他原以為是強光照射的結果，但那臉色確實像死人般蒼白，似乎她臉龐上所有的血全被抽走了。實際上這是多麼痛苦的微笑啊！應和親王的調戲，咧開嘴笑是多麼痛苦啊！

「可是，她在這裡做什麼呢？」保羅琢磨著，「我沒有權利認為她是有罪的嗎？不能認為她是因自責而落淚？生存的渴望、恐懼和威脅使她變得懦弱卑鄙，如今她為此難過才哭了。」

他繼續在心裡辱罵，不過漸漸地，他對妻子產生了極大的憐憫，畢竟她沒有力量承擔這些無法忍受的痛苦。

這時，艾米娜伯爵夫人完成了演講，又一杯接一杯喝了起來，慢慢一杯下肚之後，她便把酒杯扔到身後。軍官和他們的妻子爭相效仿，充滿激情的「萬歲」此起彼伏。在一股愛國熱情的感染下，親王站了起來，帶頭唱起《德國高於一切》①，其他人跟著瘋狂地應和。

伊麗莎白把胳膊肘擱在桌子上，雙手托著臉，彷彿寧願被孤立。可親王一直吵嚷著，他抓住她的臂膀，又突然甩開。「別裝腔作勢了，美人！」她擺出反抗的動作，讓他大發雷霆。

「什麼！什麼！妳還敢不滿意，妳不是在裝哭吧！啊！夫人在開玩笑！可是，該死的！我看見什麼了？夫人的杯子還是滿的！」

他抓起杯子，晃抖著把杯子貼近伊麗莎白的嘴唇。

「爲我的健康乾杯，小美人，爲主人的健康乾杯！嗯，妳拒絕？……我明白了。妳不想喝香檳。打倒香檳！妳想喝萊茵酒，對吧，小姑娘？妳想起了你們國家的歌曲：『我們曾擁有你們德國的萊茵河，它現在就在我們的酒杯裡……』，萊茵酒！」

軍官們突然一下子都站了起來，高聲唱起《萊茵河上的衛士》：「他們得不到德國的萊茵河，儘管他們像一群貪婪的烏鴉哭喊著要得到它……」

「他們得不到萊茵河，」興奮不已的親王又說：「但是妳得喝下去，妳，小美人！」

酒杯又被斟滿了，他再一次強迫伊麗莎白把酒杯舉到嘴邊。她推開酒杯，他在她耳邊低聲說了些什麼，而杯子裡的液體飛濺在年輕女子的長裙上。

所有人都不再開口，等待將要發生的事情。伊麗莎白的臉色更加蒼白了，她一動不動。親王俯身對著她，展現出一張野蠻的臉，一會兒威脅，一會兒哀求，一會兒命令，一會兒百般侮辱。這景象眞是令人作嘔！保羅本打算爲伊麗莎白獻出生命，爲了伊麗莎白能夠突然反抗，一刀刺死那個侮辱她的無賴。但是她頭向後仰，閉上雙眼，虛弱地拿起酒杯，啜了幾口。

親王一邊搖晃酒杯，一邊發出勝利的叫喊，然後把自己的嘴唇放在伊麗莎白碰過的地方，一飲而盡。

「萬歲！萬歲！」他高聲叫喊著，「站起來，同志們！站到椅子上，一隻腳放在桌子上！全世界的勝利者站起來！讓我們歌頌德國的力量吧！讓我們歌頌德國的文明！『他們永遠得不到自由的萊茵河，正如勇敢的年輕人永遠會向窈窕淑女求愛。』伊麗莎白，我喝了妳杯子裡的萊茵酒。伊麗莎白，我知道妳的想法。愛情的心思，我的同志們！我是主人！噢！巴黎人……巴黎小婦人！我們盼的就是巴黎……噢！巴黎！噢！巴黎……」

他腳步搖搖晃晃，杯子從他手上掉落，砸到玻璃瓶頸上摔碎了。他雙膝跪倒在桌子上，只聽見一堆盤子和杯子碎裂的聲音，他抓住一只利口酒瓶，跌倒在地上結結巴巴地說：「我們需要巴黎……巴黎和加萊……是父王說的……凱旋門……法國咖啡廳……紅磨坊……」

周圍的喧囂戛然而止。艾米娜伯爵夫人以專橫的口氣命令道：「所有人都離開！都回自己的家去！勞煩您們走快點，先生們。」

軍官們和女士們迅速迴避了，外面屋子的另一頭傳來幾聲哨音。幾輛汽車幾乎立刻從車庫裡開出來，所有人都走了。

伯爵夫人朝傭人做了個手勢，指著孔拉德親王說：「把他抬到他的房間裡去。」親王很快被帶走了。這時，艾米娜伯爵夫人走向伊麗莎白。

從親王倒在桌子上到這時還不到五分鐘，酒會的喧囂聲過去後，現在房子裡一片狼藉，十分安靜，單獨留下了兩個女人。

兩個女人一言不發，四目相對，看對方的眼神都不尋常，流露出相同的仇恨。保羅目不轉睛地盯著她們，觀察一陣之後，他毫不懷疑兩人之前見過面，伯爵夫人一定已經向伊麗莎白解釋過了，她們接下來的談話內容就能顯示出解釋的結果。可她是怎樣解釋的？關於艾米娜伯爵夫人，伊麗莎白都知道些什麼呢？她能接受一個自己如此厭惡的女人作自己的母親嗎？

從沒有兩個人相像到無法區別相貌，畢竟面容總有差異，尤其表情更能顯出兩人相去甚遠的本性。然而，這一堆相關證據多麼有力啊！這些不再是證據，是活生生的事實構成。保羅甚至沒想過對這些事提出疑義。唐德維先生看見伯爵夫人假死之後幾年從柏林寄來的那張相片時的慌亂，不正表明了他是這場假死謎團的同謀嗎？或許也表明他是其他許多事情的同謀？

接著，保羅又回到母女倆令人憂心的會面問題上：伊麗莎白對這一切究竟瞭解多少？經過所有這些羞辱、恥笑、背叛和罪行，她弄清楚了些什麼呢？她會指責她的母親嗎？當她感到自己被沉重罪名壓垮時，她會把自己的懦弱歸罪於母親嗎？

「是的，是的，很顯然，」保羅心想，「可是她們為何這麼憎恨對方呢？她們之間的深仇大恨也許只有死亡才能緩解，伊麗莎白眼中的殺氣或許比那個要殺她的女人眼中的殺意更強烈。」

保羅強烈地感覺到這一點，他等著誰先動手，然後好伺機救出伊麗莎白。但接下來卻發生了一件完全意想不到的事，艾米娜伯爵夫人從口袋裡掏出一張司機用的大地圖展開來，把指頭放在上面的一個點上，沿著紅線標出的一條路指到另一個點，然後在那裡停下，說了幾句話，伊麗莎白聽了以後似乎變得興高采烈。

她緊緊抓住伯爵夫人的臂膀，開始興奮地說話，一會兒笑又一會兒哭。伯爵夫人則點了點頭，似乎在說：「就這樣，我們說定了，一切都按妳希望的做。」

伊麗莎白看上去喜出望外，對伯爵夫人萬分感激的模樣，讓保羅以爲她簡直要去親吻夫人的手了。他焦急地想著這個不幸的女子又將掉入什麼樣的陷阱。這時伯爵夫人站起身向門口走去，打開門，她做了個手勢後又返回。一個穿著軍裝的人走了進來。

保羅明白了，艾米娜伯爵夫人叫進來的人就是間諜卡爾，她的同謀，也是計畫的執行者。她要命令他殺害伊麗莎白，他妻子的死期到了！

卡爾彎下腰，艾米娜伯爵夫人馬上介紹了一番，然後在地圖上指出路徑和那兩個點，她向他解釋需要他做什麼。

「任務將按時完成。」他掏出手錶，像在做保證。

不久，伊麗莎白應伯爵夫人的邀請走了出去。

儘管他們說的話保羅一個字也沒聽見，但眼前閃過這一幕的意義對他來說最清楚、最可怕不過了。伯爵夫人利用她無上的權力，趁孔拉德親王不省人事時向伊麗莎白提出了逃跑計畫，也許是乘汽車去事先指定的附近區域某個地點。伊麗莎白欣然接受了這次意料之外的釋放，而她將在卡爾的指引和保護下逃跑！

這陷阱如此明顯，飽受折磨的年輕女子心慌意亂，正全心全意、急匆匆地往陷阱裡奔去，單獨留下兩個同謀微笑看著對方。事實上，這項任務太容易達成了，在這種條件下幾無功勞可言。

在解釋之前，兩人之間交換了個動作，就像一幕短默劇，卻盡顯兩人的厚顏無恥、窮凶極惡。間諜卡爾兩眼盯著伯爵夫人，把軍裝稍微拉開，把匕首從刀鞘裡拔出一半。伯爵夫人作勢反對，並遞給那個無賴一個小瓶子。他把瓶子放進口袋，聳了聳肩回答：「依照您的意思吧！對我來說都一樣。」

他們挨著坐下，熱切地交談著。伯爵夫人下達命令，卡爾或同意，或爭辯。

保羅感覺到如果他不控制住自己的恐懼，不讓七上八下的心跳平穩下來，伊麗莎白就完了。爲了解救她，他的頭腦必須絕對清醒，要隨機應變，不假思索、毫不猶豫地直接作出判斷。

然而他只能走一步算一步，隨機做決定，也許決定錯誤，因爲他真的不瞭解敵人的計畫。儘管如此，他還是給手槍裝上子彈。

他猜想那個年輕女子一旦準備出發，便會回到大廳裡和間諜會合。可是過了一會兒，伯爵夫人搖了一下鈴，向出現的僕人交代了幾句話，僕人出去了。保羅聽見兩聲哨音，接著是汽車轟轟開過來的聲音。

卡爾透過半開著的門往走廊裡看，他轉向伯爵夫人，好像在說：「她來了……她下樓了……」保羅明白了，伊麗莎白要直接上車，卡爾在那邊與她會合。在這種情況下，他必須行動，半刻也不能耽擱。

有那麼一瞬間，保羅猶豫不決。他該不該趁卡爾還在那裡的時候闖進屋子，用槍殺死他和艾米娜伯爵夫人呢？這樣伊麗莎白就得救了，因爲只有這兩個惡棍要加害她。

但他害怕這過於魯莽的行動會失敗，便跳下陽台，呼喚貝納過來。

「伊麗莎白要坐車走了，卡爾和她在一起，企圖毒死她。跟我來……拿上槍……」

「你想做什麼？」

「我們到時候再看。」

他們鑽進路邊的灌木叢，繞過了別墅，周圍空無一人。

「聽，」貝納說：「有一輛汽車開走了……」

保羅一開始十分擔心，反駁道：「不，不，只是引擎發動的聲音。」

事實上，當能夠看見別墅正面的時候，他們發現台階前停著一輛汽車，周圍站著十多名士兵和僕人，車燈照亮了花園的一部分，而保羅和貝納恰好在光線照不到的黑暗處。

一名女子走下台階，消失在汽車裡。

「伊麗莎白，」保羅說：「這個是卡爾……」

間諜在最後一級台階停步，對開車的戰士下達命令，保羅只聽到隻言片語。

車子馬上要開走了，如果保羅不出手阻止，再一分鐘車子就要把殺手和受害者載走了。這是可怕的時刻，保羅・戴霍茲感覺到就這麼介入太危險，甚至一點也沒有效果，畢竟光殺死卡爾阻止不了艾米娜伯爵夫人繼續她的計畫。

貝納小聲說：「難不成你打算拚了命把伊麗莎白救走？那邊有一整個崗哨哩。」

「我只想著一件事，就是殺死卡爾。」

「然後呢？」

「然後？他們會逮住我們，接著會有審問、調查，引起轟動……孔拉德親王會參與進來。」

「他們會殺了我們的，我認爲你的計畫……」

「你能提供其他好計畫嗎？」

他被打斷了。間諜卡爾怒氣沖沖地痛罵他的司機，保羅聽到底下這些話。

「笨傢伙！你只會做蠢事！竟然沒有汽油了！你覺得我們今晚能找到汽油嗎？哪裡有汽油？車庫裡有嗎？跑過去，笨蛋！我的皮大衣呢？你也忘了嗎？大步跑起來！把大衣取來。我要親自開車，和你這樣的蠢貨在一起太冒險了……」

那個士兵跑開了。車庫那邊依稀有燈光透射出來，保羅立刻觀察到如果他親自去車庫，仍可以隱身黑暗中受保護。

「來吧！」他對貝納說：「我有主意了，你會明白的。」

他們走在草坪上以減輕腳步聲，最後成功到達馬廄和車庫那片房舍旁邊，鑽了進去，從外面看不到他們的身影。那個士兵在倉庫裡間，門敞開著。他們從藏身處看到他從衣鉤上取下一件大山羊皮外衣，披放在肩膀上，然後拿起四個汽油桶。他拿著這些東西從倉庫走出，經過保羅和貝納眼前。他們迅速將他擊倒，那個士兵甚至沒來得及喊出聲就被打倒在地，無法動彈，嘴被塞住了。

「這回行啦！」保羅說：「現在把他的大衣和鴨舌帽給我。我本來不想僞裝成他，但要達到目的……」

「那麼，」貝納問：「你要冒這個險嗎？難道卡爾認不出他的司機？」

「他甚至看都不願意看一眼呢。」

「可是如果他跟你說話呢？」

「我不回話。另外，一旦我們出了圍牆，我就沒什麼好怕他的了。」

「那我呢？」

「仔細綑好你的俘虜，把他關在哪間小破屋裡，然後回到那處附陽台窗戶後面的草叢。我希望將近午夜的時候能和伊麗莎白與你在那裡會合，我們三個只要沿隧道返回就萬事大吉了。如果萬一你見我沒有回來……」

「怎麼辦？」

「那你就天亮之前獨自離開吧。」

「可是……」

保羅已經走了，他在心中打定主意，甚至不允許自己去想要採取什麼樣的行動。另外，事情的發展似乎也證明他是對的。卡爾見到他便辱罵了一番，似乎不怎注意這個悶不吭聲的人，態度再輕蔑不過。間諜卡爾穿上他的山羊皮大衣，坐在駕駛員位置操縱排檔桿，保羅則坐在他旁邊。

汽車發動起來，這時台階上傳來一個命令似的聲音：「卡爾！卡爾！」

保羅感到一陣不安，是艾米娜伯爵夫人。

她走近間諜，以極低的聲音用法語對他說：「我要叮囑你，卡爾……你的司機不懂法語吧？」

「他只懂一點點德語。閣下，他是個粗人，您可以放心說。」

「聽好，僅需要從瓶子裡倒出十滴，否則……」

「明白了，閣下。還有呢？」

「若一切進行順利，記住一週後寫信給我，寄到巴黎的地址。在此之前不要寫，早寫無用。」

「所以您要回法國嗎，閣下？」

「是呀，我的計畫已經成熟了。」

「還是原計畫嗎?」

「是啊，時機十分有利。最近下了幾天雨，而且參謀部已向我通知他們那邊將要採取行動。所以明天晚上我會到達那邊，最後的工作了……」

「喔!只需動動手指，不需要更多。我可是親自參與了準備工作，一切都弄妥啦。但是您跟我提到過另一項計畫，目的在對頭一項計畫進行補強，我承認那項計畫……」

「必須執行那項計畫，」她說：「運氣轉向我們這邊啦。如果我獲得成功，這就是一連串倒楣事的終結。」

「您得到皇帝的允許了嗎?」

「無妨的，這種事情不在我們討論的範圍之內。」

「但這件事既危險又可怕哪。」

「活該。」

「那邊不需要我嗎，閣下?」

「不需要。除掉那個小婦人，目前來講這就足夠了。你走吧!」

「再見，閣下。」

間諜踩下離合器，汽車出發了。

圍繞中央草坪的小路從一間亭子前面經過，這亭子俯瞰花園的鐵柵欄，用作守衛的哨所。亭子周圍豎起高高的圍牆。

一位軍官從亭子裡走出來，卡爾說出口令。柵欄門打開了，汽車奔向一條大道，這條路首先穿過小城艾布雷庫，然後在一片低矮的山丘間蜿蜒。

就這樣，晚上十一點，保羅在荒無人煙的田野裡，跟伊麗莎白和間諜卡爾在一起。他會成功制伏間諜，這一點他毫不懷疑，伊麗莎白將可獲得自由。到時候只需返回並潛入孔拉德親王的別墅，報出口令，找到貝納。事情一旦按照保羅的計畫完成，他們三個人就沿著隧道回到奧諾坎城堡。

保羅為此沉浸在歡樂中。伊麗莎白就在那裡，在他的保護之下。伊麗莎白在沉重的折磨之下，失去勇氣屈服了，但他寬恕她，因為她的不幸是由他造成的。他試圖忘記，想要忘記這場悲劇中所有不光彩的階段，只願想即將來臨的結局，只想著勝利，想著他的妻子將得到解放。

他仔細地觀察道路，以免返回的時候迷路。他盤算著攻擊計畫，決定趁第一次停下休息的空檔動手，他們中途必然會停下歇腳。他決定不殺死間諜，只把對方擊倒綑起來，最後再一拳打暈，把人扔到某片矮樹林裡。

他們行經一座大鎮，然後是兩個村莊，接著是一個城市，在那裡他們需要停車出示證件。接著，他們又經過一片田野，接著是一片片的小樹林，車子經過時樹木被照得通亮。

這時，車燈的光線暗了下來，卡爾減慢速度。他低聲埋怨道：「十足的蠢貨，你甚至連車燈都不知道保養！你補充了碳化物嗎？」

保羅沒有回答。卡爾繼續低聲發牢騷，然後停住車咒罵道：「天殺的蠢貨！沒辦法往前走了……快點，打起精神來，把車燈修好。」

保羅從座位上跳起來，這時車子靠路邊停下。行動的時刻到了！他首先留意了一下車燈，同時監視著間諜的一舉一動，並且保持待在燈光照射範圍之外。

卡爾走下車，打開老式汽車的車門，開始說話，但保羅沒有聽見，然後他沿著車邊往上走。

「怎麼！笨蛋，你修好了嗎？」

保羅背對著間諜，全副精神集中在將要採取的行動上，等待有利時機，只要卡爾再向前兩步，就進到了他能搆及的範圍之內。一分鐘過去了，他握緊雙拳。他精確地預想出需要採用的姿勢，剛要動手，這時他突然從後面被攔腰抱住，沒來得及有半點反抗就被摔倒在地。

「啊！天殺的！」間諜喊道，他把保羅按在自己的膝蓋下。「就是因爲這樣你才不回答的嗎？我就覺得你坐在我旁邊的時候態度很奇怪……後來我就沒去想……可是剛才，我用提燈照亮你的臉。啊！這個小夥子是誰啊？也許是一條法國狗？」

保羅奮力地頂住，有一瞬間他覺得能夠掙脫敵人的束縛。對手的力量減弱了，他逐漸得以制伏，於是大聲喊道：「是的，一個法國人，保羅．戴霍茲，是你從前想要殺死的那個法國人，你的受害人伊麗莎白的丈夫……是呀，就是我，我知道你是誰……假比利時人拉森，間諜卡爾。」

卡爾不作聲，這名間諜表現得脆弱只是爲了從腰帶上取出一把刀，他舉起匕首向保羅刺過去。

「啊！保羅・戴霍茲……天殺的，這次出行真是碩果累累……一個接一個，丈夫和妻子……啊！你是自投羅網……瞧！挨刀吧，小子……」

保羅看到頭上有刀光閃過，他閉上眼睛，喊著伊麗莎白的名字……

一秒鐘後就聽到了砰、砰、砰三聲槍響，扭成一團的兩個人身後有人開了槍。間諜發出刺耳的咒罵。他鬆開了保羅，刀子落到地上，整個人趴倒在地呻吟著：「啊！該死的女人……該死的女人……我本該在車裡掐斷妳的脖子……我就怕發生這種事……」

他聲音更加低沉，結結巴巴地說：「我被打中了！啊！該死的女人，我好疼啊！」

他不再說話，只是抽搐了幾下，垂死掙扎一番之後，就這樣斷氣了。

保羅一躍而起，朝救了他性命的女子跑過去，那人手裡還拿著槍。

「伊麗莎白！」他狂喜地叫道。但他停下腳步，展開的雙臂停在空中。黑暗中，他覺得這個女人的身影不是伊麗莎白的，她比伊麗莎白更高大魁梧。

他十分不安，結結巴巴地說：「伊麗莎白……是妳嗎？是妳嗎？」

同時，他深深地預感到將要聽到的答案。

「不，」那個女子說：「戴霍茲夫人比我們出發得早一些，乘另一輛汽車走的。卡爾和我應該前去與她會合。」

保羅想起那輛汽車，他和貝納繞過別墅那時候聽見了引擎發動的轟隆聲。不過，因爲兩輛車出發的間隔頂多幾分鐘，他沒有洩氣地大聲說：「那麼，快點，我們抓緊。加大油門的話，一定可以追上他們……」

那個婦女卻立刻反駁道：「追上他們？這是不可能的，兩輛汽車走的路不同。」

「如果他們開往同一個目標就無所謂。戴霍茲夫人被帶到哪了？」

「帶往艾米娜伯爵夫人的城堡裡。」

「這個城堡在什麼地方？」

「我不知道。」

「您不知道？這太可怕了。您至少知道城堡的名字吧？」

「卡爾沒對我說過。我不知道。」

譯註：

①*Deutschland über Alles*，古典音樂家海頓（Franz Joseph Haydn）所作，俗稱《德意志之歌》，後在一九二二年威瑪共和國時期被定為德國國歌。

chapter 16

絕命戰鬥

聽到最後幾個字，保羅突然陷入無盡的絕望之中。跟在孔拉德親王的晚會上看到那種情景時一樣，保羅覺得需要立刻付諸行動。然而一切希望都沒了，他原本計劃在天亮之前利用隧道逃走，如今這計畫已夭折。雖然他覺得最後終能夠和伊麗莎白重逢並且救出她（這項任務變得不太可能了），這又在什麼時候才能達成呢？在此之後，又該如何避開敵人回到法國呢？

不，從現在起，時空條件均對他十分不利。他失敗若此，一旦發生，就只能聽之任之，等待喪鐘敲響。

但他沒有發半點牢騷，他明白，一旦氣餒事情就無法補救。他憑著一股衝勁才走到這步，如今鬆懈不得，必須更有激情地堅持下去。

他向間諜走近。那位婦女正彎著腰，藉著摘下來的一盞燈光檢查那具屍體。

「他死了，對嗎？」他說。

「是呀，他死了，他的後背中了兩顆子彈。」她用驚恐的聲音小聲嘟囔著：「我做的事情太可怕了。是我殺了他，是我！這不是謀殺，對吧，先生？我有權利殺死他嗎？不管怎麼說，都太可怕了……是我殺死了卡爾！」

雖然這是一張平民婦女的臉，卻仍年輕又美麗，現在嚇得變了樣。她的雙眼似乎無法從屍體上移開。

「您是誰？」保羅問。

她嗚咽著說：「我以前是他的朋友……比這更好，或者比這更差……他向我發過誓要娶我，可是卡爾的誓言啊……他是個騙子，先生，他是個懦夫！啊！我瞭解關於他的一切……我自己呢，卻逐漸失去發言權，淪爲他的同謀。因爲他讓我感到害怕！我不再愛他了，但我總是怕得發抖，不得不服從他的命令……最後，我是多麼恨他！他也感覺到我恨他，他經常對我說：『妳總有一天會割斷我的喉嚨。』不，先生……我也很想這麼做，可是我沒有勇氣。只是在剛才，我看到他要打您……尤其是當我聽到您的名字……」

「我的名字？爲什麼？」

「您是戴霍茲夫人的丈夫。」

「所以呢？」

「我認識她，我們認識沒多久，是今天才認識的。今天早上，卡爾從比利時來，經過我住的城市，把我帶到孔拉德親王跟前。我的任務是以女僕身分伺候一位法國夫人，我們應該把她帶到城堡裡。我明白這意味著什麼，我又得充當同謀，取得信任……接著，我見到了這位法國夫人，我看到她哭泣……她如此溫柔善良，使我改變了心意。我答應幫助她……但沒想到是以這種方式，以殺死卡爾的方式……」

她猛地站起來，用一種刺耳的聲音說：「但是，必須這麼做，先生。沒有其他選擇，因爲我知道太多他的陰謀。不是他死就是我亡……他死了……算他倒楣，我一點也不後悔。世上少了個卑鄙混蛋，對待他這種人，不應該猶豫。不，我一點也不後悔。」

保羅對她說：「他爲艾米娜伯爵夫人效命，對嗎？」

她打了個寒顫，壓低聲音答道：「啊！別提起她，我求求您。那個女人更可怕，她總在監視別人！啊！如果她懷疑到我頭上！」

「這個女人是誰？」

「誰知道呢？她神出鬼沒，走到哪都是女主人……人們像遵從皇帝一樣遵從她，所有人都懼怕她。她和她哥哥一樣……」

「她的哥哥？」

「是的，海爾曼少校……」

「啊！您說海爾曼少校是她的哥哥？」

「當然。另外，只要看看就知道了，他簡直是艾米娜伯爵夫人的翻版！」

「但是，您看過他們兩人一起出現嗎？」

「說實在的，我不記得了……爲什麼這麼問？」

時間寶貴，所以保羅不再堅持。這個婦女如何看待艾米娜伯爵夫人對他而言一點都不重要。

他問她：「她住在孔拉德親王那裡嗎？」

「現在是的……孔拉德親王住在二樓後邊，她住在同一層，但是在前面。」

「如果我讓別人告訴她卡爾出事故死了，派我這位他的司機來告訴她，她會接受嗎？」

「一定會。」

「她認識卡爾的司機，也就是我要代替的那個人嗎？」

「不，那是卡爾從比利時帶回來的一名士兵。」

保羅思考片刻，然後接著說：「幫幫我。」

他們合力把卡爾的屍體推向路邊排水溝，把他扔到那下面，並用枯樹枝掩蓋起來。

「我要回別墅去，」他說：「至於您，往前走，直到您碰到住屋。把人們叫醒，告訴他們卡爾慘遭司機殺害，您逃了出來。人們會報警並詢問您，打電話到別墅，這樣時間就綽綽有餘了。」

她嚇壞了。「可是艾米娜伯爵夫人呢？」

「至於她那邊，您什麼都不要害怕。我承認，我無法讓她落入無能為力的境地，但是既然調查將全部落到我一個人頭上，她又怎麼會懷疑您呢？另外，我們別無選擇。」

接著，保羅不再聽她說什麼，發動汽車，握緊方向盤，不顧那個婦女驚恐的祈求，出發了。

他帶著十足的熱情和決心啓程，像是在追逐一項新計畫，並已想好了計畫的全部細節，有把握能夠成功。

「我會見到伯爵夫人，」他喃喃道：「然後，或者她出於關心卡爾的命運而讓我帶她到他那裡去，或者她在別墅的某個房間裡接待我。我會不擇手段地逼她說出伊麗莎白被囚禁在哪座城堡，我會逼她告訴我，解救用麗莎白的辦法以及讓她逃跑的途徑。」

可是這一切都太模糊了！中間有多少困阻和難題！怎麼能假設形勢會如人願，好讓伯爵夫人喪失理智而放棄一切救援呢？一個像她這樣詭計多端的女人不會任憑別人欺騙，在威脅面前就範。

管他呢！保羅從來不接受遲疑，把任務進行到底，就能獲得成功。為了盡快達到目的，他加快油門，讓車子像龍捲風般穿過田野，經過小鎮和城市的時候也幾乎沒放慢速度。

保羅對別墅圍牆外站崗的哨兵說出口令。

守衛軍官對他進行了盤問之後，把他派回到在台階底前放哨的下級軍官那裡。只有這名下級軍官有權自由出入這間別墅，亦須透過他通報伯爵夫人。

「好的，」保羅說：「我先把車子開到車庫裡。」

一到車庫，他便熄滅車燈。他一邊往別墅裡走，一邊想出了個主意：在見那位下級軍官之前，先去找貝納，從貝納那裡獲取一些他可能不經意間瞭解到的情況。

保羅在別墅後面找到貝納，他藏在附陽台窗戶對面的樹叢裡。

「只有你一個人？」貝納焦急地問他。

「是的，事情搞砸啦，伊麗莎白被第一輛汽車帶走了。」

「這可眞糟！」

「沒錯，但是我們可以彌補。」

「怎麼彌補？」

「我還不知道。說說你吧，你這邊怎麼樣了？那個司機呢？」

「安全得很，不會有人發現他……至少今天早晨其他司機到車庫之前不會有人發現。」

「很好。除了這個呢？」

「一個小時之前，院子裡來了一支巡邏隊。幸虧我藏得好。」

「然後呢？」

「然後我深入隧道裡面，那邊的士兵已開始騷動起來。另外，有件事讓他們突然站得挺直！」

「什麼？」

「我們認識的某號人物突然來了。就是我在科維尼遇見的，那個和海爾曼少校長得出奇相像的女人。」

「她巡視了一圈嗎？」

「不，她離開了……」

「是的，我知道，她應該離開。」

「她已經離開了……」

「喔，這眞令人難以置信，她沒有立刻動身去法國。」

「我親眼看見她離開的。」

「但是她要去哪？走哪條路？」

「當然是從隧道離開。你認爲這條隧道不再有其他用處了嗎？她就是從這條隧道走的，是我親眼所見，多舒適方便啊……一個司機開著電動台車載著她。也許像你所說，她此行的目的地是法國，那麼可能有人給這輛台車扳了岔道，通向科維尼去。這是兩個小時以前的事了，我聽見台車回來的聲音。」

艾米娜伯爵夫人的消失對保羅來說不啻是一次新的打擊。從這時起，該怎樣才能找到伊麗莎白，怎樣才能解救她？他的每一次努力都以失敗告終，在這錯綜複雜的黑暗迷途中，他又將通往何處呢？

他抵住失望，調緊毅力的發條，決定將任務進行到底，直到取得完勝。

他問貝納：「你還有注意到其他事情嗎？」

「什麼也沒有。」

「沒有人來來回回走動嗎？」

「沒有，僕人都睡著了，燈也關掉了。」

「所有燈都關了嗎？」

「還有一盞亮著。看那邊，我們頭上。」

這盞燈在二樓，保羅曾親眼透過窗戶看到孔拉德親王晚宴，亮燈的地方就在這扇窗的上方。

「我爬上陽台的時候，這盞燈是亮著的嗎？」

「是的，一直到最後都亮著。」

保羅小聲說：「根據我獲得的情報，那應該是孔拉德親王的臥房。他喝醉了，之前不得不把他抬上樓。」

「我看見有人影，事實上是在之前看到的，後來便無任何動靜。」

「很顯然，他還沒從香檳酒中醒過來。啊！如果能看到他就好了……潛入他的臥房！」

「很簡單。」貝納說。

「從哪裡進去？」

「從旁邊的房間，那間應該是盥洗室，窗戶是半開著的，也許是為了給親王留點新鮮空氣。」

「可是，需要一把梯子……」

「我知道車庫的牆上掛著一把，你想要嗎？」

「是的，是的，」保羅激動地說：「快點！」

在他的腦海中，一項新計畫成形了，另外，這個計畫和之前的作戰部署相互聯繫，他現在覺得能夠達到目的。於是，他檢查了別墅周圍，左右兩邊皆空無一人，且崗哨的士兵們沒有一個離開台階。接著，等貝納一回來，他就把梯子架在地上，倚牆靠好。他們爬了上去。

半開著的果然是盥洗室的窗戶，隔壁房間的燈光照亮了盥洗室，這間臥房裡除了低沉的打鼾聲，沒有其他聲音。保羅把頭伸了進去。

親王斜躺在床上，他穿著軍裝，前胸沾滿了污點，像個人體模型般躺著。孔拉德親王正在睡覺，他睡得很沉，保羅毫不費力地檢查了整個房間。一個帶廳的小房間把臥室和走廊隔開，這樣，臥室和走廊之間就有兩道門。保羅插上兩道門栓，又用鑰匙在兩把鎖分別轉了兩圈，如此他們便能和孔拉德親王單獨待在一起，外面的人聽不到房間裡任何聲音。

「動手吧！」他們分配完任務之後，保羅說道。

保羅用一條毛巾裹住親王的臉，在頭上繞了一圈，並試圖把毛巾的兩端塞進他的嘴裡，這時貝納用其他毛巾綁住他的雙腿和手腕。一切在安靜中進行，親王沒有任何反抗，沒發出一聲叫喊。

他睜開眼睛，看著入侵者，一開始的表情像是不明白究竟發生了什麼事，但後來隨著逐漸意識到危險，他的表情變得越發恐懼。

「威廉二世的繼承人並不勇敢，」貝納冷笑道：「這個膽小鬼！瞧瞧，年輕人，應該挺直腰桿。您的嗅鹽瓶在哪裡？」

保羅最後終於把毛巾的一半塞到親王的嘴裡。

「現在，」他說：「我們走吧！」

「你想做什麼？」貝納問。

「把他帶走。」

「帶到哪裡？」

「帶到法國。」

「帶到法國？」

「當然嘍！我們把他握在手中，他就能爲我們所用！」

「他們不會讓他就這樣出去的。」

「如果走隧道呢？」

「不可能！現在監視得太緊了。」

「我們看著辦。」

他拿起手槍，指著孔拉德親王。

「聽我說，我明白您的頭腦太混亂，所以聽不懂我的問題。但是拿著槍，一切就昭然若揭，不是嗎？這語言太清楚了，即便對於一個醉醺醺又嚇得發抖的人。如果您不安靜地跟著我，如果您試圖掙扎或者喊叫，如果我和我的同伴有瞬間處於危險的境地，您就會中槍，您太陽穴上的白朗寧自動手槍會炸飛您的腦髓。我們說定了？」

親王點了一下頭。

「非常好。」保羅最後說道：「鬆開他的腿，但是把臂膀綁到他身後……好，出發。」

下樓進行得相當順利，他們在樹叢中走，一直走到柵欄旁邊，這柵欄把花園和廣大封閉的兵營區域分隔開。他們從那裡把親王自一頭運到另一頭，像遞包裹一樣。接著，他們沿著來時的路，最後抵達採石場。

月光相當明亮，所以他們能順利前進。另外，他們發現前面有一大片燈光，應該是從設在隧道入口的哨所裡射出來的。果然如此，哨所裡所有的燈都點亮了，士兵們正站在臨時搭建的木板屋外面喝咖啡。

隧道前有一名士兵扛著武器閒逛。

「我們只有兩個人。」貝納嘆了口氣。「他們有六個人，槍聲一旦響起，駐紮在離這邊五分鐘路程的幾百名德國鬼子就會過來跟他們會合。力量相差懸殊，你怎麼想？」

事實上，他們不是兩個人，而是三個，他們的俘虜對他們來說構成了最可怕的障礙，增加了事情的難度，困難幾乎難以克服。帶著他既不能跑也不能逃，必須採取某種計謀才行。

他們走得很慢，也十分小心，以免自己腳下或親王腳下有石頭掉落。他們為躲開燈光照亮的區域，迂迴曲折，一個小時後終於到達隧道附近的陡坡上。陡坡由岩石構成，隧道的第一排扶垛就是建在這片陡坡上。

「待在這裡，」保羅說道，他的聲音壓得很低，卻能讓親王聽到，「待在這裡，記住我的命令。首先，你負責孔拉德親王……右手拿著槍，左手提著他的衣領。如果他反抗，你就把他打昏。如果我們倒楣，他也同樣倒楣。至於我，我回到與木板屋一定距離的位置，射擊哨所裡的五個人。如果站崗的士兵在下面，和他的同伴聚在一起，你就帶著親王通過；或者他盡忠職守，沒被引開，若是這種情況你就朝他開槍，打傷他……然後通過。」

「是的，我能通過，但是德國鬼子會跑來追我呀。」

「當然。」

「而且他們會追上我的。」

「他們追不上你。」

「你確定嗎？」

「確定。」

「既然你這麼確定……」

「那麼，都明白了。還有您，」保羅對親王說：「您也明白了，對嗎？您必須絕對服從，否則一個不小心，一個差池就會使您丟掉性命。」

貝納貼著姊夫的耳根說：「我撿到一根繩子，我會把它套在他的脖子上，他稍有差錯，輕輕地勒一下就會讓他明白現實。只是，保羅，我得提醒你，如果他異想天開，意圖抵抗，我不能殺死他……像這樣……太冷酷了……」

「放心吧……他怕得要命，不會反抗的。他會像條狗一樣乖乖跟著你，直到隧道的盡頭。」

「那麼，到了以後怎麼辦？」

「到了之後，把他關在奧諾坎城堡的廢墟裡，但是別對任何人說出他的名字。」

「那麼你呢，保羅？」

「別擔心我。」

「可是……」

「我們兩個人冒的風險是同等的，我們要玩的這盤棋極爲危險，很有可能輸掉。但是，我們一旦勝利，就能拯救伊麗莎白。所以，讓我們全力以赴吧，很快就會結束，貝納。十分鐘，一切都能解決。你這邊也是，我那邊也一樣。」

他們久久地擁抱，接著保羅離開了。

保羅說過，這最後的努力只有足夠勇敢和迅速才能取得成功，執行這次任務必須有背水一戰的決心。再等十分鐘，就是這次冒險的終結。再過十分鐘，他或者取勝，或者被殺。

從這一刻起，他所採取的行動井井有條、從容有序，彷彿他有足夠時間精心籌備這次行動，並能確定行動的成功。然而實際上，這都是隨著最惡劣局勢之發展，步步爲營逐漸採取的決定。

他繞了一圈，始終在開採砂石時堆成的許多小山丘的斜坡上走，最後到達通往採石場和兵營的窄道。在最後一個小山丘上，他偶然撞上一塊活動的大石頭。他摸索著，發現這塊石頭後面有一大堆沙子和石塊。

「這就是我想要的。」他不假思索地認爲。

保羅用力地踹了一腳，那塊大石頭立刻沿著一條溝滾向那條窄道，發出一陣塌方似的轟隆聲。保羅一下子跳進石塊中間，趴在地上開始大聲呼救，裝作是事故的受難者。

在他躺下的地方，由於窄道蜿蜒曲折，兵營那邊不可能聽到呼喊聲，但是，很小的呼叫聲就能傳到隧道入口的木板屋，因爲兩邊相距至多只有一百公尺。果然，哨所裡的士兵立刻跑了過來。跑來的剛好五個人，他們急忙圍在保羅周圍，一邊將他抬起，一邊盤問他。保羅用含糊的聲音氣喘吁吁地回答那位軍士，答得風馬牛不相及，從中對方可以得知他是受孔拉德親王之命派來尋找艾米娜伯爵夫人。

保羅清楚地感覺到，他的計策必須在有限時間內達成才能見效，但是爭得的每一分鐘都有無法估量的價值，因爲貝納那邊正利用這段時間對付隧道前面站崗的第六名士兵，並要帶著孔拉德親王逃跑。也許這第六名士兵也會跟著趕過來……或者貝納用不著手槍就擺脫了他，因此沒有引起注意。

保羅逐漸提高聲音，含糊不清地解釋著，那位軍士什麼也沒聽懂，生氣起來。這時，那邊傳來一聲槍響，接著又是兩次爆炸聲。

軍士一時猶豫不決，不太清楚聲音來自何處。士兵們丟下保羅，伸出耳朵仔細聽。保羅便從他們中間穿過，走到前面，黑暗中敵人沒有意識到走遠的人是他。然後，在第一個轉彎處，他開始奔跑，經過幾次跳躍到達了木板屋。

他瞟了一眼，發現在離他三十步遠的隧道出口處，貝納正和孔拉德親王搏鬥，親王試圖逃跑。在他們旁邊，那個哨兵一邊拖著身子往前移，一邊呻吟著。

保羅非常清楚自己應該做什麼，協助貝納並冒險一塊逃跑是瘋狂的想法，因爲他們的敵人最終會追上，無論如何，孔拉德親王都會獲救。不，最重要的是阻止那些哨兵蜂擁而至，他們的身影已經出現在窄道的出口，必須讓貝納能夠制伏親王。

他半個身子藏在木板屋後面，向他們伸出手槍，大喊道：「站住！」

軍士沒有服從，進入了被光照亮的區域，保羅開槍了。那個德國人倒了下去，但只是受了傷，因爲他開始用粗野的聲音命令道：「前進！撲上去！衝啊，你們這些懦夫！」

士兵們一動也不動。保羅從木板屋旁邊搭起的槍架上取下一支步槍，一邊向他們瞄準，一邊往後看了一眼，發現貝納終於制伏了孔拉德親王，正把人拖向隧道深處。

「只需再堅持五分鐘，」保羅想，「這樣貝納就能盡量走得遠一些。」

他此刻非常冷靜，彷彿可以透過脈搏有規律的跳動數清這幾分鐘。

「前進！跳上去！前進！」軍士不停地大喊，毫無疑問，他只分辨出兩個逃跑者的身影，但沒有認出孔拉德親王。

他跪在地上朝保羅開了一槍，保羅則一槍打斷了他的胳膊。但是這名軍士吼得更加起勁了：「衝啊！有兩個人從隧道逃跑了！衝啊！援兵到了！」

兵營裡的六名士兵聽到槍聲後趕來。保羅成功地進入木板屋，打碎天窗的玻璃，開了三槍。那些士兵急忙躲了起來，但又有其他士兵趕來，他們接到軍士的命令，接著分散各處。保羅看到他們爬下附近的斜坡，要來包圍他。他又開了幾槍。白費力氣！堅持更久的希望完全消失了。

然而，他頑強地堅持著，把對手逼在一定距離之外，不停地開槍，以期在可能的範圍之內盡量爭取時間。但是他發現敵人行動的目的在於包圍他之後向隧道進軍，追擊兩個逃跑者……

保羅奮力抵抗著。實際上，他清醒地知道逝去的每一秒鐘價值都無法估量，每一秒鐘都在拉開他和貝納之間的距離。

三名士兵朝隧道張開的大口猛衝過去，然後是第四個、第五個。另外，子彈如雨點般傾斜在木板屋上。保羅心中計算著：「貝納應該離開六、七百公尺了。追擊他的三名士兵離這兒有五十公尺……現在是七十五公尺，一切都很順利。」

一大群德國人擠擠攘攘地朝木板屋走過來。很顯然，他們不認爲木板屋裡只關著保羅一個人，所以加派了人手。

這次只能投降了。

「是時候了。」他想，「貝納應該逃出了危險區。」

他突然衝向儀錶盤，盤上的操縱桿與隧道裡的砲眼一一對應。他用槍托一下子砸碎了儀錶盤上的玻璃罩，然後拉起第一個操縱桿，接著是第二個。

大地彷彿在顫動。隧道裡傳來雷鳴般的轟轟聲，聲音久久地迴響。

在貝納・唐德維和試圖追上他的一大群人中間的路此時被堵死了，貝納可以安心地把孔拉德親王帶回法國。

保羅走出木板屋，高舉雙手，高興地大喊著：「投降！投降！」

十名士兵頓時包圍住他，一名指揮他們的軍官氣得發瘋，大聲吼道：「把他斃了！立刻、立刻……把他斃了！」

chapter 17

戰勝者的權利

儘管敵人對他很粗暴，保羅卻未進行任何反抗。當敵人憤怒地將他緊緊貼在懸崖垂直的壁面上時，他仍然在心裡思忖著：「從計算上可以估出兩次爆炸地點分別是距離這裡三百公尺和四百公尺。我能夠肯定貝納和孔拉德親王已到達另一邊，而追擊他們的士兵還在這一邊，因此，一切都好轉了。」

他乖乖地服從處決的準備工作，配合的態度有些諷刺，那十二名士兵已經架上槍，排成一排站在電子探照燈強烈的燈光下面，只待長官一聲令下。那位戰鬥開始時保羅打傷的軍士艱難地走到他旁邊，咬牙切齒地說：「開槍！開槍！該死的法國人……」

保羅笑著回答：「不，不，事情不會進展得這麼快。」

「斃了他！」另一個人重複道，「中尉說過要槍斃他。」

「哎，怎麼回事！中尉在等什麼呢？」

中尉在隧道入口快速地巡查一番，之前湧入隧道的那些士兵跑回來了，他們被爆炸放出的氣體熏得喘不過氣。至於貝納需要擺脫的那位軍官，則因流血過多，敵軍不得不放棄從他口中獲得新情報。

就在這時候，兵營那邊傳來消息。人們剛從別墅那邊派來的通訊員那裡得知孔拉德親王失蹤了，上級命令守衛軍官加強警戒，嚴格巡守，尤其要監視好隧道周圍。

當然，保羅預料到他的處決會因爲這件事或其他類似狀況而中止。天開始亮了，保羅料到孔拉德親王因喝得爛醉如泥被留在房間裡，僕人受命叫醒他，這個僕人發現幾道門都鎖著，於是發出警報，所以立刻有人開始搜查。

但讓保羅驚奇的是，人們一點也沒懷疑到孔拉德親王被從隧道綁架走了。站崗的士兵還在昏迷，不能說話。士兵們尚未意識到遠處發現的那兩個人中，是一個拖著另一個走。總之，人們認爲親王被謀殺了，兇手應是把親王屍體扔在採石場的某個角落，然後逃跑了。其中兩個成功逃脫，他們抓住了第三個。一會兒工夫，保羅又想出另一個行動，其勇敢程度簡直超乎想像。

不論怎麼說，在對保羅進行訊問並把結果向上級彙報之前不可能執行槍殺。德國兵把他帶到別墅，首先脫掉了他的德國軍大衣，仔細搜查了一遍，然後把他關進一間臥室裡，由四個體格健碩的小夥子把守。

他昏昏沉沉地睡了幾個鐘頭，很高興能休息一下，因爲他非常需要休息！另外，既然卡爾已經死了，艾米娜伯爵夫人不在，伊麗莎白受到庇護，其餘事情大可放心，剩下的只需要任事情正常發展就行了。

將近十點的時候，一位將軍來探望他，試圖審問，這位將軍雖未得到任何令其滿意的答覆而生起氣來，但仍有節制。保羅覺得這是出於對重要罪犯的尊重。

「一切都進行得很順利。」他心想，「這次來訪只是個前奏，爲了向我宣告一位更重量級、像全權代表一樣的人物將要駕到了。」

根據將軍的話，他得知他們還在繼續尋找親王的屍體。此外，他們也在圍牆外面展開了搜查，因爲有了新發現：他們找到被保羅和貝納囚禁在車庫裡的那名司機，並且從他那裡獲知情報；他們還從崗哨的登記中發現那輛汽車開出去之後又返了回來，這樣就大大地擴大了調查範圍。

中午時分，他們爲保羅備妥豐盛的午餐，對他更爲尊重，還加了啤酒和咖啡。

「我也許會被槍斃，」他想，「但是要按照規定，在他們準確地弄清楚後面這些問題之前，是不會動手的。他們要槍斃的神祕人物是誰？他行動的目的是什麼？取得了什麼成果？而只有我一個人能提供這些情報。所以……」

他清楚地感覺到自己處境的優勢，敵人不得不倒幫他一把。一小時之後，人們把他帶到別墅的一間小廳裡，會見兩位身著盛裝的大人物。那兩人下令再次仔細搜他的身，然後又命人異常小心地將他綑起來。而這些事情發生的時候，保羅一點也不覺得驚訝。

「至少，」他心想，「皇帝的掌璽大臣要親自涉入我的事情……除非……」

考慮到這種局勢，保羅在心底不禁預料會有比掌璽大臣更有權力的人物介入。而當他聽到別墅窗邊有輛汽車停下，看見兩位大人物慌亂的窘樣時，就更加相信自己料想得沒錯。

一切都準備就緒。在貴賓未現身之前，兩位大人物就已擺出軍人架勢，士兵們也站得更加筆挺，活像一個個人體模型。

門開了，那人一陣風似的走了進來，伴隨著軍刀和馬刺的叮噹響。就這樣，來者立刻予人一種十萬火急要馬上離開的感覺，他只能撥出非常有限的幾分鐘來解決想要完成的事情。

他做了個手勢，在場的所有人便都迴避了。德國皇帝和法國軍官面對面地待在一起，皇帝立刻用怒不可遏的聲音問：「你是誰？你過來做什麼？你的同夥在哪裡？聽從誰的命令行事？」在他身上很難看到照片跟報紙畫報裡的那種形象，他的臉蒼老了許多，現在摘下面具，他的臉佈滿皺紋，面色暗黃。

保羅恨得渾身發抖，不僅是因爲想起個人痛苦回憶所激起的仇恨，也是因爲對想像所及最大罪魁禍首的恐懼和不屑引起的仇恨。儘管他很想吐出些客套話，維持最起碼的尊敬，但他還是回答：

「給我鬆綁！」

德國皇帝嚇了一跳，這是第一次有人對他這麼說話，他大聲說：「你忘記了只要我說一句話，你就會被槍斃！你竟敢這樣對我說話！在這樣的情景下！」

保羅不應聲。皇帝走來走去，手按著軍刀的刀柄，刀尖在地毯上拖著，他兩次停下來看著保羅，因爲保羅一副泰然自若的樣子，他更加氣憤地走開了。

突然，他按下一個電鈴的按鈕。「給他鬆綁！」他對急忙應聲跑過來的那個人說。

擺脫了繩子的束縛，保羅站直身子，糾正姿勢，像個立在長官面前的士兵一樣。

房間又一次空了。這時皇帝走過來，和保羅中間隔了張桌子，他用一向生硬的語氣說：「孔拉德親王怎麼樣了？」

保羅回答：「孔拉德親王沒有死。陛下，他很好。」

「啊！」威廉二世明顯鬆了一口氣，仍然避免談論更深刻的話題，「這不會改變你所犯下的罪行：入侵、間諜活動，還不算你殺死了我最好的僕人……」

「是間諜卡爾，對吧，陛下？我殺死他純粹出於自衛。」

「你終於還是殺了他不是？所以，爲這樁謀殺案和其他的罪行，你將被處死。」

「不，陛下。我要用孔拉德親王的命換我的命。」

皇帝聳了聳肩。「如果孔拉德親王還活著，我們就能找到他。」

「不，陛下，你們找不到他。」

「德國沒有任何隱蔽的地方可以躲過我的搜查。」皇帝握緊拳頭篤定地說。

「孔拉德親王不在德國，陛下。」

「嗯？你說什麼？」

「我說孔拉德親王不在德國，陛下。」

「這麼說的話，他在哪裡？」

「在法國。」

「在法國！」

「是的，陛下，在法國的奧諾坎城堡裡，在我朋友們的看守下。如果明晚六點的時候我沒跟他們會合，孔拉德親王會被交給軍方當局。」

國王嚇得呆住了，他的憤怒完全被擊碎，甚至不加掩飾這次打擊對他的重創。這簡直對他、對他的帝國是奇恥大辱，是別人的笑柄。他的兒子被綁架了，全世界的人民聽到這個消息都會忍俊不禁；掌握了這樣一個人質，會讓敵人變得毫無忌憚，所有這一切都體現在他焦慮的目光中，體現在他彎曲的肩膀上。

保羅感受到了勝利帶來的震撼，他把這個男人緊緊握在手中，彷彿掌握住一個跪地求饒的戰敗者。如今，力量的天平已明顯傾向對他有利的一邊，威廉二世抬起頭望著他的眼神都讓他體會到自己的勝利。

德國皇帝隱約地看到今晚上演這場悲劇的幾幕：通過隧道到達這裡，通過隧道綁架走親王，爲了確保攻擊者能夠逃跑而使砲眼爆炸。如此瘋狂大膽的冒險行徑讓他有種挫敗感，他小聲質問：「你是誰？」

保羅稍微改變了一些他生硬的態度，他一隻手微微顫抖著放在他們之間的桌子上，用凝重的語氣說：「十六年前，陛下，九月的一個傍晚……」

「哈！這是什麼意思？」國王一字一句地說道，他被這段開場白驚得愣住了。

「因爲您剛才問我，陛下，所以我應該回答您。」他用同樣凝重的語氣接著說：「十六年前，陛下，九月的一個傍晚，您在某個人的指引下……我該怎麼說呢？這個人負責您的諜報系統，也就是科維尼和艾布雷庫之間的隧道。就在您從位於奧諾坎莊園的一座小教堂裡出來的時候，您遇到兩個法國人，一對父子……您記起來了嗎，陛下？當天正下著雨……這次會面讓您十分不快，您生氣了。十分鐘後，陪同您的那位夫人返回，想誘引其中一個法國人，即那位父親到德國領土上去，藉口您要求與他會面。法國人拒絕了，那個女人便當著他兒子的面殺死了他。他姓戴霍茲，正是我的父親。」

威廉二世越聽越驚訝。在保羅看來，他的臉色裡夾雜了越來越多的憂愁。然而他在保羅的注視下仍然保持平靜，對於他來說，戴霍茲先生的死不過是件無足輕重的小事，身爲一位皇帝根本不會放在心上。只是，他記起這件事了嗎？

他拒絕解釋一件自己肯定未下令讓人去犯的罪行，但是他的縱容讓他成了同謀。沉默片刻之後，他只隨口說了這句話：「艾米娜伯爵夫人該爲她的行爲負責。」

「她只在面對自己的時候對此負責，」保羅指出，「因爲她國家的司法機構不願意人們跟她算這筆帳。」

皇帝聳了聳肩，像他這樣的人物不屑於對德國的道德以及高層政治問題進行長篇大論。他看了看手錶，拉響電鈴，通知他將在幾分鐘之內離開，然後轉向保羅。「這麼說，」他說：「你是爲你父親的死復仇才綁架孔拉德親王？」

「不，陛下，這是我和艾米娜伯爵夫人之間的事，但是和孔拉德親王我有另一筆帳要算。居住在奧諾坎城堡期間，孔拉德親王對一位住在城堡裡的年輕女子百般討好，一直纏著她。被她嚴詞拒絕後，他把她當作俘虜帶到這邊的別墅裡。這位年輕女子是我的妻子，我是來找她的。」

從德國皇帝的態度來看，很顯然他完全不知道這段風流史，他兒子的胡作非爲讓他十分厭煩。

「你確定嗎？」他說：「這位夫人在這裡？」

「她昨天晚上還在，陛下。但是艾米娜伯爵夫人決心剷除她，把我的妻子交給了間諜卡爾，讓他把這個不幸的女子帶走，不讓孔拉德親王找到，並且企圖毒死她。」

「說謊！無恥的謊言！」皇帝大叫起來。

「這就是艾米娜伯爵夫人交給卡爾的毒藥瓶。」

「然後呢？然後呢？」威廉二世用怒不可遏的聲音問道。

「然後，陛下，間諜卡爾死了，我不知道我妻子身在何處，所以回來這裡。孔拉德親王睡著了，我和我的一個朋友把他從房間抬下去，穿過隧道把他帶往法國。」

「你居然做了這種事？」

「是的，陛下，我這麼做了。」

「看來，你企圖用孔拉德親王的自由換取你妻子的自由？」

「是的，陛下。」

「可是，」德國皇帝叫喊道：「連我也不知道她在哪裡啊！」

「她在艾米娜伯爵夫人所屬的一座城堡裡。請您想一想，陛下……乘坐幾小時的汽車就能到達的城堡，那座城堡應該離這兒一百五十公里，最多兩百公里遠。」

德國皇帝沉默不語，用軍刀柄端快速敲著桌子，憤怒不已。

「你對我的要求就這些嗎？」他說。

「不止，陛下。」

「還有什麼？」

「釋放二十名法國俘虜，照這份由指揮法國全軍的總司令將軍所交給我的名單。」

這次，德國皇帝一下子站起身來。「你瘋了！瘋了！二十個俘虜，也許有軍官吧？還有軍長，將軍！」

「名單上也有普通士兵，陛下。」

皇帝根本沒聽保羅說話，從他混亂的動作和語無倫次的話來看，已陷入極端憤怒之中。他用犀利眼神看著保羅。這個小小的法國中尉明明是個俘虜，說起話來卻像個主子，想到要接受他提出的條件，德國皇帝似乎非常不快。非但不能狠狠地處罰這個蠻橫無理的敵人，卻還得好聲好氣跟他談條件，低下頭屈尊受辱地接受他的提議！可是該怎麼做呢？沒有任何辦法，他的對手是個嚴刑拷打也不能使之屈服的男子漢。

保羅又說：「陛下，用我妻子的自由換取孔拉德親王的自由，這筆交易太不平等了。對您來說，陛下，我妻子被囚禁與否有什麼重要呢？不，要釋放孔拉德親王必須進行對等交換，這樣才公正，而二十名法國俘虜並不算多……另外，這些沒有必要對外公開。如果您願意，法國俘虜亦可一個一個地回到法國，就好像交換了同等級別的德國俘虜那樣……這樣的話……」

這些通融的話多麼諷刺啊！說這番話表面上是一種讓步，實際上是爲了減輕失敗者的苦澀滋味，爲了掩蓋對帝王傲氣的打擊！保羅深深地體驗到這幾分鐘裡的趣味。他感覺到這個男人應該很痛苦，自尊心的損傷比起他承受的巨大精神折磨只是九牛一毛，另外，他眼看自己的宏偉計畫就要泡湯，感到自己在命運的重壓之下快垮了……

「加油，」保羅想，「我已經報了自己的仇，但是我的復仇才剛剛開始。」

敵人很快就要屈服了。德國皇帝說：「我想想……我會下命令的。」

保羅反駁道：「等待會有危險，陛下。孔拉德親王被捕一事可能在法國傳開了……」

「好吧，」皇帝說：「把孔拉德親王帶回來，當天就把你的妻子還給你。」

但是保羅毫不留情，他要求對方完全相信他。「陛下，我不覺得事情應該這樣處理。我的妻子處境十分危險，她的性命岌岌可危，我要求立刻把我送到她身邊。今天晚上，她和我，我們兩個就要回到法國，今天晚上我們必須到達法國。」

他用更堅定的語調又重複了一遍這些話，並且補充道：「至於法國俘虜，陛下，他們的移交將根據您提出的條件進行。這是他們的名單及被關押的地點。」

保羅抓起一支鉛筆和一張紙。剛剛寫完，德國皇帝就從他手中搶過名單。

皇帝的臉立刻開始抽搐，可以說，上面的每一個名字都讓他憤怒不已，而他卻對此無能爲力。他把那張紙揉成一團，像是決定要撕毀協議，但抗拒了一陣之後，他突然變得焦急不耐煩，想趕快解決整件惱人的事情。他猛地按了三下電鈴。

一位副官連忙趕緊過來，站在他面前。接著他命令道：「用汽車送戴霍茲中尉去伊登塞姆城堡，然後把他和他的妻子送到艾布雷庫的前沿哨所。一星期之後，你在我們戰線上的同一地點跟他會面。屆時，他將帶上孔拉德親王，你則帶著這名單上的二十名法國俘虜前去。交換要祕密進行，你與戴霍茲中尉商定具體細節。就這樣！你到時提交私人報告向我彙報見面的情況。」

他用短促的句子、威嚴的語氣一股腦地說出這些話，採取的連串措施像是單純地出於帝王的意願，而無承受任何壓力。就這樣解決了這件事情之後，他昂著頭，帶著軍刀和馬刺的叮噹聲走了出去。

「他的功勞簿上又記下了一筆，多麼浮誇的人物！」保羅想著，忍不住笑了出來，引起副官極大的憤慨。

他聽見皇帝座車發動的聲音，這場會面總共不到十分鐘。

過了一會兒，保羅也離開了，乘車前往伊登塞姆城堡。

chapter 18

一三二山嘴

愉快的旅行！保羅興高采烈地完成了這次旅行！他終於達到了目的，這次不像從前那些以最殘酷之失望而告終的冒險；這次冒險有合理的結局，他的努力得到了回報，就連不安的陰影也不再從他心頭掠過。有一些勝利（包括對德國皇帝的勝利）一旦取得，即將前方的障礙全部推倒。伊麗莎白人在伊登塞姆，而他正在前往那座城堡的途中，沒什麼能阻礙他的計畫。

在陽光的照耀下，他似乎認出前一晚黑夜中隱藏的景色，這樣的村莊，這樣的市鎮，旁邊這樣一條河流。他看到一片接一片的小樹林，看到和間諜卡爾搏鬥時旁邊的壕溝。

才一個小時，他就到達伊登塞姆這座古老城堡俯瞰的山丘。城堡前有寬闊的壕溝，壕溝之上架著一座吊橋。一位疑心重重的門房出現了，但是軍官說了幾句話，那些巨大的門便全開啓了。

兩個僕人從城堡裡跑出來，保羅問了一句，他們回答說那位法國夫人正在池塘邊散步。他讓別人指路，然後對軍官說：「我一個人去，之後我們很快就動身。」

剛下過雨，冬日微弱的陽光透過厚重的雲層照亮草坪和樹叢。保羅沿著溫室走，穿過一堆人造岩石，瀑布的細流從岩石上傾瀉而下，在一片黑色冷杉環抱而成的空地中形成了一個大池塘，天鵝和野鴨在池水裡嬉戲。

池塘的盡頭有個平台，幾尊塑像和石凳點綴其間，伊麗莎白就在那裡。

一種說不出的感情讓保羅心煩意亂。從戰爭前夕開始，他就失去了伊麗莎白。從那天起，她遭受了最可怕的痛苦，而她忍受種種痛苦只為一個原因：她想成為丈夫無可指責的妻子，成為一個無可指責之母親的女兒。

保羅就在這樣一刻與她重逢，此時關於艾米娜伯爵夫人的任何指控均尚未消除，而伊麗莎白本人出現在孔拉德親王的宴會上，讓保羅氣憤難當。

但是這一切都太遙遠了！而且絲毫不重要！孔拉德親王卑鄙下流的行為，艾米娜伯爵夫人的罪行及其母女關係，保羅進行的一切戰鬥，他的所有煩惱、所有抵觸、所有憎恨……既然如今他在二十步遠的地方看見了自己不幸的愛妻，這些細節就都無關緊要了。他只想著她曾流過的眼淚，只能看見她在冬日微風中顫抖著的瘦弱身影。

他向她走過去，踩在礫石小徑的聲響引她轉過身來。從她的眼神可以看出，她實際上並沒看清來者，他對她來說就像從夢裡迷霧中浮現的幽靈，這個幽靈應該經常在她恍惚的眼前出現。

她甚至對他微笑了一下。保羅十分悲傷，雙手合十跪在地上。

「伊麗莎白……伊麗莎白……」他結結巴巴地說。

這時，她重新站直身子，把保羅的手放在胸前，臉色比前一天晚上置身孔拉德親王和艾米娜伯爵夫人之間時更加蒼白。保羅的形象從迷霧中出現了，眞實的保羅就在她面前，也在她腦海中。這次她看到保羅了！

他趕忙上前，因爲他覺得她就快倒下了。但她強迫自己恢復氣力，伸出手橫在兩人中間，不讓他往前一步，深情地望著他，好像她想進入他靈魂深處，探清他究竟在想什麼。

他一動不動，充滿愛意，心怦怦直跳。

她小聲呢喃：「啊！我看出你愛我……從未停止過愛我……現在我確定了。」

她仍伸直臂膀，隔在兩人之間，而他也沒有試圖向前移動自己的身體。他們的整個生命跟所有幸福都凝聚在彼此的目光裡，當兩人的目光發狂地交織在一起時，她繼續說：「他們告訴我你被抓了，那麼這是眞的嘍？啊！我是怎樣懇求他們把我帶到你身邊！我是怎樣的卑躬屈膝！我甚至得跟他們同席用餐，附和他們的笑話，戴他們硬送給我的珍珠項鍊。我做這一切都是爲了和你見面！他們總是對我承諾……然後，終於在昨晚他們把我帶到這裡，我以爲他們又要弄我……或者這是一個新陷阱，或者他們終於決定處決我……然後你就來了！你來了！你，我親愛的保羅！」

她把他的臉捧在手心裡，接著突然失望地說：「可是你還要離開嗎？明天就要走嗎？他們不會像這樣過幾分鐘就把你從我身邊奪走吧？你會留下來的，對吧？啊！保羅，我再也沒有勇氣了……別離開我……」

看到他一直微笑，她感到非常驚奇。「你怎麼了？我的上帝啊，你看起來很開心！」

他開始哈哈大笑，把她拉到自己懷裡，不許她有半點反抗。他親吻她的頭髮、額頭、臉頰、嘴唇，說：「我笑是因爲除了笑和親吻妳外沒有別的事情可做，我笑也是因爲我能想像出一大堆荒唐事……是的，想想吧，昨晚的宴會……我從遠處看著妳，難過極了……我昨晚指責妳，卻不知道爲什麼……我眞是愚蠢啊！」

她不明白他爲什麼高興，重複道：「你多麼開心啊！你怎會這麼開心呢？」

「我沒有任何理由不開心，」保羅仍掛著笑容說：「想想吧……我們兩個重逢了！阿特雷德家族①所遭受的痛苦跟我們的不幸相比幾乎不值一提，在經歷了這些不幸之後，我們重逢了。現在我們在一起了，再沒有什麼能將我們分開，妳想，我能不開心嗎？」

「再沒有什麼能將我們分開了嗎？」她惴惴不安地說。

「當然，這有什麼奇怪的嗎？」

「你會留在我身邊？我們要在這裡生活嗎？」

「啊！不是的……我有打算！妳趕快去收拾好行李，我們馬上走。」

「走去哪裡？」

「哪裡？當然是法國。我把一切都仔細衡量過了，只有在那邊我們才能感到自在。」

見她驚訝地看著他，他對她說：「快，我們得抓緊時間，汽車還在等著我們。我跟貝納保證了……是的，妳弟弟貝納，我跟他約定我們今晚前去與他會合……妳準備好了嗎？啊！妳的表情爲什麼如此驚訝呢？妳需要我解釋嗎？可是，我親愛的寶貝，我們需要好幾個小時才能互相解釋清楚啊！妳拒絕了一個蠻橫的君王……然後妳被槍殺……然後、然後……最後，什麼啊！難道我得請求拜託，妳才肯跟我走嗎？」

她突然明白他所言都是認眞的，她一刻不停地盯著丈夫，對他說：「這是眞的嗎？我們自由了？」

「完全自由了。」

「我們要回法國嗎？」

「直接回法國。」

「我們沒什麼要擔憂的嗎？」

「沒什麼可怕的了。」

她霎時鬆了一口氣。這次輪到她笑了，她突然一陣狂喜，連兒時的頑皮和稚氣都無所顧忌的表現出來，差點就手舞足蹈地唱起歌。她的眼淚如雨點般流下，結結巴巴地說：「自由了……一切都結束了！我遭受過痛苦嗎？不……啊！你知道我被槍殺的事？噢，我向你保證，沒有這麼可怕……我會交代這件事，還有許多其他事情……你也是，你得跟我講講。可你是怎麼成功的呢？所以你比他們更有本領吧？比那難以言喻的孔拉德親王，比德國皇帝更有本領嘍？我的上帝，這太可笑了！我的上帝，這太可笑了！」

她不再說話，突然緊緊地抓住他的臂膀。「我們走吧，親愛的。在這裡多待上一秒鐘都是瘋狂的，這些人什麼事都做得出來，他們是騙子、是罪犯。我們走吧……我們走吧……」

他們出發了，旅途中未遇到任何意外，晚上便到達艾布雷庫對面的前方防線。擁有全權的副官命人搖白旗，並下令打開了一個探照燈，而他自己則把伊麗莎白和保羅帶到坐鎮的法國軍官那裡。法國軍官致電後勤部門，一輛汽車被派了過來。九點鐘，伊麗莎白和保羅在奧諾坎城堡柵欄門前停下，保羅派人請來了貝納。他是來接貝納的。

「是你嗎，貝納？」他說：「聽著，我長話短說，我把伊麗莎白帶回來了。是的，她在這輛車裡。我們要出發去科維尼，你也跟我們一塊走。我要去找你和我的公事包，這個時候你得下達必要命令，確保孔拉德親王受嚴密監控。他現在很安全，對嗎？」

「是的。」

「那麼走吧，我們需要追上一個女人，昨天晚上她進入隧道的時候你見過她。既然她在法國，我們就要追捕她。」

「保羅，難道你不覺得我們只要重回隧道，找出往科維尼周邊的通道就能尋到她的蹤跡嗎？」

「那是浪費時間。我們處在備戰的節骨眼上，必須不斷地快速前進。」

「喔，保羅，既然伊麗莎白已經獲救，戰鬥等於結束了。」

「只要這個女人活著，戰鬥就不會結束。」

「這個女人究竟是什麼人呢？」

保羅沒有回答。

*　　　*　　　*

十點鐘，他們三人在科維尼車站前面下了車。這時已沒有火車，所有人都睡了。但保羅沒有洩氣，他去哨所叫醒了軍士，派人找來站長，又派人找到站務員，經過一番仔細的調查，最後終於弄清：就在這個星期一的早晨，有個女人買了一張去堤利堡的車票；她拿著合法的安全通行證，上面寫著安托南夫人。除此以外，沒有其他女子獨自一人出發。那女人穿著紅十字會的制服，而她的簽名，還有身高和面相都跟艾米娜伯爵夫人相符。

「那個女人就是她。」保羅說，此時他和伊麗莎白、貝納已在附近的旅館安頓下來，準備過夜。「就是她，她要離開科維尼必須經過那裡。明天星期二的早晨，我們跟她同樣時間離開。我希望她還沒來得及在法國執行她的計畫，不管怎麼說，只剩這一次機會，我們非得好好利用。」

貝納又問了一次：「這個人到底是誰？」

他回道：「關於這人是誰，伊麗莎白會告訴你的。我們眼前剩一個鐘頭的時間解釋一些問題，然後我們得休息，我們三個都需要休息。」

第二天，他們出發了。保羅的信心無可撼動，儘管他絲毫不知道艾米娜伯爵夫人的意圖，但他確定他們的前進方向無誤。果不其然，他們好幾次找到證據，證明有位紅十字會護士獨自乘頭等車廂旅行，比他們提前一天到達沿途經過的車站。

他們在傍晚抵達了堤利堡，保羅掌握到一些情況：前一天晚上，一輛紅十字會的汽車在車站門口等待，隨後接走了那位女護士。當人們檢查這輛汽車的證件時，發現屬於蘇瓦松後方的一家野戰醫院所有，但是紀錄並未詳細寫明這家野戰醫院的具體位置。

這些情報對保羅來說已經足夠了，蘇瓦松正是戰鬥的前線。

「我們走吧！」他說。

總司令簽發給他的許可狀賦予他所有必要的權利，讓他能夠調用汽車，並進入戰鬥區域。他們在晚餐時分到達蘇瓦松。

蘇瓦松城郊遭到砲擊，被破壞殆盡，空無一人，就連城市本身一大部分看起來也遭棄守。但是，隨著他們逐漸接近市中心，街上出現了一些動靜。許多軍團快速從市中心通過，大砲和軍需彈藥車由馬車拉著飛快地前進。人們幫他們指出一家位在大廣場上的旅館，那裡住著不少軍官，人來人往熙熙攘攘，看上去有些混亂。

保羅和貝納奔跑了起來。人們告訴他們，這幾天，德國人從艾納河另一頭成功地襲擊了蘇瓦松對面的斜坡。前兩天晚上，輕裝步兵營和摩洛哥軍團攻取了一三二山嘴，而昨天晚上，在掌握陣地的基礎上，法軍又佔領了克魯伊峭峰上的戰壕。

然而，前一天晚上敵人猛烈反擊的時候，發生了一件怪事。由於天降大雨，艾納河河水上漲，洪水沖走了維倫紐夫和蘇瓦松兩地所有的橋樑。

艾納河河水上漲算正常，但不管洪水如何兇猛，也解釋不了所有的橋何以都被沖斷，尤其橋的斷裂和德軍的反擊發生在同一時間，似乎是什麼人動了可疑的手腳，大夥兒正想辦法弄清楚。橋的斷裂使增援部隊無法到達，法國部隊的局勢更形險峻。法國軍隊在一三二山嘴上堅守了一整天，戰鬥非常艱苦，損傷慘重。這時，人們把砲兵中隊的一部分帶到了艾納河右岸。

保羅和貝納片刻也沒猶豫，從中他們立即認出艾米娜伯爵夫人插手的痕跡。橋樑被炸毀和德軍攻擊兩件事都在她到達的同一天晚上發生，如何能不懷疑這是她精心設下的局，等待大雨使艾納河漲潮的機會執行。這整件事證明了伯爵夫人和敵方參謀部合作無間。

另外，保羅想起她和間諜卡爾在孔拉德親王別墅台階前說過的那幾句話：「我將去法國……計畫成熟。時機十分有利，參謀部已向我通知……所以我明天晚上就能到達那邊，最後的工作了……」

這件最後的工作，她已經完成了。所有橋樑事先都被間諜卡爾或他的特務動了手腳，弄得不結實，如今塌裂了。

「很顯然，這是她做的。」貝納說：「那麼，如果是她，爲什麼你看起來這麼擔心？你倒應該高興才是啊，因爲我們肯定能逮住她。」

「是的，但我們能及時逮住她嗎？在她和卡爾的對話裡，她還提到了另一種威脅，我覺得那更加嚴重。我幫你重複一下她說的那段話：『好運轉向我們這邊啦，如果我獲得成功，這就是一連串倒楣事的終結。』因爲他的同謀問她是否取得了皇帝的同意，她的回答是：『無妨的，這種事情不在我們討論的範圍之內。』你很清楚，貝納，她說的既非指德軍進攻，也不是炸毀橋樑——這件事一早皇帝就知道了——不，這是說另外一件事，那件事和其他時間同時發生，再加上這件事，他們話裡的意思就完整了。這個女人不會認爲向前推進一兩公里就能結束她所謂的一連串倒楣事。那是什麼呢？會發生什麼事呢？我不知道。我是因爲這個才擔心的。」

這一整夜，再加上十三日星期三一整天，保羅都用來在城市的街頭巷尾和艾納河岸進行調查。他和軍方當局取得了聯繫，一些軍官和士兵也加入搜尋行動，他們仔細搜尋了這一帶的房子，詢問了許多居民。

貝納主動提出要陪保羅去，但被他堅決地拒絕了。「不。的確，這個女人不認識你，但是不該讓她看到你姊姊。所以我要求你和伊麗莎白待在一起，別讓她出去，要一刻不停地守著她，因爲我們是在跟最可怕的敵人打交道。」

於是，姊弟兩人一整天都貼在玻璃窗上往外探看。保羅急匆匆地回來用餐，他內心充滿希望，激動得發抖。

「她就在那裡。」他說：「和陪她坐車來的人一樣，她不得不退去護士的僞裝，蜷縮在某個洞裡，就像蜘蛛藏在蛛網後面。我彷彿看見她手裡拿著電話向一群人發號施令，那些人也和她一樣躲在洞裡。但是我開始看出她的計畫了，我比她佔有優勢，因爲她自以爲是安全的。她不知道她的同謀卡爾老早沒命了；她不知道我和威廉二世的會面；她不知道伊麗莎白已經獲救了；她也不知道我們在這裡。我把她捏在手裡了，這個可惡的女人，我把她捏在掌心裡了。」

然而戰鬥的消息並沒有好轉。河左岸的軍隊依然在撤退，克魯伊峭峰傷亡慘重，厚厚的泥漿阻礙了摩洛哥軍團的衝鋒，而匆忙搭建的一座浮橋又被水流沖走了。

當天晚上六點保羅返回的時候，袖子上沾到幾滴血，嚇壞了伊麗莎白。

「這沒什麼，」他笑著說：「我不知道什麼地方擦傷了。」

「可是你的手，看看你的手，你在流血！」

「不，這不是我的血，不要擔心，一切都很好。」

貝納對他說：「你知道總司令今天早上來到蘇瓦松了嗎？」

「是的，大概是……太好了！我想把間諜和她的同夥們交到他手中，這將會是一份好禮。」

他又離開了一個小時，而後再返回用晚餐。

「現在，你對事情似乎頗有把握。」貝納說。

「有可能嗎？那個女人是藏於人類中的魔鬼。」

「但是你知道她的巢穴在哪了嗎？」

「是的。」

「那你在等什麼呀？」

「等到九點鐘，在此之前，我要好好休息。九點前請叫醒我。」

這日夜間，大砲不停地在遠處發出轟轟鳴響，有時一顆砲彈落在城裡，發出轟天巨響，而部隊在四面八方奔走。中間夾雜著一陣陣寂靜，好像戰爭的所有噪音都停止了，也許這段安靜時刻的背後眞相才是最爲恐怖。

保羅自己醒過來了，他對他的妻子和貝納說：「知道嗎，你們也要參與這回冒險。這並不簡單，伊麗莎白，任務艱難，妳確定妳不會退縮嗎？」

「噢！保羅……看看你自己，你臉色多蒼白啊！」

「是的，」他說：「我有點激動，但這絲毫不是因爲將要發生的事情……儘管已經採取了一切預防措施，直到最後一刻，我仍然害怕敵人會脫逃。」

「可是……」

「啊！是的，稍有不慎、稍有半點閃失讓她提高了警覺，一切便都要從頭開始……你在忙什麼呢，貝納？」

「我要拿我的手槍。」

「沒有用處。」

「什麼？」年輕男子說：「難道我們在你的冒險行動中不需要戰鬥嗎？」

保羅不作答。根據他的習慣，他只有在行動中或者行動後才會說出來。

貝納拿起他的手槍。九點的鐘聲敲響了最後一下，此時他們在黑暗中穿過大廣場，一家關著門的商店裡透出幾縷微光。

他們感覺到教堂的巨大陰影，一群戰士正在這座教堂前的廣場上集合。保羅用手電筒的燈光照著他們，對他們的指揮官說：「中士，沒有什麼新狀況吧？」

「沒有，中尉。沒人走進屋子，也沒有人走出來。」

中士輕輕吹了聲口哨。兩個人從周圍黑暗中現身，走到路中央，突然轉向這群戰士。

「屋子裡沒有任何動靜嗎？」

「沒有，中士。」

「百葉窗後面沒透出燈光嗎？」

「沒有，中士。」

這時，保羅開始向前推進，其他人則按照他的指令跟著他，不發出半點聲響。他堅定地前進，就像個晚歸散步者返回自己的家一樣。他們在一棟小房子前面停了下來，黑夜中人們只能勉強分辨出房子的一樓，門前有三級台階。

保羅輕聲敲了四下門，同時從口袋裡拿出鑰匙，打開大門。在大廳裡他重新點亮手電筒，他的同伴們一直保持安靜，他則朝廳裡的一面落地鏡走過去，輕輕地敲了四下鏡子。他扶著鏡子的一邊，然後推開。這面鏡子掩藏了一段通往地下室的樓梯入口，他立刻把手電筒的燈光照了進去。

這應該是個信號，約定好的第三個信號，因爲樓下傳來一個女人的聲音，這聲音低沉又很粗野、嘶啞。她問：「是您嗎，瓦特神父？」

行動的時刻到來了。保羅沒應聲，幾下子衝下了樓梯。他到達那一刻，地下室大門正要重新關閉，地窖的入口即將被堵上，他猛地一扳……然後進去了。

艾米娜伯爵夫人在裡面，一動不動地站在昏暗中，猶豫不決。接著，她突然跑到地窖另一邊，拿起桌上的一把手槍，轉過身就開槍。彈簧發出喀嚓聲，但沒有任何彈藥爆炸的聲音。

她又開了三槍，三槍都是這種情況。

「頑強抵抗是沒有用的。」保羅冷笑道：「槍被退膛了。」

伯爵夫人發出憤怒吼叫聲，拉開桌子的抽屜，拿起另外一把手槍，一下一下地開了四槍，也沒有任何槍響。

「沒什麼可做的了，」保羅笑著說：「那把槍也被退膛了，第二個抽屜裡的槍也一樣，這房子裡所有的武器都一樣。」

她驚恐地看著，無法理解，驚訝於自己的無能爲力。他向她問好，稍作自我介紹，僅僅吐出幾個字，卻能說明一切：「我是保羅・戴霍茲。」

譯註：

①阿特雷德家族（Les Atrides）是希臘神話中阿特伊斯（Atrée）的後人。傳說他們的房子是用阿特伊斯雙胞胎兄弟的鮮血築成的，因此阿特雷德家族的人多為殺人凶手、弒君者、殺害嬰兒者跟亂倫者。

chapter 19

霍亨索倫王族①

雖然不知道地窖的尺寸，它依仍具有香檳地區帶拱頂式大廳那般氣勢，牆上十分潔淨，地板也一樣，有幾條磚砌的小路；周圍溫度適宜，在兩隻酒桶間有個凹室用簾子遮蓋著，座椅、家具、地毯樣樣不缺，這一切構成了躲避砲彈襲擊的舒適住處，同時也構成了一個完美隱蔽處，避免有人誤闖。

保羅想起伊塞河畔老燈塔的廢墟，想起奧諾坎和艾布雷庫之間的隧道。就這樣，戰鬥在地底下持續著。壕溝戰、地窖戰、間諜戰、計謀戰，都是些暗地裡的手段，是不光彩的可恥手段，甚至是犯罪。

保羅關掉手中的燈，大廳裡只剩下一盞掛在拱頂的煤油燈，光線相當昏暗。煤油燈外罩著不透明的燈罩，燈光全集中在一個白色的圈內，他們兩人正站在這個白圈中間。

伊麗莎白和貝納待在後面暗處，中士及其部下沒有出現，但能聽見他們在樓梯下方走動的聲音。

伯爵夫人一動不動，她穿著在孔拉德親王別墅宴會上同樣的衣服，臉上看不到害怕和驚訝，更確切地說，她在努力思考，似乎想計算出周圍的情況洩露出去會有什麼後果。保羅・戴霍茲？他突襲的目的爲何？也許……（這種念頭明顯逐漸使艾米娜伯爵夫人的表情緩和下來），也許他是來救他妻子的。

她笑了笑。伊麗莎白被囚禁在德國，用她來交換自己，是多麼值得的條件，對她來說，儘管深陷圈套，但仍然能控制所有事情！

保羅打了個手勢指示貝納向前幾步，然後對伯爵夫人說：「這是我的小舅子，海爾曼少校被囚禁在船工屋時也許見過他，或許也見到過我。但讓我們說得更清楚些吧，無論如何，唐德維伯爵夫人竟未認出，或者說至少是忘記了她的兒子，貝納・唐德維。」

現在她似乎完全放心了，表情好像在跟旗鼓相當的對手戰鬥，甚至覺得自己更有力量。所以她在貝納面前沒有發慌，用一種輕鬆的語調說：「貝納・唐德維長得很像她姊姊伊麗莎白，機緣巧合，我過去常常跟她見面，三天前我還跟她同桌用餐呢，她跟我，還有孔拉德親王。親王非常愛慕伊麗莎白，這也難怪，因爲她十分迷人又可愛！說實在的，我也很喜歡她！」

保羅和貝納做出同樣的反應動作，若非他們成功控制住心中的仇恨，早就向伯爵夫人衝過去了。保羅感覺到他的小舅子極端憤怒，便把貝納拉開，然後用同樣輕快的語氣，向敵人挑釁般地回答：「是的，我知道……我當時也在那裡……我甚至親眼看著她離開。」

「眞的？」

「眞的。您的朋友卡爾還在他的車裡給我留了個座位哪！」

「在他的車裡？」

「正是，我們一起出發前往您的伊登塞姆城堡……那眞是個漂亮的住所，我本來很樂意完整地參觀一下，可是在那裡逗留太危險，時常有致命的危險……所以……」

伯爵夫人看著他，越來越顯焦慮。他想說什麼？他怎麼知道這些事？爲了看清楚敵人的計謀，這次輪到她想嚇唬他了。伯爵夫人用刺耳的聲音說：「的確，在那裡逗留有致命的危險！那裡的空氣對所有人都不好……」

「空氣裡有毒……」

「是的。」

「那麼您擔心伊麗莎白嗎？」

「說實在的，我擔心她。這可憐的小姐健康狀況已經不樂觀，我放心不下，除非……」

「除非她死了，對嗎？」

她沉默了片刻，接著爽快地回應，讓保羅完全明白其中意涵：「是的，除非她死了……即使她還沒死，也挺不了多久了。」

這句話說出後，出現了長時間的沉默。面對這個女人，保羅又一次浮現殺人的欲望，飽嘗雪恨的欲望。他的義務是殺死她，若不執行這項義務便是犯罪。

伊麗莎白待在三步遠的黑暗中，保羅則不發一語，慢慢地轉過身舉起臂膀，按下手電筒開關，把燈光照向那名年輕女子，這樣她的臉就完全被照亮了。

保羅從未想到完成這個動作時，會在艾米娜伯爵夫人身上造成如此強烈的衝擊。像她這樣的女人不會犯錯，她以爲自己產生了幻覺，或僅是長相相似的兩個人。不！她當場就明白保羅救出了他的妻子，伊麗莎白就站在她眼前。可是這種怪事怎可能發生呢？她三天前已把伊麗莎白交到卡爾手中……現在她應該死了，或被關在哪座德國城堡裡，由兩百萬德國士兵看守者，任何人皆不能接近……伊麗莎白在這裡？她在不到三天的時間裡從卡爾手中逃了出來，逃出伊登塞姆城堡，而且穿過了兩百萬德國雄兵的防線？

艾米娜伯爵夫人面部扭曲，在用作防護的桌子前面坐了下來，憤怒地用緊握的拳頭貼在臉上。她清楚瞭解當前的局勢，這既不是開玩笑也不是在挑釁，再也不是一次可以討價還價的交易了。在她玩的這盤可怕棋局中，她頓時失去所有勝利契機，必須忍受勝利者的法則，而勝利者就是保羅・戴霍茲！

她結結巴巴地說：「你們到底想做什麼？你們有什麼目的？要殺死我嗎？」

他聳了聳肩。「我們不是會取人性命的人，您要在這裡接受審判。我們經過合法詰辯才會將您定刑，您可以爲自己辯護。」

她身子一顫，反駁道：「你們不是法官，沒有權利審判我。」直到這一刻，她都不瞭解恐懼這種情感，現在她的臉上卻逐漸露出恐懼神色，不斷低聲呢喃自語：「你們不是法官……我反對……你們沒有權利。」

這時，樓梯那邊傳來一陣喧鬧聲，一個聲音喊道：「立正！」幾乎在同時，那扇半掩著的門被推開，三位穿著軍大衣的軍官走了進來。保羅迅速走過去和他們會面，讓他們坐在燈光照不到的椅子上。

第四個人跟了進來。保羅接待了他，讓他坐在更遠的地方，跟其他人分開。伊麗莎白和貝納兩人則挨著站在一起。

保羅回到原來的位置，並往前走了幾步，站在桌邊。他嚴肅地說：「我們確實不是法官，然而我們也不想執行一項不屬於我們的權利。審判您的人在這裡，由我負責指控。」保羅說這些話的時候，語調尖銳，語鋒銳利，非常有力。

他立刻毫不猶豫地說了起來，好像事先即準備好要控訴的一條條罪狀似的。他用一種客觀的語調說話，不想在其中表現出憎恨或憤怒，開始陳述。

「您在伊登塞姆城堡裡出生，您的祖父是這裡的主人，一八七〇年普法戰爭的時候這座城堡被交予您的父親。您的確是叫艾米娜，全名是艾米娜·霍亨索倫。您的父親以這個姓爲榮，儘管他沒有這個權利使用它。但是老皇帝對令尊特別關照，不准人們對他使用這個姓提出異議。他以陸軍上校官階參加了一八七〇年的戰役，並以其殘忍和前所未有的貪婪而臭名昭彰。裝飾你們伊登塞姆城堡的所有財富全來自法國，更加厚顏無恥的是，每一件物品上都有標籤，註明其來源和從誰的手裡搶來。另外，門廳裡有一塊鑲著金子的大理石板，上面標註著由伯爵上校霍亨索倫下令燒毀的法國村莊之名。威廉二世來過這座城堡，他每次經過這塊大理石板的時候，都要向其致敬。」

伯爵夫人漫不經心地聽著，保羅講述的這段故事對她來說一點都不重要，她在等待關於她的那部分質詢。

保羅繼續說：「您從令尊那裡遺傳到兩種感情，這兩種感情支配了您的一生。第一種就是對霍亨索倫王朝過度的迷戀，好像透過一個偶然的機會，因爲皇帝，或者準確地說是國王心血來潮，您的父親才依附於這個王朝。第二種即是對法國殘酷野蠻的仇恨，您的父親後悔沒能對法國造成致命一擊。您把整個身心都集中在對霍亨索倫王朝的喜愛，您很快長大成人，並把這種愛轉移到現在王朝的代表人身上，以至於做了一段不切實際的妄圖登基稱后的夢以後，您原諒了他的一切，甚至他的婚姻，他的薄情寡義，您全心全意效忠於他。他把您嫁給了一個奧地利王子，但對方莫名其妙地死了；接著又把您嫁給了一位俄羅斯王子，這位王子又莫名其妙地死了。您在各處都只爲您唯一的偉大偶像工作。在英國和德蘭士瓦發生戰爭的時候，您就在德蘭士瓦，當日俄戰爭爆發的時候您在日本，到處都有您的身影；魯道夫王子被暗殺的時候，您在維也納；亞歷山大國王和德拉格王后被暗殺時，您在貝爾格勒。②但是，我不想過多強調您的……外交角色，我急於說明您偏好的使命，那項您二十年前就投入的對付法國之使命。」

艾米娜伯爵夫人兇惡又得意的面部在抽搐。是的，這是她最喜歡的使命，她把自己的全部精力和壞心眼都投注在這項任務上。

「還有，」保羅更正道：「我也不再強調您宏偉的準備工作和間諜工作了。只是在北部的某座村莊裡，一座教堂的頂部，我發現您的某名同謀帶著一把刻著您簽名首字母縮寫的刀。發生的一切事情，都是您一手策劃組織並施行的。我收集到的證據，包括您寫給聯絡人以及他們寫給您的信件，已經上交到法院。但我想特別強調的部分是您在奧諾坎城堡上所下的工夫。另外，這不會耽擱很久，只是有關連串凶殺案的一些事實，僅此而已。」

又是一陣寂靜。伯爵夫人既好奇又擔心，伸出耳朵仔細聽著。

保羅說：「一八九四年，您曾建議皇帝在艾布雷庫和科維尼中間挖一條隧道。經過工程師們的研究發現，唯有佔領奧諾坎城堡，這項龐大工程才有可能進行，並在將來發揮作用。城堡的主人剛好身體孱弱，可他不會很快死去，於是您便來到科維尼。八天之後他去世了，這是第一樁命案。」

「你在撒謊！你在撒謊！」伯爵夫人喊道。「你缺乏任何證據，我不相信你能拿出證據。」

保羅沒有回答，繼續說：「沒有任何公開訊息，城堡就被拍賣了，可以說是在祕密中進行的，這件事無法解釋。可是，半路出了岔子，您委託的那位商人太過愚蠢，居然把城堡賣給了唐德維伯爵。伯爵於次年帶著妻子和兩個孩子入住城堡，您爲此憤怒不已、心情煩亂，但仍決定開工，在小教堂那裡進行初步探測，當時小教堂還在莊園外面。皇帝幾次從艾布雷庫過來，某天從這座教堂裡走出來時，他被我的父親和我撞見，並被認了出來。十分鐘之後，您過來與我父親攀談，之後我受了傷，我父親倒下。這是第二樁命案。」

「你在撒謊！」伯爵夫人又一次大聲喊道：「這都是謊言！你沒有任何證據！」

「一個月之後，」保羅繼續說，他一直保持平靜，「伯爵夫人因爲身體不適，不得不離開奧諾坎去南部治療，最後她倒在丈夫的懷裡。妻子的去世使唐德維先生對奧諾坎產生極大的反感，他決定再也不回到那裡去。

您的計畫立刻開始執行，城堡空了，您需要在裡面安頓下來。怎麼辦呢？收買守城人傑羅姆和他的妻子。是的，您收買了他們，所以我才上當，我被他們誠實的面孔和敦厚的態度給欺騙了。您收買了他們，那兩個可恥的人事實上並非他們所言是亞爾薩斯人，那不過是他們的藉口。他們沒有預見到背叛的後果，接受了您的收買。從那時起，您就像在自己家一樣，在您需要的時候自由出入奧諾坎城堡，根據您的命令，傑羅姆甚至隱匿了艾米娜伯爵夫人的死，正牌艾米娜伯爵夫人的死。因爲您也叫艾米娜，也沒有人認識已不在世上的唐德維夫人，一切都進行得再順利不過。

此外，您還採取了許多防範措施，其中一項誤導了我——守城人和他妻子跟您串通一氣的事也是一樣——就是從那時以後唐德維伯爵夫人再沒住過的臥室配間裡的那幅肖像畫。您找人替您畫了一張同樣大小的肖像畫，放在原來那個寫著伯爵夫人名字的畫框裡。這張畫把您畫得跟她相仿，從衣著到髮型都一模一樣。簡而言之，從一開始您就扮作您想成為的那個人的樣子，甚至在唐德維夫人還活著的時候，您就開始模仿她的穿著。從那時候起，您便喬裝成艾米娜·唐德維伯爵夫人，至少您在奧諾坎居住的時候是這麼做的。

只剩下一個危險，那就是唐德維先生有可能突然回到城堡。為了確保萬無一失，只有一個辦法，那就是謀殺滅口。所以，您想辦法認識唐德維先生，這樣您就能監視他，和他聯絡。只是後來發生了一件您沒有計算到的事：您對自己選擇的犧牲者逐漸產生了感情，對於像您這樣的女人，這的確出乎意料。我把那張您從柏林寄給唐德維先生的照片也收入卷宗裡。那個時候，您希望跟他結婚，但是，他看清您的把戲，避開了您，於是你們的關係決裂了。」

伯爵夫人皺起眉頭，嘴唇擰在一起。同時，她看著自己的生活就這樣被公諸於眾，連微小的細節都被展示出來，她並不感到恥辱，而是感到驚訝。她過去的罪行突然從黑暗中浮現，而她以為這些早已被埋葬。

「戰爭爆發的時候，」保羅繼續說：「您的計畫剛好成熟，您在艾布雷庫和隧道入口設立了崗哨，您準備好了。我和伊麗莎白結婚，突然來到奧諾坎城堡，看到殺害我父親的凶手之後失去理智，所有這一切，傑羅姆都告訴了您。您有些驚訝，於是臨時設下陷阱，這一次，輪到我差點遇害。但是動員令讓您擺脫了我，您終於能夠恢復行動。三個星期之後，科維尼遭到砲轟，奧諾坎被佔領，伊麗莎白遭孔拉德親王囚禁。

您在那裡度過了無法形容的一段時日。對您來說，這是復仇，但也是多虧了您才取得的偉大勝利。偉大的夢想實現了，或者說基本實現了，這是霍亨索倫家族最鼎盛的時刻。再過兩天巴黎就會淪陷，再過兩個月，就能拿下整個歐洲。您是多麼的陶醉啊！我瞭解到您這個時期說的話，並且看了您寫的信，它們見證了您眞正的瘋狂——您極度自負、野蠻、荒謬絕倫，瘋狂到超乎人類的地步……

然後，警鐘突然敲響，馬恩河大捷扭轉局勢！啊！關於這個，我也看到了您寫的信。一個像您這樣聰慧的女人應該一下子就預料到希望破滅了，想必您早已預料到啦，從此您不再確信能夠取得勝利。您向皇帝報告了情況，是的，您在信中寫到了這點！我有那封信的抄本！但是，必須進行防衛，法國部隊逼近了。透過我的小舅子，您得知我在科維尼。伊麗莎白會得救嗎？伊麗莎白，她知道你們一切的祕密……不，你要她死掉。是您下令對她行刑，一切準備就緒，結果多虧了孔拉德親王，她得救了，於是您不得不模擬了個槍殺的場景，讓我停止尋找她。但不管怎樣，最後她還是被擄走了。然後，又有兩個人犧牲了，就是傑羅姆和羅莎莉，他們的死讓您鬆了一口氣。這兩個人因爲深感內疚，也十分同情伊麗莎白所遭受的折磨，於是嘗試帶著她逃跑。您害怕他們的證詞，於是派人槍殺滅口，這是第三樁和第四樁命案。第二天，兩名士兵被您派來的人當作我和貝納殺死了，這是第五椿和第六椿命案。」

就這樣，整齣悲劇的每一幕悲慘情節都按照事件和命案發生的順序呈現出來。這是一場充滿恐怖的表演，正是這個罪大滔天之女子一生犯罪的寫照。命運之神將她囚禁在這個地窖深處，面對著不共戴天的敵人。但是，她怎麼看起來仍未失去全部的希望呢？事實如此，貝納注意到了這一點。

「看看她，」貝納一邊走近保羅，一邊說：「她看了兩次錶，看起來像是在等待奇蹟的發生，或者說，她在等待有人直接來救她，援兵會在某個約定時刻到達。看……她的眼睛在搜尋什麼……她在傾聽……」

「讓樓梯下面的所有士兵都上來。」保羅回應：「沒有理由不讓他們聽聽我剩下要說的話。」

接著，他轉向伯爵夫人，用越來越激動的聲音說：「我們接近結局了。戰爭開始之後，您就以海爾曼少校的身分出現，這使您跟隨軍隊或者扮演間諜頭子來說更方便。海爾曼，艾米娜……海爾曼少校，您出於需要讓人們認爲那是您的兄弟，而其實這個人就是您，艾米娜伯爵夫人。我無意中撞見那場會面，您和假拉森——更準確地說是間諜卡爾，就在伊塞河畔的燈塔廢墟裡。我抓住並綁在船工屋閣樓裡的正是您。

啊！那天您錯過了多麼好的機會啊！您的三個敵人受了傷，您伸手就能搆到……可是您逃跑了，沒有發現他們，沒把他們解決掉！從此，您再也不知我們的情況。一月十日星期日，您和卡爾在艾布雷庫會面，在這次不祥約會裡，您向他表達了無情的意願，要除掉伊麗莎白。而這一天，我正好趕上了你們的會面。我參加了孔拉德親王的晚宴！晚宴過後，您把毒藥瓶交給卡爾的時候我在場！甚至您給卡爾下最後的指令時，我就坐在那輛汽車的座位上！我無處不在。還有，當天晚上卡爾就死了，之後我綁走了孔拉德親王。第二天，也就是前天，憑著手中這樣一個人質，我迫使德國皇帝和我進行交易，我提出條件，他只能乖乖順從，第一個條件就是立刻釋放伊麗莎白。皇帝退讓了，所以我們才能來這裡！」

保羅說的每一句話都像在圍獵艾米娜伯爵夫人，說得十足有力、毫不留情。但是其中一句話讓她心煩意亂，好似發生了最恐怖的災難。她結結巴巴地說：「死了？你說卡爾死了？」

「他在試圖殺死我的時候，被他的情婦擊斃了。」保羅又一次無法控制自己的仇恨，大喊道：「就像一頭發狂的野獸一樣被打倒了！是的，間諜卡爾死了。至死他都是個叛徒，他一生都在當叛徒。您跟我要證據？這是在卡爾的口袋裡找到的！我從他的記事簿裡讀到了您所犯下的罪行，還有您信件的抄本，以及一些您信件的原件。他預想到早晚有一天，當您的使命達成之後，您會殺害他以保安全。他提前復仇了……像傑羅姆和羅莎莉一樣復仇了，這二人爲您的命令即將被槍殺之時，把您在奧諾坎城堡的祕密身分給透露出來。這就是您的同夥們！您殺了他們，但是他們要您付出代價。要控訴您的人不是我，是他們。他們的信件和證詞已經提交給您的法官們。您還有什麼要回答的嗎？」

保羅幾乎站在和她面對面的位置，只靠桌子一角把他們分隔開，他用盡全部的憤怒和厭惡威脅著她。她一直退到牆邊的一個衣架下，衣架上掛著衣服、工作罩衫，還有一大堆舊衣服，應該是她用來僞裝自己的。雖然她被團團圍住，落入陷阱，在這麼多證據面前啞口無言，儘管被揭穿了眞面目，感到無能爲力，卻依然保持著藐視、挑釁的態度。她認爲這盤棋還沒全輸掉，她的手裡還有幾張王牌。

她說：「我沒必要回答。你們說的是一個犯下許多命案的女人，而我不是那個女人。現在不是要證明艾米娜伯爵夫人是間諜、是兇手，而是要證明我就是艾米娜伯爵夫人。可是誰能證明呢？」

「我！」有個聲音說。之前保羅指定三個人充當法官的角色，同時進來的還有這第四個人，他坐在稍遠處，同樣一動不動地安靜聆聽著。

這個人向前走了一步，燈光照亮了他的臉。

伯爵夫人嘟囔道：「斯特凡・唐德維……斯特凡……」

正是伊麗莎白和貝納的父親！他臉色十分蒼白，因爲傷勢剛剛痊癒，身體尙很虛弱。他親吻他的兩個孩子。

貝納激動地對他說：「啊！爸爸，您來了。」

「是啊，」他說：「我得到司令的通知，應保羅的要求而來。妳的丈夫是個勇敢的人，伊麗莎白。我們不久前在蘇瓦松的街道上已見過面，他告訴我發生了什麼事。而現在，我明白他爲了……打垮這條毒蛇所做的一切……」

他面對伯爵夫人站著，人們可以感覺到他將要說出的話的重量。有一刻，她在他面前低下了頭，但是她的眼神立刻恢復到挑釁的狀態。她說：「你也是來指控我的嗎？這次輪到你了，你要說什麼不利於我的話嗎？都是些謊言，對嗎？一些破壞我名譽的話？」

他等了許久，長時間的沉默蓋過了剛才那段話。接著，他慢慢說道：「首先，剛才妳要求對妳的身分進行證明，我帶來了證據。妳過去出現時，使用的不是眞實姓氏，用那個姓妳成功地獲得了我的信任。後來，妳試著在我們之間建立更緊密的關係，妳向我透露了妳的眞實身分，希望藉由妳的頭銜和姻親關係來引誘我。所以，我有權利也有義務在上帝和人們面前宣布，妳就是艾米娜·霍亨索倫伯爵夫人。另外，正因爲妳是霍亨索倫夫人我才心生反感，斷絕了與妳的聯繫，那段關係讓我痛苦。我的角色本身就是證人。」

「卑鄙的角色，撒謊的角色！我早就說過了，你們沒有證據！」她狂怒地大喊。

「沒有證據？」唐德維伯爵走近她，氣得渾身顫抖。「那麼這張由妳簽名、從柏林寄過來的照片呢？在這張照片裡，妳竟然厚顏無恥地把自己打扮成我妻子的模樣！是的，就是妳！妳！妳竟敢這麼做！妳以爲努力讓自己的形象跟我可憐妻子的形象相似，就能在我身上激起對妳有利的好感！妳沒有感覺到這對我來說是最大的侮辱，是對亡者最大的不敬！在發生了這麼多事之後，妳、妳、妳竟敢……」

伯爵跟剛才的保羅一樣，站在她面前，用滿腔仇恨威迫著她。

她感到有些尷尬，小聲說：「如何呢，爲什麼不敢？」

伯爵握緊拳頭，繼續說：「的確，爲什麼不敢呢？當時我不知道妳到底是誰，也不知道發生過的悲劇……從前的悲劇……儘管以前我就因爲一種本能的反感拒絕了妳，可是直到今天我才明白事情之間的聯繫，所以現在我懷著前所未有的憎恨指控妳……現在我知道了……是的，我知道了，而且完全確定。我妻子臨終的時候，在她的房間裡，醫生幾次對我說：『這是種怪病。支氣管炎、肺炎，但還有一些我不明白的事……這些症狀……爲什麼我不說出來呢？是中毒的症狀。』我當時還提出反對，說這種假設是不可能的。我的妻子被毒死！被誰呢？被妳，艾米娜伯爵夫人，被妳！我今天確定了。就是妳！我用我的靈魂起誓！要證據嗎？妳的一生本身就是證據，妳一生所犯的罪在指控妳。

唉，還有一點是保羅・戴霍茲沒有弄清楚的。他沒有弄明白爲什麼妳殺害他父親時，穿著和我妻子相似的衣服。爲什麼？是爲了一個可惡的理由：這時候，我的妻子已經死了，從這時起，妳就已經想在有可能無意中撞見妳的人腦中造成混亂，讓他們分不清唐德維伯爵夫人和妳。證據是不容辯駁的。我的妻子妨礙了妳，所以妳殺害了她。妳猜想一旦我妻子死了，我就不會再回奧諾坎，所以妳殺死了我的妻子……保羅・戴霍茲，你宣布了六樁命案。這是第七樁，她殺害了唐德維伯爵夫人！」

他舉起雙拳，放在艾米娜伯爵夫人面前，氣得渾身發抖，大家還以爲他會出手呢。

可是，她依然無動於衷。對於這項新的指控，她一個字都沒有反駁。一切對她來說似乎都不重要了，無論是這項意外指控，還是壓在她頭上的所有罪行都無關緊要。所有的危難都離她遠去了，她要回答的東西也不再困擾她。她正在忖思別的事情，她在聽這些話以外的東西。她看著這個場景以外的什麼東西，跟貝納留意到的一樣。她更關心外面的情況，勝於自身所處的可怕環境。

可是爲什麼呢？她在期待什麼呢？

她第三次看錶。一分鐘過去了，又一分鐘過去了。接著，地窖高處的某個地方傳來一陣響聲，是什麼東西啓動的聲音。

伯爵夫人重新站直身子，聚精會神地聽著，表情非常焦慮，所有的人都沒有打破屋子裡的沉寂。保羅．戴霍茲和唐德維先生本能地退到桌子旁。伯爵夫人聆聽著，聆聽著……

突然，她頭上的拱頂深處響起一陣鈴聲。只持續了幾秒鐘……均勻地響四下……就這樣而已。

譯註：

①霍亨索倫（Hohenzollern）是歐洲的王室家族，為勃蘭登堡——普魯士（一四一五年至一九一八年）及德意志帝國（一八七一年至一九一八年）的主要統治家族。

②德蘭士瓦（Transvaal），南非共和國的別稱，此處指的是第二次布耳戰爭（一八九九年十月至一九〇二年五月），英國與德蘭士瓦共和國和奧倫治自由邦之間的戰爭。日俄戰爭（一九〇四年二月至一九〇五年九月）是大日本帝國和俄羅斯帝國為爭奪在朝鮮半島和當時的滿洲地區（即中國東北）的戰爭。魯道夫王子（Crown Prince Rudolf of Austria，一八五八——一八八九），奧匈帝國皇帝法蘭茲．約瑟夫一世之獨子，外傳因精神崩潰而與女友殉情自殺，由其堂弟法蘭茲．斐迪南大公接續皇儲之位。一九〇三年六月十一日，塞爾維亞國王亞歷山大和王后德拉格於貝爾格勒的皇宮中遭殺害。

chapter 20

兩次處決

劇情發生了轉折，與其說是因爲這陣怪誕鈴聲的震動，不如說是因爲艾米娜伯爵夫人勝利在望的雀躍。她高興得大叫，聲音粗野，接著哈哈大笑起來。她的臉都變形了，不再焦慮不安，不再有思考如何回答問題的壓力，不再驚慌失措，換成了一副蠻橫無理、自信滿滿、藐視和無比自大的態度。

「蠢貨，」她冷笑道：「一群蠢貨！你相信了嗎？啊，法國人眞是太天眞了！你們以爲，你們就這樣讓我落入陷阱了？我！我……」

她要說的話太多又太急，索性住口不再說了。她挺直身體，閉上眼睛好一會兒，似乎下了很大決心，然後伸出右手，推開一張椅子，露出一塊桃心木板，上面有一個銅製操縱桿。她摸索著抓住操縱桿，兩眼始終盯著保羅、唐德維父子和三個軍官。

她用粗啞的嗓音，一字一句斷斷續續地說：「現在，我對你們有什麼要怕的呢？艾米娜・霍亨索倫伯爵夫人？你們想知道那是不是我？是的，就是我。我不否認，我甚至大聲宣布……你們愚蠢地稱作犯罪的那些行爲，是呀，都是我做的……這是我對皇帝的責任……間諜？不是……我只是個德國人而已，一個德國人爲她的祖國所做的堪稱正義之舉。

還有……蠢話說得夠多了，別再對過去長篇大論了。只有現在和將來才是重要的，而我又成爲現在和將來的女主人。是的，是的，多虧了你們，我又可以控制事態的發展了，我們又要大笑了。你們想知道一件事嗎？幾天以來，這裡發生的一切都是我策劃的。那些被河水沖走的橋，是我提前下令毀壞了橋基……爲什麼？只是爲了讓你們撤退這個微不足道的結局嗎？當然，我們必須這麼做，我們需要宣布一次勝利……勝利與否，都將被宣布，並產生影響，我可以向你們保證。但是我要的更多，而我成功了。」

她停了下來，接著向她的聽眾彎下腰，用一種更低沉的語調繼續說道：「撤退，你們部隊裡的混亂，阻止我軍前進和帶來援兵的需要，這很顯然需要你們的司令來到這裡和其他將軍商量對策。這幾個月以來，我都在窺視他，就是司令。要接近他是不可能的，要實施我的計畫是不可能的。那麼該怎麼辦呢？怎麼辦，既然我不能去找他，最好的辦法就是讓他來找我……設法引他來到一個我選擇的地方，我就能採取一切措施。現在他來了，我的準備工作已經完成。只要我願意……只要我願意！他就在這裡，他每次來蘇瓦松都住在那棟小別墅的一間臥室裡，他此刻就在那裡，我知道的。我剛才在等我的人給我發信號。你們聽見了這個信號，所以，毫無疑問了，不是嗎？我觀察到他此刻正和他的將軍們在一棟房子裡工作，我知道那棟房子，我派人在裡面佈了地雷。他身旁有一位出類拔萃的司令員、一位軍團司令，也是一流的。他們一共三個人，至於那些小角色我就不多提了。這三個人，我只需要一個動作，只要拉動這個操縱桿，就會和掩護他們的房子一起炸飛。我應該這樣做嗎？」

房間裡出現了一陣短暫的喀嚓聲，貝納・唐德維用他的手槍瞄準伯爵夫人。

「必須殺掉這個可惡的女人。」他喊道。

保羅衝到他前面，大聲說：「閉嘴！別動！」

伯爵夫人又笑了起來，這笑聲裡面的惡毒讓人毛骨悚然！

「你說得對，保羅・戴霍茲。你相當明白形勢，無論這個沒頭沒腦的年輕人向我開槍有多麼迅速，我還是有時間拉動操縱桿。不該發生這樣的事，對嗎？這就是這群先生和你要不顧一切避免的事……即便要付出放走我的代價，對嗎？真可惜啊，我們都在這裡！我的美好計畫全泡湯了，因爲我落到了你們手裡。可是，我一個人的性命與你們三位大將軍的性命相比值得嗎？我有權利放過他們，讓自己得救……這樣我們說定了嗎？用他們的命換我的命！而且要趕快！保羅・戴霍茲，你有一分鐘時間可以和這些先生商量。是的，一分鐘之後，如果你代表自己和他們發言時，不向我保證你們決定放我走，並且為我提供一切使我能安抵瑞士的保護，那麼、那麼……就像《小紅帽》童話裡說的，『門栓鎖上啦！』啊！我把你們都握在手裡了！這多有趣啊！快點，戴霍茲，我的朋友。你的承諾……是的，這對我就足夠了。當然嘍！一個法國軍官的承諾……啊！哈！哈！」

她的笑略顯神經質，還帶著鄙視，在安靜的屋子裡迴蕩著。但是由於這些話沒有收到預期的效果，笑聲漸漸地變得不確定了，後來似乎變得斷斷續續，最後竟戛然而止。

她看起來嚇壞了，看見保羅．戴霍茲一動也不動，屋子裡的任何軍官跟士兵都沒有移動。

她伸出拳頭威脅著。「我命令你們馬上行動！你們只有一分鐘，法國的先生們。只有一分鐘，沒有更多時間……」

沒有任何人行動。於是她低聲數著，十秒，二十秒，時間一秒一秒地流失。數到四十秒的時候，她閉上嘴，臉色焦慮不安。在場者依然沒有動靜。

她怒不可遏地喊道：「你們瘋了！你們沒明白嗎？或者你們不相信我？是的，我猜到了，他們不相信我！他們想像不到有可能發生，想像不到我能造成這樣的結果！這是奇蹟，對嗎？不，這僅僅是靠毅力，還有頭腦。你們的士兵當時不也參與了嗎？我的上帝，是的，你們的士兵本身是在為我工作。他們在崗哨和為將軍預留的區域之間裝置了電話線。我的人只需把導火線接在電話線上就行了。事情都已經完成啦，那個屋子下面的地雷和這個地窖是相連接的！你們現在相信我了嗎？」

她聲嘶力竭，氣喘吁吁，嗓音粗啞。她越來越不安，表情也很窘迫。為什麼這些人不動彈呢？

爲什麼他們不考慮她的命令呢？他們難道下定決心寧願接受一切後果，也不願意放了她嗎？

「喂，怎麼啦？」她嘟囔道：「你們還是沒有理解我的意思？要不你們就是發瘋了！喂！想想吧……他們可是你們的將軍啊？他們的死會造成什麼後果……他們一死就等於給我們增添了力量，你們有這種強烈感覺嗎？這將造成什麼樣的混亂……你們的軍隊就得撤退！高級指揮部就得解散！喂，喂！」

大夥兒覺得她在努力地說服他們……更有甚者，她在乞求他們贊同自己的觀點，承認她爲自己行爲制定的後果。爲使她的計畫成功，他們必須同意按照合理的方向行動。否則……否則……

突然，她對自己產生了厭惡，一反剛才苦苦哀求、低聲下氣的態度，又拿出威脅的語氣喊道：「算他們倒楣！算他們倒楣！是你們把他們逼上絕路的！那麼你們想這樣嗎？我們約定好了？還有，你們也許覺得抓住我了？得了吧！即使你們固執己見，艾米娜伯爵夫人也不會屈服！你們不瞭解艾米娜伯爵夫人，艾米娜伯爵夫人不會投降……艾米娜伯爵夫人……艾米娜伯爵夫人……」

她的臉十分可怕，不堪入目。她有些發狂，臉部因爲氣憤而抽搐、扭曲，變得奇醜無比，一下子老了二十歲，模樣就像被地獄之火燒傷了的惡魔。她賭咒謾罵，說著褻瀆神明的話，甚至嘲笑她的動作將要引起慘禍這個念頭。她結結巴巴地說：「活該！是你們……你們是劊子手……啊！太瘋狂了！那麼你們非要這樣嗎？他們眞是瘋了！他們的將軍啊！他們的頭領！不，他們昏了頭！居然滿心歡喜地犧牲他們的高級將領！他們的高級將領！這毫無理由，只是因爲愚蠢的頑固。好吧！

算他們倒楣！算他們倒楣！這是你們想要的！是你們想要的，我會讓你們負責。只要一句話，這句話……」

她從未如此猶豫不決。她面相兇惡，頑固不化，盯著這些固執的人，他們好像在執行一項不容抗拒的命令。任何人都沒有動彈。

面對這最終的決定，她似乎仍被一種邪惡快感控制著，所以忘記了自己所處的可怕局勢。她只是說：「願上帝的心願達成！願吾皇取勝！」

她眼神堅定，挺直胸膛，用手指拉動操縱桿。

立刻發生了爆炸，爆炸聲穿過拱頂，穿過房間，一直傳到地窖。地面似乎在顫動，彷彿震動已經傳入地下深處，接著是一片寂靜。

艾米娜伯爵夫人又繼續傾聽了幾秒鐘，她的臉上閃耀著歡樂的光輝。她再說了一遍：「願吾皇取勝！」隨後她突然用手朝旁邊用力揮去，穿過後面的衣堆，像是遁入牆內一般消失了。

人們聽到一扇重門關上的嘎吱聲，接著，幾乎在同時，地窖中間傳出一聲槍響。

是貝納朝那堆衣服開了一槍。他已經向暗門衝了過去，但保羅一把抓住他，把他按在原地。

貝納使勁從保羅手中掙脫。「可是她跑了！你就讓她溜了？究竟怎麼了？你想起艾布雷庫和那些電線系統嗎？這是同樣的東西……現在她跑了！」

他絲毫不理解保羅的行爲，而他的姊姊也和他一樣氣憤不已。這是那個殺死他們的母親，並取代母親姓氏和位置的卑鄙女人，居然讓她跑了！

伊麗莎白喊道：「保羅，保羅，必須追上她，必須殺死她……保羅，你難道忘了她的所作所爲嗎？」她可沒有忘記，她記得奧諾坎城堡，記得孔拉德親王的別墅，記得那個她不得不喝光一整杯香檳的晚上，也記得那個強加給她的交易，以及遭受的所有侮辱和折磨……

可是保羅完全不理睬這對姊弟，也不管在場的軍官和士兵。所有人都一副若無其事的鎮靜樣。兩三分鐘過去了，這期間大家只是低聲說了幾句話，但沒人從原位上離開。伊麗莎白因爲過於激動而有氣無力，心也碎了，便哭了起來。

貝納聽見了姊姊的嗚咽更加火冒三丈，他覺得這是一場最可怕的噩夢，竟親眼看著最可怕的一幕發生，卻無能爲力。接下來發生了一件事，除了他和伊麗莎白，其他人都覺得理所當然。衣服那邊發出一陣咯吱咯吱的響聲。那扇看不見的門正順著合葉旋轉。那堆衣服被推開，形成一個通道，一個人形的東西被像包裹一樣扔在地上。

貝納・唐德維高興得叫了起來。伊麗莎白看了一眼，也破涕而笑。

那就是艾米娜伯爵夫人，她被綑了起來，嘴也被塞住。

接著，三個憲兵走了進來。

「就是這東西。」其中一個憲兵大嗓門開起玩笑，「啊！中尉，我們尋思著您猜得對不對，還有她是不是會從這個通道逃走。這個女人眞該死，中尉，她可給我們惹了不少麻煩。眞是個潑婦！

她就像頭惡臭野獸一樣亂咬人。她罵人的那些話啊！啊！這隻母狗！」

他的話激起了士兵們一陣哄笑。他對士兵們說：「夥伴們，我們剛才的狩獵就只差這一隻獵物了。但是，說眞的，這是頭好獵物，戴霍茲中尉準確地追尋到她的蹤跡。現在，這個名單上的人全部被抓獲了。一天時間內剿滅了一幫德國人！嗯！中尉！您在做什麼呢？注意了！這隻母獸的牙鋒利著呢！」

保羅向女間諜俯下身子，把她口中的塞子稍微鬆了鬆，那玩意似乎讓她很難受。她立刻開始大聲喊叫，但是只發出一些氣喘吁吁、支離破碎的音節，保羅從中分辨出幾個詞，他對此進行反駁。

「不，」他說：「不能這樣，沒有這麼好的事情。妳的行動失敗了……這才是最可怕的懲罰，對嗎？還沒有作惡就要死了，這多痛苦啊！」

他重新站起身，走近那群軍官。他們三人正在交談，審判任務已經結束了，其中一個對保羅說：「做得好呀，戴霍茲，恭喜你。」

「謝謝您，將軍。我本來可以避免她的這次意圖逃跑，但是我想盡可能蒐集齊全的證據來指控這個女人。不僅僅是指控她所犯下的罪行，還要展示她行動和犯罪的過程。」

將軍說：「嗯，這個臭女人是在跟我們拚命啊！如果沒有你，戴霍茲，那間別墅、我所有的同伴還有我都要被當場炸飛了！可是，我們聽到的那個爆炸聲是怎麼回事？」

「不過是座廢棄的建築，將軍。那棟建築早已被砲彈摧毀，再說戰地指揮官本來就想炸掉它，我們只是把這裡的電線改接了一下。」

「那麼，所有敵人都被捕了嗎？」

「是的，將軍。我剛才逮住了她的一個同謀，多虧了他，我得到了進入這裡的必要方法。在此之前，他對我詳細說明了艾米娜伯爵夫人的計畫和所有同謀的名單。今天晚上十點，如果你們正在別墅裡工作的話，原應該由這人以鈴聲通知伯爵夫人。鈴聲是根據我的命令由我們的一個士兵拉響。」

「做得好，再次謝謝你，戴霍茲。」將軍向前走進燈光照亮的那個圓圈裡，他身材高大強壯，厚厚的白鬍子蓋住了嘴唇。

在場者都驚訝不已，貝納·唐德維和他的姊姊互相緊靠著。士兵行起軍禮，他們認出那是總司令將軍，司令員和軍團指揮官陪在他身邊。他們對面，憲兵把女間諜按在牆上，把她腿上的繩索解開，但是不得不架著她，因爲她的腿在發抖。

與其說她臉上是痛苦的表情，不如說是難以描述的驚訝。她眼睛瞪得大大的，死盯著她本想殺害的人、她本以爲已經死了的人，可他們還活著，而且不可避免地將對她宣判死刑。

保羅重複道：「還沒做完想做的壞事就死了，這才是可怕的，對嗎？」

總司令將軍還活著！可怕的大陰謀失敗了！他活著，他所有的同伴也活著，這個女間諜的所有敵人都活著，保羅·戴霍茲、斯特凡·唐德維、貝納、伊麗莎白……她不知疲倦、用盡仇恨追殺的人都在這裡！她就要面對這幅景象死去，這對她來說太殘酷了，她的敵人竟幸福地相聚在一起。更有甚者，她將帶著這種念頭死去。一切都完了，她的夢想潰散了！

隨著艾米娜伯爵夫人的死亡，連霍亨索倫王朝的靈魂也消失了。從她的眼神裡可以看出這一切，她的眼神呆滯無神。

總司令將軍對他的一個同伴說：「你們要下達命令嗎？把這夥人槍斃了吧？」

「是的，將軍，今天晚上就執行。」

「嗯，就從這個女人開始吧！立刻執行，就地執行。」

女間諜嚇了一跳，她使勁扭曲面部，終於把口中塡塞物吐了出來。人們聽見她說了一大堆求饒的話，還有呻吟的聲音。

「我們走吧！」總司令將軍說。

他感到兩隻火熱的手緊緊抓住了他的手。伊麗莎白向他鞠躬致敬，哭著懇求他。保羅向將軍介紹這位少婦是他的妻子。

將軍親切地回應：「我看出您不顧她對您做的一切，還是對她有憐憫之心，夫人。不該有憐憫之心，夫人。是的，很顯然，面對將死之人，我們會有憐憫之情。但是對他們，對他們這一類人不該有憐憫之情。他們不屬於人類，我們永遠也不該忘記這一點。當您做母親的時候，夫人，您要教會孩子憎恨野蠻人，現在法國還沒有這種感情，將來這種感情是對自己的一種保護。」

他友好地挽住她的手臂，把她拉向門口。

「請允許我帶著您走。你來嗎，戴霍茲？經過了這樣的一天之後，你應該需要休息。」

他們走了出去。

間諜大喊道：「饒了我吧！饒了我吧！」

士兵們已沿著對面的牆排成一排。

伯爵、保羅和貝納停留了片刻。她殺死了唐德維伯爵的妻子，她殺害了貝納的母親和保羅的父親，她讓伊麗莎白受盡折磨。儘管他們心情煩亂，他們仍因爲伸張正義而同時感到一股強烈的平靜。他們心中不再有任何仇恨，腦中再沒有復仇的念頭閃爍。

爲了支撐她，憲兵們把女間諜用一條皮帶釘住固定，然後退開。

保羅對她說：「其中一名戰士是神職人員，如果妳需要他的祝禱……」

可是她不明白，也聽不進去。她只看得到過去發生的事和即將要發生的事。她不停地嘟囔著：「饒了我吧！饒了我吧！饒了我吧……」

他們三人也離開了。當他們走到樓梯高處時，一個指揮官的聲音傳到他們耳中：「開槍！」

爲了避免聽見裡頭的聲音，保羅猛地關上大廳的門。外面充滿了新鮮的空氣，可以大口大口地呼吸。士兵們唱著歌在街上走來走去，因爲他們得知這場戰鬥已經結束，我方陣地永遠安全了。在這一點上，艾米娜伯爵夫人任務失敗了……

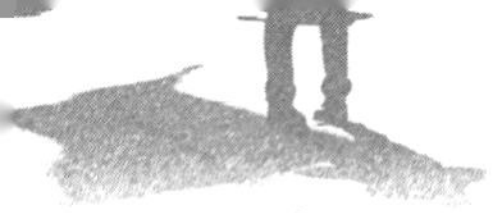

*　　　　*　　　　*

幾天以後，奧諾坎城堡裡，貝納・唐德維走在十二名士兵前頭，進入一間類似避彈室的房間，那裡乾淨、溫暖，是囚禁孔拉德親王的地方。桌子上放著許多空瓶子和殘羹剩飯，那是一頓豐盛的晚餐。

孔拉德親王在旁邊的床上睡著。貝納拍打親王的肩，說：「勇敢些，閣下。」

囚犯站起身，他嚇壞了。「嗯！什麼！你說什麼？」

「勇敢些，閣下。時間到了。」

他面色像死人一樣蒼白，結結巴巴地說：「勇敢……勇敢？我不明白……我的上帝！我的上帝！這怎麼可能！」

貝納清楚地說明：「凡事皆有可能，該發生的事總要發生，尤其是災難這回事。」並建議道：「來一杯蘭姆酒能讓您打起精神嗎，閣下？還是抽根菸？」

「我的上帝！我的上帝！」親王重複道，他抖得像片樹葉。他機械般接受了貝納遞給他的菸，但是剛吸了一口就從嘴裡掉了出來。「我的上帝！我的上帝！」他不停地嘟噥著。

當看到那十二名夾槍等待的士兵時，他更加絕望了。他的眼神呆滯，像是個在晨曦微光中猜想斷頭台樣子的犯人，大夥兒不得不一路把他抬到平台上的一面牆前。

「坐下吧，閣下。」貝納對他說。

這個可憐人似乎站不住了，他癱坐在一塊石頭上。

十二名士兵在他對面擺好姿勢，他低下頭，迴避看到他們。他整個身體像是被人扯動的木偶。一段時間過去了，貝納用非常友善的聲音問他：「您喜歡正面，還是背面呢？」

極度沮喪的親王沒有回答。貝納大聲說：「嗯，怎麼，閣下，您看上去有些痛苦？喲，您該克制自己。您有的是時間，保羅・戴霍茲中尉十分鐘之後才能到。他一定想親眼看看……該怎麼說呢？親眼觀賞這場小型的儀式，他會發現您氣色欠佳。您的臉都綠了，閣下。」

貝納始終興致勃勃，像在設法為親王排憂解難。他對他說：「我能跟您說點什麼呢？您的朋友艾米娜伯爵夫人的死？啊！啊！我覺得這會讓您豎起耳朵！嗯，是的，我想想看，是有這樣一個人前幾天在蘇瓦松被處決了。說真的，她當時的樣子比您好不到哪去。人們不得不架著她，她叫的那個聲音喲！她是怎樣求饒的呀！一點也不體面！一點尊嚴都沒有了！但是我發現您在想別的事情。該死的！怎樣才能讓您開心呢？啊！有個好主意……」

他從口袋裡掏出一本小冊子。

「喏，閣下，我會讀給您聽，很簡單。當然，要是有一本聖經就更符合現在的情景，可是我沒有。然後，需要給您點時間來忘記一切，對吧？對於一個為祖國自豪的優秀德國人，一個戰功卓絕的德國人，我覺得沒有什麼比這個更好了，沒什麼比這本小冊子更能撫慰人心了。題目是〈德國人的證詞——德國人的罪狀〉，這是您的同胞們沿途寫下的日記，這些資料是駁不倒的，在它們面前，德國科學家也得恭敬地低下頭。我翻開了，隨便讀讀：

『居民們都逃離了村莊。這太可怕了，所有房屋牆上都黏著血。至於死者的臉，眞是慘不忍睹。我們立刻把他們埋葬了，總共六十個人。他們之中有許多老人、孕婦，還有三個小孩，他們緊緊地抱在一起，就這樣死去了。所有的倖存者都被趕走了，我看見四個小男孩用兩根棍子挑著一個搖籃，裡面有一個五、六個月大的嬰兒，一切都遭到了掠奪。我還看見一個媽媽帶著她的兩個小孩，其中一個頭部受了重傷，一隻眼球都裂開了。』

這一切都很稀奇，對嗎，閣下？」

他繼續讀下去。

「『八月二十六日——阿登省蓋多絮這個可愛的村子就這樣被燒光了。雖然我認爲村民是無辜的。聽說有個人從自行車上摔下來，槍走火了，所有的人都朝他的方向射擊，有人乾脆就把男性居民往火裡扔。』

更遠一些：『八月二十五日在比利時，我們槍殺了三百名居民，倖免的人被徵用爲掘墓人。這時候眞該看看婦女的處境……』」

貝納繼續讀著，中間不時停下，進行一些理智的分析，他的聲音相當平靜，就像在評論一篇歷史文章。孔拉德親王幾乎崩潰了。

保羅到達了奧諾坎城堡。他一下汽車，就朝那個平台走去，看見孔拉德親王對面站著十二名士兵，種種跡象表明這是貝納導演的一齣毛骨悚然小鬧劇。他用責備的語調提出異議：「唉！貝納……」

年輕男子裝出一副無辜的表情，大聲喊道：「啊！你來了，保羅？快！閣下和我，我們正在等你。我們終於能趕快了結這件事了。」

他走過去站在士兵前面，離孔拉德親王十步遠的距離。

「您準備好了嗎，閣下？啊！很明顯，您更喜歡正對著……好極了！再說您的正面更能給人好感。啊！比如，請您把腿伸直些！有點精神……給點微笑不行嗎？注意了……我數了……一，二……微笑呀，該死的！」

他低下頭，胸前掛著一台小照相機。他幾乎立刻按下快門，相機發出喀嚓一聲。他大聲說：「好了！完事了！閣下，非常感謝。您剛才十分配合，非常有耐心！儘管您的笑容有點勉強，苦笑地咧著嘴，像個死人一樣，眼睛也像屍體一樣無神。除了這些，表情還是迷人的，我向您致謝。」

保羅忍不住笑了。孔拉德親王無法好好地領略這個玩笑的涵義，然而，他感到危險消失了。他努力挺直身子，就像一個蔑視所有痛苦，富有尊嚴地忍受著一切折磨的親王。

保羅對他說：「您自由了，閣下。皇帝的一名副官和我，我們將於三點在前線會合。他將帶來二十名法國俘虜，我則把您交到他的手中。勞煩您坐上這輛汽車。」

很顯然，保羅說的話孔拉德親王一句也沒聽懂。前線會面，尤其是二十名法國俘虜，這麼多句子都沒有進入他的腦袋。但是當他坐進汽車裡，汽車緩緩地繞過草坪時，他眼前的景象讓他困惑不已，他看到伊麗莎白・唐德維站在草坪上，微笑著向他鞠躬。

很顯然這是幻覺。他驚得發呆，揉了揉眼睛，他的動作完全暴露了他的想法。

貝納對他說：「您沒看錯，閣下，那正是伊麗莎白・唐德維。如假包換，保羅・戴霍茲和我，我們倆覺得還是到德國去找她比較好。於是我們下定決心，要求和皇帝會面。他本人也如此希望，他平日裡就喜歡廣施恩惠……啊！比如，閣下，等著令尊大人嚴厲斥責您吧！怎麼？這可是醜聞！您放蕩不羈的行爲，得受到什麼樣的責備啊，閣下！」

交換在約定的時間進行，二十名法國俘虜被交換回來。

保羅・戴霍茲把副官拉到一旁說話。「先生，」他說：「請您轉告皇帝，艾米娜・霍亨索倫伯爵夫人在蘇瓦松企圖殺害總司令將軍，被我逮捕並審判。根據總司令將軍的命令，她被槍決了。我手中掌握著她的大批文件，尤其是一些私密信件，我毫不懷疑皇帝個人對此非常重視。一旦奧諾坎城堡裡所有的家具和珍藏被送返，這些信件就會寄到他的手中。我要跟您道別了，先生。」

一切都結束了，保羅取得了戰鬥的全面勝利。他解救了伊麗莎白，也替父親報了仇。他沉重打擊了德國的間諜系統，並且遵守了與總司令將軍的約定：要求釋放二十名法國軍官。

他可以爲他的功績自豪了，而且這一切都是合法進行的。

回來之後，貝納對他說：「那麼，我剛才嚇到你了嗎？」

「何止嚇到，」保羅笑著說：「簡直是氣憤。」

「氣憤，眞的嗎？氣憤……這個年輕人如此沒教養，企圖霸佔你的妻子，居然蹲了幾天監獄就還清了！他就是強盜頭子，這夥強盜殺人、掠奪，現在他又要回到自己的國家，繼續燒殺掠奪的勾當。喔，這太荒謬了。稍微想想這些發動戰爭的強盜：親王、皇帝、王妃、皇后，這些人只知道歌頌戰爭的偉大和淒美，從不考慮那些飽受摧殘的百姓。他們只受到一些精神上的痛苦，要擔心自己受到懲罰，但是絲毫沒有受到皮肉之苦。別人死了，他們卻還活著。剛才我好不容易逮到這唯一的機會，可以在他和他的同夥們身上復仇，冷酷地處決他們，就像他們處決我們的姊妹和妻子一樣，我讓他體驗了面對死亡時的顫抖，你居然還大驚小怪！不，出於人類的正義和邏輯，我本應該小小地懲罰他一下，讓他永遠也不能忘記。比如，割掉他的一隻耳朵，或是削掉他的鼻尖。」

「你說得對極了。」保羅說。

「你看，我就應該削掉他的鼻尖！原來你同意我的看法，我多麼後悔啊！我太悶了，只滿足於狠狠教訓了他一頓，他甚至明天就忘記了。我眞是個傻瓜！不管怎麼說，還是有一點讓我感到安慰，我拍了一張照片，這是最珍貴的資料……一個霍亨索倫家族成員面對死亡的嘴臉。喏，你可得瞧瞧這副嘴臉！」

汽車穿過奧諾坎村，村裡空無一人。那夥野蠻人燒光了所有房屋，帶走了所有居民，就像驅趕一群奴隸般把人全帶走了。

然而，他們發現一位破衣爛衫的老者坐在廢墟中，他眼神呆滯地、傻傻地看著他們。旁邊一個小孩向他們伸出胳膊，可憐的小胳膊啊，卻是沒了手掌……

推薦後記

砲彈紛飛下的愛國激情

推理作家　寵物先生

關於《羅蘋大作戰》其實有太多可以說的，但請容我先從一個較不重要的地方——書名開始談起吧。

本書在日本，較爲通行的譯名是《奧諾坎城之謎》，是以書中作爲舞台的城堡領地命名，至於家喻戶曉的南洋一郎童書版則是題爲《羅蘋的大作戰》，好讀版即沿用此譯名。南洋一郎版經由東方出版社的譯介後，書名改爲《黑色的吸血蝙蝠》，過去也有其他版本題名爲《神祕黑衣人》，這兩個名字都是在強調書中伯爵夫人的詭異形象。然而，不管是法文書名 *L'Éclat d'obus* 或英文書名 *The Shell Shard*，其意均與上述無關，意爲「砲彈碎片」。

「砲彈碎片」作爲書名聽起來並不是很鏗鏘有力，卻是足以體現作品氛圍的一種象徵，意謂槍林彈雨的戰場。本作連載於一九一五年的九月至十一月間，正值第一次世界大戰進入白熱化時期，內容也正是以大戰初期的法國情勢爲背景，敘述一名青年軍官在戰爭中與其妻分離復又重逢，並與一位神祕伯爵夫人交手的故事。不僅是懸疑冒險小說，也可當作戰爭小說、間諜小說閱讀。

小說一開始便緊抓住讀者胃口。幼時喪父的青年保羅．戴霍茲與新婚妻子伊麗莎白來到新居奧諾坎城堡，那裡有他妻子兒時與母親一同生活的美好回憶，就在他們進入伊麗莎白亡母的房間時，看見她的肖像畫，那張臉竟與當年殺害保羅父親的凶手一模一樣！父親慘遭毒手的仇恨使保羅無法面對妻子，不久戰爭爆發了，他留下城堡內的妻子與僕人不告而別，毅然投身戰場，此後那張殺害父親的邪惡面孔，不斷地在他四周出現……

故事中的年代從一九一四年的七月底、八月初法國發布動員令開始，至翌年的一月爲止，期間主角保羅一面調查謎般的殺父仇人身分，一面於各大小戰役出生入死。若熟悉一次世界大戰的讀者，閱讀本書自會有種歷史對照的趣味，因爲主角參與的戰役正是史上著名的馬恩河大捷（Miracle of Marne）與血流成河的伊塞會戰（Battle of the Yser）。此外，德皇威廉二世與法軍總司令（書中未言及名字，但應爲約瑟夫．霞飛）等歷史人物也在故事中登場。

如此結合謎團、戰爭的戀愛冒險史想必十分精采，然而不少羅蘋迷都對本書有些微詞，因爲在故事裡，我們大名鼎鼎的怪盜紳士只現身一幕，對保羅講了一、兩頁的話就退場，之後再也沒有出現。

若抱著看羅蘋大顯身手的心態讀完這本書，想必會滿腹疑惑——為何作者盧布朗讓羅蘋如此邊緣化？當然我們知道在《八一三之謎》裡，羅蘋被世人認為投崖自盡了，自然不可能大搖大擺行動，即便如此，本書後續的《黃金三角》與《棺材島》羅蘋（化身為西班牙貴族佩雷納）仍佔有一定篇幅。當然盧布朗也寫過自始至終羅蘋從未出現，而登場的某個人物「疑似」是其化身的作品，但像這樣給予「實名羅蘋」如此低的戲分，本書還是唯一一部。

這當然是有原因的。本作於一九一五年九月至十一月連載，翌年法國出版單行本，當時的版本並沒有羅蘋的那一幕，換言之，盧布朗最初並未是以「羅蘋系列作」的心態寫成本書的。事實上讀者應該可以判斷出，故事中羅蘋雖給予主角關鍵性的建言，但該幕的必要性可有可無，少了並不會有影響。

法國經歷了普法戰爭與喪權辱國的《法蘭克福條約》（割讓亞爾薩斯——洛林地區）後，對德意志的仇恨情緒日益高漲。西線戰事期間盧布朗寫了本書，其中多少貫注了自身的國族情仇，我們可以看到書中描述德軍燒殺擄掠的駭人景象、皇族的醜態，甚至稱其為「不該同情的野蠻人」。因此縱使本書有著冒險、懸疑的娛樂要素，但國族主義如此濃厚的作品，盧布朗並沒有打算寫成羅蘋系列作，直到一九二三年改版時，可能是在出版社的要求之下，才加筆使羅蘋短暫現身，也成為我們今日見到的版本。

也許盧布朗並未將主角設定為羅蘋，是因為他「從不殺人」的信條所致——這對一名戰地軍人而言幾乎不可能。儘管如此，我仍對這部僅能稱之爲「外傳」的作品情有獨鍾，究其箇中原因，或許是主角保羅．戴霍茲與羅蘋各方面的相似之處吧！他對戰爭離異的妻子展現的深情，面對德軍攻勢展現的勇氣，對伯爵夫人的詭計表現出的洞察力，無一不與羅蘋的人格特質有所重疊，最重要的是，羅蘋也與保羅一樣，懷有至高無上的愛國情操。

不如這麼說：雖然退居配角位置，但羅蘋精神一直都在，盧布朗筆下的這位怪盜紳士不僅感染了全法國人民，也感染了作者本人，使他筆下的人物也具有類似質素。戰爭期間人們冀望看見的愛國心、勇氣與柔情得以匯聚在故事主角身上時，他的名字是否爲羅蘋，似乎已不是那麼重要。《黃金三角》的派特里斯上尉如此，本作的保羅．戴霍茲亦是如此。

同樣是將背景設定在一次世界大戰的故事，《黃金三角》與《棺材島》對戰爭的觀點就有所不同。相較於本書針對戰地的詳盡描寫，以及透過主角體現的愛國情操與反德情緒，《黃金三角》則是藉由一名因戰爭而肢體殘障的傷退軍人之眼中所見，呈現戰爭的悲慘與荒謬，到了《棺材島》更是將場景移到與戰爭無緣的孤島，結尾還經由羅蘋之口控訴時代的混亂與瘋狂，此時的盧布朗，其厭戰心理已表露無遺。

作家的書寫經常蘊含對時局的觀感，在社會動盪不安的年代尤其明顯。從這一點來看，《羅蘋大作戰》的確在盧布朗作品中有著獨特地位——它代表的是一種戰爭初期的愛國激情，以及對民族英雄的渴望與追求。

國家圖書館出版品預行編目資料

羅蘋大作戰／莫里斯・盧布朗（Maurice Leblanc）著；李楠譯.
── 初版. ──臺中市　：好讀, 2011.08
面：　公分，──（典藏經典；40）

譯自：L'Éclat d'obus

ISBN 978-986-178-200-3（平裝）

876.57　100011012

好讀出版

典藏經典40

羅蘋大作戰

原　著／莫里斯・盧布朗
翻　譯／李　楠
總 編 輯／鄧茵茵
文字編輯／林碧瑩
美術編輯／許志忠
行銷企劃／劉恩綺
發 行 所／好讀出版有限公司
台中市407西屯區何厝里19鄰大有街13號
TEL:04-23157795　FAX:04-23144188
http://howdo.morningstar.com.tw
（如對本書編輯或內容有意見，請來電或上網告訴我們）
法律顧問／陳思成律師

填寫線上讀者回函
獲得更多好讀資訊

戶名：知己圖書股份有限公司
劃撥專線：15062393
服務專線：04-23595819轉230
傳真專線：04-23597123
E-mail：service@morningstar.com.tw
如需詳細出版書目、訂書、歡迎洽詢
晨星網路書店 http://www.morningstar.com.tw

印刷／上好印刷股份有限公司 TEL:04-23150280
初版／西元2011年08月15日
初版四刷／西元2020年06月22日
定價：260元
如有破損或裝訂錯誤，請寄回台中市407工業區30路1號更換（好讀倉儲部收）

Published by How-Do Publishing Co., Ltd.
2011 Printed in Taiwan

ISBN 978-986-178-200-3